María Antonia de Austria 1669-1692
Emperador Carlos VI Carlos III de España 1685-1740
1666
Emperador Leopoldo I 1640-1705
1679
1689
María Luisa de Orleans 1662-1689
Carlos II de España 1661-1700
Mariana de Neoburgo 1667-1740
1647
Mariana de Austria 1634-1696
IAS

A E
& I

Donde se alzan los tronos

Autores Españoles e Iberoamericanos

Ángeles Caso

Donde se alzan los tronos

Planeta

Diagonal, 662-664, 08034 Barcelona (España)
www.editorial.planeta.es
www.planetadelibros.com

Diseño e ilustración de las guardas: © José Luis Merino
Ilustraciones de las guardas: Mary Evans Picture Library 2008/ACI, Album, © Erich Lessing /Album, Oronoz/Album, The Granger Collection/ Age Fotostock, Giraudon/Bridgeman Art Library/Index, AESA.

Primera edición: septiembre de 2012
Depósito legal: B. 20.548-2012
ISBN 978-84-08-00950-4
Composición: Víctor Igual, S. L.
Impresión y encuadernación: Rotativas de Estella, S. L.
Printed in Spain - Impreso en España

El papel utilizado para la impresión de este libro es cien por cien libre de cloro y está calificado como **papel ecológico**

AVISO PARA POSIBLES LECTORES

Esto es una novela. O sea, ficción. Está basada en hechos y personajes reales, pero no todo lo que se cuenta en ella sucedió. Al menos, no de la misma manera. Curiosamente, es posible que algunas de las escenas que parezcan más exageradas hayan sido verdad. La vida contiene a menudo dentro de sí tanto absurdo como la mejor de las comedias. Y algunas vidas en concreto superan la imaginación más desbordante. Creo que las que aquí se recogen son de ese género.

Igual que todas las novelas, la ambición de ésta no tiene límites: intenta iluminar el Mundo. No los mundos concretos de las cortes de España y de Francia a principios del siglo XVIII, sino el Mundo, así, con mayúsculas. Lo que quiero decir es que no trata de Felipe V y la Princesa de los Ursinos y Luis XIV y todo lo demás, sino del poder. De una determinada manera de ejercer el poder. Demasiado común para mi gusto. Casi todo lo que sucede a partir de esta página, en Versalles o en el Alcázar madrileño, puede que esté sucediendo ahora mismo en un despacho de Washington, de Bruselas, o de Zamora (es un decir). Me temo que, en ciertas cosas, las personas no hemos cambiado mucho desde el origen de los tiempos. Y, como afirma el famoso refrán, el ser humano y el burro son los únicos animales que tropiezan dos veces —o un millón— en la misma piedra. Aunque, según me aseguran mis amigos científicos, lo del burro aún no ha sido probado.

Para Concha García Campoy, Javier Loza, Maite Bandera y María Escario, mis cuatro amigos tan magníficamente poderosos. Su fuerza y su valentía me acompañaron cada hora mientras escribía este libro

Aquí yacen los señores Gutierre de Monroy y Doña Constanza de Anaya, su mujer, a los cuales dé Dios tanta parte del Cielo como por sus personas y linajes merecían de la tierra.

Sepulcro en la Catedral Vieja
de Salamanca

No había nada sobre él ni debajo de él, y yo lo sabía. Se había desprendido de la tierra a puntapiés. ¡Maldito sea! Había hecho añicos la tierra misma a puntapiés.

JOSEPH CONRAD,
El corazón de las tinieblas

El hombre que puede, es Rey.

THOMAS CARLYLE

CAPÍTULO I

Miserere mei, Deus...

Las voces de los monjes sonaban lejanas, como si las ensordeciera una lluvia de trigo que cayera misericordioso y opaco desde el cielo. El Aposentador Mayor de Palacio había decidido que no debían bajar al Panteón para que al salir no interrumpiesen con el ruido de sus sandalias las reflexiones de Su Majestad. Así que se habían quedado en lo alto de la escalera, y se veían obligados a gritar a voz en cuello para que abajo pudieran oírlos.

... et peccatum meum contra me est semper...

Aquello no era suplicarle humildemente perdón a Dios como se suponía que debían hacer, aquello era exigírselo con la espada en alto, pensaba fray Carpóforo, y un sudor frío le corría por la espalda imaginándose el enfado que debía de tener Dios en aquel momento. «No es culpa mía, Señor», musitaba el hermano en los instantes de silencio, a pesar de los codazos que le daba fray Atilano, su vecino de la izquierda, empeñado en hacerle callar.

... malum coram te feci...,

chilló con todo su vozarrón fray Carpóforo, y en ese mismo momento decidió que pasaría la noche en la basílica, echado boca abajo sobre el suelo helador con los brazos en cruz, igual que había hecho muchos años atrás, aquella vez en que había espiado a la Reina y a sus azafatas mientras jugaban a las prendas en uno de los patios y había sentido el deseo agarrársele a las venas ante la maligna visión de las carnes blancas y los labios rojos y las risas cantarinas que parecían carcajadas de ángeles endemoniados.

... et in peccatis concepit me mater mea...

Claro que de aquello hacía mucho, mucho tiempo, y él era joven y además hacía calor. Ahora estaban en marzo, y al día siguiente estaría enfermo del frío que iba a pasar tirado allí toda la noche, y a lo mejor hasta se moría, pero si se moría, por lo menos Dios tendría que saber que no estaba gritando aposta. «Yo no te exijo nada, Padre mío —musitó—, es que nos han mandado que lo hagamos así. Puede que el Rey esté sordo además de todo lo otro, pero no es culpa mía, Señor», dijo en voz alta, y fray Atilano le pegó un codazo tan fuerte en la cintura que estuvo a punto de chillar. Reaccionó sin embargo a tiempo y le dio a su vez un golpe en la mandíbula, alzando el brazo como si fuera un martillo.

... cor contritum et humiliatum, Deus, non despicies...

Fray Atilano trastabilló y empujó de paso a Mateíllo, que estuvo a punto de caerse por la profunda escalera iluminada de teas. Mateíllo poseía la mejor de las voces blancas de la Capilla del monasterio. Cantaba como un pájaro, con tanta belleza como inconsciencia, pero aquél no era su mejor día. No había comido nada en toda la mañana. La madre había amanecido llena de moratones y de muy mal humor tras la paliza que le había propinado su marido la noche anterior. Así que le había echado a sopapos de la casa, muy temprano y sin un miserable pedazo de pan. Desde entonces había estado rodando por el pueblo, muerto de frío y de hambre, hasta que oyó las campanas tocando el ángelus y echó a correr hacia el monasterio para incorporarse, como le habían mandado, al coro. Pero ahora, mientras dejaba volar por el aire su hermosa voz transparente, le sonaban las tripas sin parar y sólo podía pensar en las gachas calentitas que iban a darle los monjes cuando terminase el *Miserere*, ya, enseguida, dentro de tan sólo unos momentos...

... ut ædificentur muri Ierusalem...

El resto de los críos atacó la segunda parte del penúltimo versículo, y él se lanzó a las florituras de su solo sobre *Ierusalem* con la misma ansia con la que habría devorado un pedazo de jabalí. Se detuvo un instante, respiró, mordió la nota sol y lanzó luego la garganta hacia el do sobreagudo, pero en ese momento notó que algo se le quebraba en el gaznate, y en vez de un trino de ruiseñor, lo que salió de su boca fue una especie de graznido de cuervo. Acabó como pudo el fraseo, rojo como un tomate, mientras sus compañeros se esforzaban por no reírse y el Padre Cantor, desde una esquina, le echaba miradas furibundas.

Mateíllo se sintió desolado: ya no le darían las gachas, y encima su madre le pegaría una buena paliza cuando se enterara. Pero de inmediato, una luz se le encendió en la cabeza: igual es que se iba a volver hombre, igual se le iba a poner un vozarrón hondo y recio como el de su padre y ya nadie podría castrarle, dejarle los testículos como un pellejillo y convertirlo en un capón para que siguiera honrando a Dios con voz de mujer.

Todo el mundo decía que, como las mujeres tenían prohibido cantar en las iglesias, los capones ganaban mucho dinero, y que los Reyes y los Duques los preferían a las cantantes en sus palacios. Si se dejaba hacer, podía llegar a ser muy rico y a tener una gran casa y una silla de manos. Pero a él le daba mucho miedo aquello del cuchillo y la sangre y el hierro ardiente para cicatrizar, y además no quería ser sólo medio hombre y que le saliera una ridícula vocecilla femenina cuando tuviera que reñir en una taberna o pegarle a su mujer por las noches. Al Padre Cantor, que llevaba años amenazándolo con la operación, se le había pasado el tiempo sin darse cuenta, y ya nadie podría martirizarlo. Mateíllo sonrió, se mordió el labio fuertemente y, antes de que el coro hubiera terminado su partitura y le empezasen a llover las bofetadas, echó a correr escaleras arriba hacia la basílica y luego a la calle.

... tunc imponent super altare tuum vitulos.

La última sílaba estaba todavía flotando en el aire, rebotando a lo largo de las paredes y esforzándose por alcanzar, aunque fuera debilitada, la cripta, cuando allá arriba se armó un revuelo: el Padre Cantor se abrió paso a empujones entre los niños y los frailes, sin ocuparse del final de la pieza, y salió corriendo detrás de aquel elemento que se había dispuesto a amargarle la vida. ¡Gallos! ¡No debía de haber cumplido aún los once años y ya soltaba gallos! Ya era demasiado tarde para la operación, se había quedado sin su mejor soprano y ahora tendría que volver a empezar con otro crío maleducado y hambriento. El deseo de venganza le hizo correr como si se hubiera vuelto loco a lo largo de toda la basílica: al menos, le daría una buena paliza antes de devolverlo a la miseria, el único lugar donde se merecía estar. Pero al alcanzar la puerta y salir al patio, agotado y a punto de asfixiarse, no lo vio por ninguna parte. Mateíllo se había desvanecido entre la multitud de carrozas, sillas, caballos y guardias del séquito del Rey, preparado para partir hacia Madrid en cuanto terminase el encuentro de Su Majestad con su padre. Y, en el monasterio de El Escorial, nunca más se supo de aquel ruiseñor cochambroso y frustrado, tras el cual se cerraron esa mañana las puertas de la gloriosa y sagrada Jerusalén.

Abajo, en la cripta, nadie se dio cuenta del pequeño drama musical que había tenido lugar en las alturas. Cada uno estaba a lo suyo. El Duque de Medina Sidonia, Mayordomo Mayor del Rey, se mantenía imperturbable detrás del sillón que le habían bajado al Monarca, rezando y mirando los sepulcros con los ojos muy abiertos mientras pensaba en el encuentro que tendría aquella noche con Catalina. Se iban a pelear. Estaba seguro de que se iban a pelear. Se había empeñado en que le regalase otro collar de oro, uno más, y él no estaba dispuesto. Tenía que pagar la dote de su hija, y no era el mejor momento para andar comprándole joyas a la querida. Al menos hasta que llegase la flota de Indias con más doblones para sus arcas. A ver cómo lo arreglaba, porque lo que no quería era quedarse sin aquel cuerpo macizo, aquellas caderas bailarinas bajo los pechos redondos y suaves como una paloma, toda aquella hermosura...

El Duque de Medina Sidonia se pasó la lengua por los labios pensando en la hermosura de su amante, y se le cayó de las manos el rosario, haciendo tal estrépito que el Cardenal y el Padre Abad levantaron asustados la cabeza e interrumpieron sus oraciones. El fraile, acostumbrado a pasar muchas horas de rodillas sobre el suelo, volvió de inmediato a sus *paternoster*. Pero Su Eminencia, a quien se le estaban quedando las piernas tan rígidas como el propio mármol, aprovechó la interrupción para alzarlas por unos instantes y cambiar ligeramente de posición. ¿Qué hora sería?, pensó. La apertura del sepulcro estaba durando mucho, y él le había prometido al Embajador francés que aquella noche cenarían juntos y le contaría todo lo que hubiese ocurrido.

Entretanto, el Rey permanecía sentado en su sillón, con los ojos cerrados, sintiendo cómo el corazón le latía cada vez más fuerte, tanto que parecía resonar bajo la bóveda, como los ecos de un martillo que golpease con saña su propia cabeza. Allí estaba el pobre Carlos II, Rey de Castilla, de León, de Navarra, de Aragón, de Granada, de Toledo, de Valencia, de Murcia, de Galicia, de Sevilla, de Jaén, de los Algarves, de

Algeciras, de Gibraltar, de las islas Canarias, de Mallorca, de Menorca, de Nápoles, de Sicilia, de Cerdeña, de Jerusalén, de las Indias Orientales y Occidentales y de las islas de Tierra Firme del mar Océano; Archiduque de Austria; Duque de Borgoña, de Brabante, de Luxemburgo, de Gueldre y de Milán; Conde de Habsburgo, de Flandes, del Tirol y de Barcelona; Marqués del Sacro Imperio; Señor de Vizcaya y de Molina; Señor de Frisia, de Salina, de Utrecht, de Malinas, de Overiffel y de Groninga; Gran Señor del Asia y de África. El amo de medio mundo, un hombrecillo contrahecho y amarillento, que temblaba encogido en su sillón, muerto de frío y de angustia.

Sudando y jadeando en cambio —y exhalando olores como de pocilga que se mezclaban con el aroma acre de las antorchas—, los obreros terminaron por fin de alzar la enorme losa de mármol que cubría los restos de Su Católica Majestad Don Felipe IV y la llevaron trabajosamente hasta el fondo más oscuro de la cripta. Dentro del sepulcro lujoso apareció la caja de plomo que contenía lo que aún quedase del Rey pecador y devoto, fallecido mucho tiempo atrás. Carlos II abrió al fin los ojos, y miró espantado la sepultura de su padre. El Mayordomo Mayor se acercó a su oído para preguntarle si quería que abriesen la caja, pero el Rey había decidido que no deseaba que nadie compartiese con él aquellos momentos. El Duque de Medina Sidonia se aclaró la voz antes de exclamar:

—Caballeros, dejemos solo a Su Majestad.

El cortejo se organizó en unos instantes, aunque en el momento de atravesar la puerta, el Cardenal y el

Padre Abad, que lo encabezaban lado a lado, trataron de pasar al mismo tiempo, chocaron entre sí y produjeron un parón que no se resolvió hasta que el fraile, al observar a la luz de las teas la mirada iracunda de Portocarrero, se resignó de mala gana a cederle el paso.

El Rey se quedó entonces a solas con su padre. O, por decirlo mejor, con los restos de su padre. Hacía treinta y cuatro años que Felipe IV había muerto y su cadáver había salido del Alcázar, camino de El Escorial, entre monjes y curas, guardias y nobles enlutados, rodeado de hachones y acunado —bajo las nubes perfumadas de incienso y el vaporcillo de los excrementos de los caballos— por los cantos fúnebres de la Capilla Real. Carlos II tenía entonces sólo cuatro años, pero lo recordaba todo muy bien. En especial, las palabras que su aya le había repetido un montón de veces mientras veían alejarse el cortejo fúnebre desde el balcón central del Alcázar:

—Mirad bien, Majestad, no dejéis de mirar, estáis viendo vuestro propio destino... Todos acabaremos así, todos, también vos que sois tan pequeño... Un día os meterán en una caja igual que esa de vuestro padre y os llevarán al Pudridero de El Escorial, ¡ay, Señor!, y vuestra alma saldrá volando por los aires y llegará al Cielo, ante el mismísimo Dios, y tendrá que rendirle cuentas de haber sido un buen cristiano y un buen Rey, ¡ay, Virgen mía de Atocha, guardadlo sano y puro, y que no se parezca a Su Majestad difunto en lo de los pecados de la carne! ¡Dios lo perdone y lo tenga en su Gloria! Mirad, Don Carlos, mirad, así terminaréis vos, muerto y frío y arrodillado ante el Señor, y más vale que cuando os lleven en ese coche vayáis con el alma bien limpia. —Y la Marquesa de los Vélez, que no dejaba de recordar entretanto las muchas caídas de ojos que le había hecho inútilmente al Rey Felipe cuando ambos eran jóvenes, se llevaba cada poco un pañuelito a los párpados, como si estuviera llorando, mientras con la otra mano le sujetaba a él muy fuerte el cuello, para mantenérselo tieso.

Era uno de los pocos recuerdos claros que conservaba de sus primeros años. Lo demás era confuso y oscuro, como si toda aquella parte de su vida —y, a decir verdad, también el resto— hubiera transcurrido entre corredores tenebrosos y habitaciones heladas en las que soplaban corrientes de un aire tan denso que parecía venido de otros mundos, arrastrando consigo lamentos y susurros. Recordaba a su madre, con aquella larga toca negra de viuda que le perfilaba la cara de color verdoso, siempre sollozando y logrando que él hiciera su voluntad a base de amenazarle con enfermar y morirse de disgustos. A la vieja y sombría Marquesa de los Vélez, sosteniéndole con fuerza el cuello que se negaba a mantenerse alzado, y llevándole de un lado a otro en brazos, hasta que cumplió los seis años y pudo empezar a andar solo. Y a su preceptor, el pobre Ramos del Manzano, aquel sabio catedrático de Salamanca que apenas logró enseñarle a leer y escribir torpemente.

Y recordaba a los médicos, sobre todo a los médicos, oscuros y tristes como cuervos, empeñados desde que era muy niño en cubrirle de reliquias de santos protectores que cuidaran en el Cielo de su inexistente salud, obsesionados con realizarle sangrías y colocarle palomas agonizantes en la tripa, para que la última tibieza del ave calentase sus humores demasiado fríos, e insistiendo en hacerle tomar toda clase de pócimas inútiles, hechas con los elementos más misteriosos y repugnantes. Se abalanzaban sobre él en cuanto tenía vómitos, o diarrea, o estreñimiento, o dolor de cabeza, o espasmos en el estómago, o rigidez en las piernas, o temblores, o tos, o fiebre, o cualquier otro de los infinitos males que había padecido cada día de su vida. Lo agujereaban, lo apaleaban, lo martirizaban, pero todos aquellos remedios torturantes no servían para nada. Siempre había estado enfermo, tan débil y lastimero como alguno de esos cachorros de perro a los que las madres, sabiendo que no podrán sobrevivir, abandonan en un rincón. Sólo que a él no lo habían abandonado.

Pero toda su existencia, en realidad, había sido una larga agonía. Y aunque apenas sabía nada, de lo que sí estaba seguro era de que había vivido muriéndose. Treinta y ocho años de dolores y enfermedades que le habían convertido en un anciano prematuro, un viejo muy viejo, arrugado, amarillento y contrahecho. También sabía que ahora estaba a punto de morirse del todo: su cuerpo ya no aguantaría mucho más. Y, a decir verdad, se alegraba de ello: se acabaría el sufrimiento, y estaba casi seguro —casi— de que Dios le haría un sitio entre los Elegidos. Al fin y al cabo, había asistido a misa cada día de su vida y también cada día había rezado el rosario y otras muchas oraciones, sin dejar de hacerlo ni siquiera cuando estaba muy malo. Había cumplido con todos los ayunos, vigilias y abstinencias. Había presidido varios autos de fe y rogado mucho por la conversión de los herejes. Había tirado un puñado de monedas a los mendigos por las ventanillas de su coche siempre que salía de palacio. Había gastado muchísimo dinero en indulgencias papales. Y en su testamento pensaba dejar claramente escrito que debían decirse por su alma doscientas mil misas, el doble de las que se habían dicho por su padre, que había sido mucho más pecador que él. Sí, Dios Nuestro Señor le sentaría a su lado, bastante cerca, pues para eso era Rey, y le permitiría pasarse la Eternidad contemplándole y gozando de buena salud, que era lo único que realmente deseaba.

Sólo había una cosa que angustiaba a Carlos en aquellos momentos y le impedía estar totalmente seguro de su subida al Paraíso: el terrible problema de la sucesión. Dios no había querido darle hijos. Aunque, en realidad, era el demonio el que se había emperrado en que no procrease. Había quedado bien claro tras las diversas ceremonias de exorcismo a las que le habían sometido tiempo atrás. Él mismo había oído la voz del Infierno explicándolo todo a través de aquella pobre monja —también endemoniada— que la Reina le llevó un día a su gabinete. La religiosa, con el rostro arañado y las tocas desgarradas, se había revolcado por el suelo mientras el demonio lo contaba todo: había sido su propia madre, Mariana de Austria, quien le había hechizado cuando tenía catorce años, echándole en una jícara de chocolate los sesos y los riñones de un hombre ajusticiado. De esa manera, le había arrebatado el semen. Así se explicaba por qué, a pesar de las muchísimas veces que lo había intentado con sus dos esposas, no había conseguido engendrar hijos.

Los médicos y los curas habían probado todos los remedios conocidos para librarle del embrujamiento. Incluso un exorcista venido desde Alemania estuvo a punto de enloquecer tratando de expulsarle al demonio de dentro. Pero nada. Por más que le dieron vasos y más vasos de aceite bendecido, y le pusieron lavativas, y le bañaron en agua traída del Jordán, y le hicieron pasarse una noche entera rezando en la basílica de El Escorial, mientras los monjes cantaban incesantemente a su alrededor durante casi diez horas, por más que le explicaron una y otra vez todos los movimientos que debía hacer para penetrar bien a fondo a sus mujeres y dejarlas preñadas, no había habido manera.

Así que le tocaba irse al Cielo sin hijos. Y debía dejar sus territorios gigantescos a algún Príncipe extranjero. Dios había querido ponerle en aquel terrible aprieto antes de morir. Porque la decisión era muy difícil: toda Europa quería echar mano a los reinos de España, y hacía ya años que entre los Monarcas había negociaciones, tratados secretos y amenazas de guerra que recomenzaban una y otra vez. Francia se repartía los estados de Carlos con Holanda, que luego se los repartía con Inglaterra, que a su vez se los repartía con el Imperio. Alguien se enfadaba y movía sus tropas. Y vuelta a empezar.

Entre todos le estaban volviendo loco. La Reina le presionaba. Los Embajadores le presionaban. Y los Ministros. Y los Grandes. Y el Nuncio. Y el Cardenal. Y hasta sus Confesores. Primero el Padre Matilla, buen amigo de su esposa, que no hacía más que repetirle en susurros lo que ella le decía a voces. Después, cuando éste fue apartado de su lado por orden de Portocarrero, el Padre Díaz, que le repetía a voces lo que el Cardenal le decía en susurros: el trono debe ir a los Borbones de Francia. A los Wittelsbach de Baviera. A los Habsburgo de Austria. A los Habsburgo. A los Wittelsbach. A los Borbones...

¿Qué debía hacer...? Dos años atrás, la situación había llegado a parecer bastante clara. En aquel momento, cuando ya fue evidente que nunca tendría un heredero, decidió cumplir con lo que le había prometido a su madre en su lecho de muerte, y hacer testamento a favor de su sobrino nieto, el Príncipe José Fernando de Baviera. Ése era también el deseo de la Reina, que había negociado a cambio de su apoyo una inmensa cantidad de dinero. Al menos, ella le dejaría en paz. Pero José Fernando había muerto repentinamente, quizá envenenado por el Emperador Leopoldo, según afirmaban muchos rumores. Ahora quedaban dos candidatos con derechos de sangre bien justificados: el hijo del propio Emperador, el Archiduque Carlos de Austria, y el nieto de Luis XIV de Francia, el Duque de Anjou. ¿A cuál de ellos iba a legar su trono...?

En el Alcázar sombrío, las serpientes reptaban sin parar, y escupían su veneno por todas partes, salpicándolo todo de podredumbre. El olor a carnes y almas corruptas inundaba los corredores y las salas, trepaba por las paredes y apestaba los tapices y los lienzos. Detrás de las rollizas diosas de Rubens, de los santos delicados de Murillo, de los reales retratos regios de Velázquez, había nidos de víboras que mordían y emponzoñaban y cambiaban de piel. Todo eran reuniones secretas, encuentros a oscuras, murmullos repetidos de oído en oído. Las bolsas resonaban llenas de monedas. Los regalos exquisitos y las promesas de futuras prebendas circulaban en carrozas doradas por las calles polvorientas de Madrid, recorriendo una y otra vez el espacio que separaba las embajadas del Alcázar, las residencias de los agentes de los Monarcas extranjeros de los palacios de los Grandes de España, la capilla del Nuncio de la capilla del Cardenal.

Todo aquel mundo de secretos e intrigas confluía en las habitaciones del Rey. Carlos envejecía de día en día. Su cuerpo se iba volviendo más pequeño, más amarillento y apergaminado, como si hubiera sido momificado en vida, y las presiones para que tomara al fin una decisión se habían vuelto insoportables. La Reina —que según las ofertas que le llegasen de cada uno había apoyado primero al Archiduque de Austria, luego al Duque de Anjou, después al Príncipe de Baviera, y de nuevo al Archiduque— no se separaba de él ni un minuto desde hacía varios meses. Ni siquiera le dejaba dormir solo, compartiendo con él cada noche la cama y soportando sin desaliento las tiritonas y los ataques de insomnio que a menudo padecía. Mariana de Neoburgo trataba así de evitar que nadie pudiese acercarse a solas a su marido e influir sobre él. Algunos días, ni siquiera se cambiaba de ropa. Permanecía a su lado todo el tiempo, bordando, rezando o dormitando con un ojo abierto por si acaso alguien se colaba en la habitación sin que ella se diera cuenta. Asistía a todos los Despachos y a todas las comidas, intervenía en todas las conversaciones quitándole a él la palabra de la boca y respondiendo en su nombre, y a veces, cuando estaban solos, se ponía a chillarle insistiéndole para que firmase de una vez el testamento a favor del Archiduque Carlos.

—¡Te vas a morir! —le gritaba—. ¿No te das cuenta del estado en el que estás...? ¡Te vas a morir ya, cualquier día de éstos, y te morirás sin haber firmado el testamento! ¡Pero si estás agonizando, todo el mundo lo ve menos tú! ¡Te vas a morir y aquí va a haber una guerra para ocupar tu trono! ¿Me oyes...? ¡Una guerra! ¡El Alcázar ardiendo, y yo presa...! ¡Por tu culpa! ¡Los franceses me encerrarán en algún castillo perdido y no me darán ni de comer! ¡Me moriré yo también por tu culpa! ¡Firma! ¡Firma de una vez y déjale el trono al Archiduque Carlos! ¡Eso es lo que Dios quiere, y por eso se llevó al otro mundo al Príncipe de Baviera! ¡Si no lo haces, irás al Infierno! ¡No dudes de que irás al Infierno! —Y Mariana blandía ante su marido el testamento redactado ya por ella misma, mientras pensaba en la buena vida que iba a llevar como riquísima Virreina de Nápoles cuando el nuevo Monarca llegase al trono y la instalase, según le había prometido, en las dulces tierras de Italia, con una buena fortuna en sus arcas.

Pero Carlos II, inseguro toda su vida de todo, lo estaba más que nada de aquella decisión. Su gran amigo, el Cardenal Portocarrero —que había sido siempre para él como un padre y le había dado los mejores consejos—, sostenía exactamente lo contrario. Afirmaba que era el Duque de Anjou el que más derechos poseía para heredar sus reinos. Y estaba seguro de que la unión de Francia y España bajo una misma dinastía garantizaría largos siglos de paz entre las dos naciones que tantas veces se habían enfrentado. Los Borbones eran poderosos y ricos, Francia brillaba últimamente en todos los terrenos, y sus ejércitos habían demostrado ser prácticamente imbatibles. A los reinos de España les convenía ahora mucho más la alianza con París que con la lejana Viena.

Carlos deseaba escuchar aquellas explicaciones, atender a todo lo que el Cardenal tuviera que decirle. Pero si con alguien no podía verse a solas, en los últimos meses, era precisamente con él. Mariana lo vigilaba más que a ningún otro. En cuanto aparecía, ella entrecerraba sus ojillos de águila, se pasaba una mano por el pecho altivo en un gesto retador y se colocaba al lado del Rey, pegada literalmente a él, observándolo y oyéndolo todo, por si acaso había palabras secretas o papeles doblados y entregados a escondidas. Sólo un día lograron hablar sin ella presente, gracias a las instrucciones precisas que Portocarrero le hizo llegar a través del Confesor, que siempre le llevaba recados de su parte: debía enviar a la Reina a la basílica de Atocha a dar las gracias por la buena salud de su esposo. Tenía que convencerla diciéndole que así se acallarían ciertos rumores que afirmaban que el Monarca estaba agonizando. Y debía decírselo en público, cuando hubiese mucha gente delante, y en voz bien alta, para que todos pudieran oírle. De esa manera, si no quería ser considerada una mala esposa y una mala católica, no le quedaría más remedio que ir a la iglesia y alejarse por un rato de él.

Y así fue: Mariana de Neoburgo se había visto obligada a salir a media mañana del Alcázar y desplazarse hasta Atocha rodeada de alabarderos, lacayos, escuderos y pajes, y seguida por una larga fila de coches que trasladaban a sus azafatas y sus dueñas y sus bufones. Apenas el cortejo había salido de la plaza cuando Portocarrero irrumpía ceremonioso en el Despacho del Monarca, acompañado por el Nuncio y los Condes de Monterrey y de Benavente. Hubo largas reverencias y lágrimas de emoción en los ojos de unos y de otros, como si se encontraran ante un amigo liberado tras un largo secuestro, y enseguida el Cardenal, puesto de rodillas delante de Carlos, comenzó un discurso que había preparado con mucho cuidado, tratando de hacer las cosas perfectamente comprensibles para su mente infantil:

—¡Majestad! ¡Señor mío! ¡No dejéis que Su Majestad la Reina os convenza de sus designios! ¡Ella sólo obra por ambición, señor! Sabéis bien que por desgracia su conciencia es débil y su codicia tan extensa como el cielo de Castilla... Recordad sus falsos embarazos, Majestad, la manera como fingió en los años pasados que esperaba hijos vuestros y que luego los perdía, sin más fin que el de manteneros unido a ella y dispuesto a cumplir su voluntad. Señor, debo avisároslo —el Cardenal bajó misteriosamente la voz y susurró—: sabemos que ahora os está hechizando... La Inquisición ha detenido a una mujer que ha confesado bajo tortura haberle entregado a un criado del Almirante de Castilla, fiel amigo de Su Majestad la Reina, polvos de cantárida, corazones de sapo y sangre de un ahorcado para haceros un conjuro. ¡Quieren convertiros en el brazo de su pecaminosa avidez, señor...! Debéis alejaros de ella y firmar el testamento a favor del Duque de Anjou. ¡Puedo aseguraros que eso es lo que Dios Nuestro Señor desea! Le he rezado día y noche desde la muerte del Príncipe de Baviera, y Él me ha dado su respuesta: los Borbones deben gobernar los reinos de España, y unir las dos naciones en una larga paz...

Al Cardenal se le entrecortaba la voz. Y aquella conmoción era sincera: estaba seguro de que si el Archiduque Carlos llegaba al trono, lo desterraría a Roma en las peores condiciones imaginables, y allí tendría que mendigar la caridad del Santo Padre para seguir viviendo. Versalles, en cambio, le había prometido mantenerle todos sus privilegios y reservarle un puesto destacado en el gobierno. Su buena amiga la Princesa de los Ursinos se lo había confirmado varias veces en sus cartas, y a fin de cuentas, su palabra era de fiar, puesto que ella era una de las personas que más cerca estaba de Luis XIV en aquel asunto. Mientras hablaba, Portocarrero se imaginó de pronto a sí mismo dando bandazos en una carroza por los puertos helados de los Alpes, camino de Roma, sin más bienes que los que pudiera llevar encima, y en un arrebato de desesperación se inclinó aún más y besó los pies de Su Majestad:

—¡Os lo rogamos por el bien de vuestros reinos, señor...!

A Carlos II, el rostro amarillento se le había ido poniendo rojo mientras el Cardenal hablaba: con la excitación, le subía la fiebre. Le parecía que dentro de su cabeza un caballo garañón daba coces, y un hilillo de baba le caía por la barbilla hacia la gola. Haciendo un esfuerzo se dobló para hacer incorporarse a Portocarrero, y se le quedó mirando con los ojos inflamados y la boca abierta. ¿Qué debía hacer...? ¿Qué debía hacer...? ¿Qué debía hacer...?

El Conde de Benavente —que ansiaba el virreinato del Perú con todas sus riquezas y había hablado con el Embajador francés al respecto, obteniendo serias promesas— se arrodilló ahora a su vez ante el Rey:

—Señor, nosotros los Grandes somos vuestros mejores súbditos, bien lo sabéis. Nosotros los Grandes deseamos mantenernos fieles a Vuestra Majestad y a su imborrable memoria a través de la persona de vuestro sobrino nieto, el Duque de Anjou. Nosotros los Grandes os suplicamos vuestro apoyo a su noble causa, que será la de los reinos de España...

Carlos balbuceó:

—Todos no...

Benavente pensó en el hipócrita del Conde de Oropesa, que había negociado con el Embajador de Viena el nombramiento de su hijo para el mismo cargo que él ansiaba:

—Es cierto, Majestad. Algunos de los nuestros mantienen en este momento opiniones equivocadas, pero cambiarán en cuanto comprendan que Vuestra Majestad ha acertado al legar su trono al Duque de Anjou. Más allá de la tumba, señor, puedo garantizaros que todos os seremos leales a vos y al nuevo Monarca.

Apabullado, Carlos II se volvió para mirar al Nuncio. A éste se le ocurrió en aquel instante una feliz idea que les permitiría ganar más tiempo a solas con el Rey:

—Vuestra Majestad debería ir a rezar ante los restos de su augusto padre. Él, siempre tan sabio en sus decisiones, os iluminará desde los Cielos con la ayuda de Dios Nuestro Señor...

El Monarca agachó humilde la cabeza, dispuesto a complacer al Nuncio. Éste se frotó las manos con vigor y miró sonriente a sus compañeros: puesto que la Reina no podía bajar al Panteón, que estaba prohibido a las mujeres, aquél sería un territorio propicio para ellos. Mariana de Neoburgo probablemente se empeñase en acompañar a su esposo hasta El Escorial, pero tendría que quedarse esperándole en el palacio. Y en ese tiempo, ya se las arreglarían para convencerle. Algo se les ocurriría.

Ahora, una semana más tarde, el 12 de marzo de 1699, el Rey moribundo estaba allí, ante la caja de plomo que contenía los restos de Felipe IV. La luz de los cirios se reflejaba en el metal azulado y moldeaba extrañas formas movientes, como seres incorpóreos que pululasen en la frontera misma entre los muertos y los vivos, fantasmas luciferinos que anduviesen en busca de algún incauto al que llevarse al otro lado. Carlos se estremeció. Recordaba haber visto resplandores semejantes a aquéllos en el féretro de plata dorada dentro del cual reposó su padre durante tres días, alzado sobre un alto estrado, en medio del Salón Grande del Alcázar. A decir verdad, todo lo que recordaba de aquel momento resplandecía: el féretro, el forro de terciopelo carmesí, el Toisón de Oro que adornaba su pecho, la magnífica cruz cuajada de piedras preciosas que sujetaban sus manos, y la bellísima espada y la seda color perla de su traje y la blanca orla de castor de su sombrero, y hasta el carmín que le habían aplicado en los labios y que se derretía, tibio, bajo el calor de las decenas de velones encendidos... De pronto, comprendió claramente que aquél había sido un gran muerto, y deseó parecerse a él cuando le llegara el momento. En cuanto saliese del Panteón, tendría que dar instrucciones para que le momificaran, le vistieran y le expusieran igual que a su padre, y convertirse así en un cadáver imponente.

Pero ahora no estaba allí para pensar en sí mismo. Estaba allí para pedirle consejo a su antecesor. Con un enorme esfuerzo de su escasa voluntad y de su cuerpo débil, Carlos II se levantó de su sillón y se arrodilló junto a la caja de plomo. Rezó varios *paternoster* rápidos y entrecortados, mientras pasaba una a una las cuentas de su rosario en busca de un poco de serenidad, y al fin, conteniendo el aliento y con las manos temblorosas, giró la llave en la cerradura de la caja y alzó la tapa.

Polvo. Dentro sólo había un montón de polvo oscuro y denso. Eso era todo lo que quedaba de la gloria de su padre. Carlos sintió un vahído, y un pinchazo muy fuerte en el corazón. Por un instante tuvo que agarrarse fuertemente con las manos al borde de la caja. El malestar pasó y al fin, con la voz rota, se atrevió a preguntar en el tono más alto del que fue capaz:

—Padre mío, imploro vuestra ayuda. Decidme, ¿a quién debo dejar mi trono? Sólo Vuestra Majestad y Dios saben qué es lo mejor para mis reinos. Ayudadme, mi señor...

El Rey se quedó en silencio, escuchando, por si acaso Felipe IV se decidía de alguna manera a hablarle desde las alturas. Se oía el chisporroteo de las velas, los crujidos de la madera del sillón, el vuelo obcecado de una mosca que había conseguido colarse hasta aquellas profundidades y ahora buscaba desesperada la salida. Y su propio corazón. Sí, aquellos golpes secos, rápidos, irregulares, eran su corazón. Otro pinchazo. Un nuevo vahído. La mosca achicharrándose en una llama. De pronto, una ráfaga de aire helado cayó desde la cúpula del Panteón, como enviada por los Cielos, y dispersó un puñado de las cenizas de Su difunta Majestad por el aire, al tiempo que una voz profunda y vibrante, como la voz de Dios, pronunció claramente la palabra «Francia», que retumbó entre los mármoles y se mantuvo un largo momento flotando entre los sepulcros.

Carlos II se levantó más deprisa de lo que lo había

hecho jamás en su vida, y con una energía que nadie nunca había conocido en él, salió corriendo del Panteón, lívido, verdoso, con el traje negro cubierto de polvo paternal, y escaló a zancadas las largas escaleras. Despavorido, aunque, eso sí, con las ideas al fin claras.

CAPÍTULO II

A las siete en punto de la mañana, el Ayuda de Cámara de Su Majestad Cristianísima Luis XIV de Francia abrió los ojos, como cada día. Era el 16 de noviembre de 1700. Llovía a mares, y el agua rebotaba tozuda contra los cristales y sobre los mármoles del patio, acompañando los ronquidos rítmicos del Rey. A ciegas, Monsieur Bontemps buscó con la mano la palmatoria y los fósforos que había dejado en el suelo, cerca de la cama, y encendió la vela, mientras comprobaba que las cortinas del lecho del Monarca estaban lo suficientemente cerradas como para no molestarle con la luz.

Quince minutos después, vestido y despejado, reconfortado del frío y del hambre con un buen trago de aguardiente y un par de bizcochos, el Ayuda de Cámara abrió suavemente la puerta del dormitorio real y dejó pasar a tres criados que entraron caminando de puntillas. Enseguida desapareció la cama plegable donde él había pasado la noche, durmiendo con su habitual sueño ligero, siempre dispuesto a levantarse rápidamente si Su Majestad necesitaba algo.

También se hizo fuego en la chimenea, se cambió el orinal usado y se abrieron las contraventanas, dejando entrar en la habitación una luz mortecina que obligó a encender la mitad de las velas.

De pronto, un candelabro cayó con estrépito. El joven Milhaud, que había tenido una noche brillante en compañía de una muchacha recién llegada al servicio de lavandería, lo había tirado en medio de su torpor. Los ronquidos de Su Majestad se detuvieron por un instante, mientras el Ayuda de Cámara le propinaba al criado un buen pescozón. Todo quedó en suspenso, hasta que se oyó un fuerte rugido procedente del lecho real y los ronquidos volvieron a sucederse con normalidad. Humilde, Milhaud recogió el trozo de cera y volvió a colocarlo, ya encendido, en el candelabro de oro.

A las siete y media en punto —un fiero reloj rodeado de leones marcaba los minutos sobre la chimenea—, mientras los criados abandonaban la habitación, el Ayuda de Cámara se acercó a la cama del Rey y asomando la boca entre las cortinas cerradas repitió su frase de cada día: «Sire, ya es la hora.» Luis XIV, que en aquel momento se creía de nuevo joven y sano y refulgente y estaba a punto de dispararle a un enorme ciervo con la mano derecha, mientras con la izquierda tocaba los grandes pechos de la Marquesa de Blécourt, se despertó y sintió un ramalazo de mal humor: no, ya no era joven, nada joven, tenía sesenta y dos años, le faltaba la mitad de los dientes y el pelo se le había caído casi por completo, le dolían la pierna derecha y el estómago y la espalda a la altura de los riñones y aquella mañana un poco también el cuello, cazar un ciervo era una tarea mucho más costosa para él que antes, porque le temblaba algo el pulso y, para colmo, ninguna mujer le ofrecía ya sus senos para que él los toquetease. Devoto, eso era lo que decían, que se había vuelto devoto y le era fiel a su querida esposa, pero él sabía que todos sabían la verdad, y la verdad era que su sexo se había agotado, quizá a fuerza de usarlo, o tal vez...

La cabeza del Primer Médico Real, Monsieur Jarzat, asomó entre las cortinas, interrumpiendo por suerte sus pensamientos, que corrían ya libremente camino de la amargura:

—¿Cómo estáis esta mañana, sire?

—Perfecto, estoy perfecto —no pensaba mencionar ninguno de sus dolores, no fuera a ser que al pesado del doctor le diera por hacerle una sangría o ponerle una lavativa. Aquél debía ser un gran día, y no iba a consentir que nadie se lo estropeara—. ¿Qué ha pasado esta noche por ahí...?

—Han llegado varios cortesanos después de medianoche. Todo el mundo quiere estar presente cuando anunciéis la gran noticia. Volveos a este lado, sire... La Marquesa de Châlons ha parido de madrugada, inesperadamente, y los gritos se podían oír desde el jardín. Ah, y a propósito del jardín, dicen que el Conde de Nohant y Madame de Deslais tuvieron ayer..., sacad la lengua..., tuvieron una pelea tremenda en el bosquecillo de la Ménagerie. Parece que Nohant tiene una nueva amante, y que la Deslais le armó un verdadero escándalo.

Monsieur Jarzat contaba las últimas noticias recibidas momentos antes en la antecámara, mientras tomaba el pulso, palpaba el vientre y observaba las pupilas del Rey. Éste apenas le prestaba atención, pendiente todavía de los duros pechos de la Marquesa de Blécourt y de su frustración. Cuando el médico le tiró de la lengua un poco más de lo conveniente, le pegó un manotazo: ya tenía suficientes molestias como para aguantar ninguna más.

La cabeza del doctor desapareció resignada entre el cortinaje y fue a refugiarse en un rincón, justo en el instante en que se abrían las dos puertas del cuarto y hacía su aparición el viejo Duque de Gramont, vestido de carmesí y plata, coronado por una enorme peluca morena que lo hacía parecer aún más viejo, y acompañado por su perfume de benjuí y gálbano, semejante a un cuerpo denso que se moviera a su alrededor. El Primer Gentilhombre de Cámara se acercó a los pies del lecho, sujetó firmemente con ambas manos las cortinas que lo cerraban y las abrió muy despacio, igual que si empujase dos montañas tras las cuales iba a aparecer en todo su esplendor el Paraíso, dejando al fin al Rey a la vista.

—Sire, buenos días, Francia os espera... —Gramont hizo la reverencia y trató luego de alzarse con gracia, fingiendo no percibir los crujidos de sus huesos y los tirones de las antiguas cicatrices del hermoso tiempo de las batallas.

Eran las ocho en punto. Comenzaba la larga jornada pública, pautada y solemne del Rey. Luis estaba seguro de que aquella mañana iba a ser bulliciosa.

Todo el mundo querría aparecer ante él durante la ceremonia del Despertar. Al fin y al cabo, desde aquel día iba a ser un poco más grande aún de lo que ya era, como si el sol pudiera expandir aún más luz, brillar con un fulgor más intenso. Ese pensamiento le animó y le hizo olvidar los minutos de rabia que su hermoso sueño le había procurado: hoy tendría más que nunca a un montón de personas trotando a su alrededor, buscando su mirada y contemplándole con arrobo. Habría codazos entre los cortesanos para abrirse paso hasta él, y las damas se pasarían horas haciéndose peinar y maquillar, y se pondrían las joyas más hermosas y los vestidos más ricos, con sus grandes escotes, para hacerse notar por él aunque sólo fuese un segundo.

Quizá, tal vez, la noche acabara incluso con alguna aventura amorosa. Luis no dudaba de que el poder fuese un gran afrodisíaco, y su poder iba a ser aún más gigantesco desde esa misma tarde. Al fin y al cabo, tenía pendientes varias presas posibles. La joven Duquesa de Lurennes andaría por allí, con su piel blanquísima y sus grandes ojos azules, y también estaría la Marquesa de Ménange, bien entrada en firmes carnes a sus treinta años y conocida por su sabiduría amatoria que él nunca había probado: no había llegado a tiempo, pero tal vez éste sería el día. El Rey miró a su Primer Gentilhombre de Cámara y, asombrosamente, le sonrió:

—Buenos días, Gramont. ¡Nos espera una gran jornada!

El Duque, atónito, se retiró de la vista del Monarca

para hacer sitio a quienes tenían derecho a la Gran Entrada, que se arremolinaban ya, nerviosos, a los pies de la cama. Allí estaba su hijo Luis, el Delfín, con sus grandes mofletes pálidos y sus ojillos vacíos, haciéndole una reverencia tan profunda que la gran peluca blanca —que debía de haberse puesto a toda prisa para no llegar tarde— estuvo a punto de caérsele. Cada vez que lo miraba, el Rey no podía evitar preguntarse cómo era posible que de los muchos hijos que había tenido, aquél, justo el que debía heredarle, fuera el más tonto. Los bastardos se las arreglaban estupendamente, y cada uno de ellos demostraba poseer algún talento particular, alguna cualidad brillante que le hacía ser admirado por la corte. Pero el heredero tenía la mente tan lechosa como el cuerpo, y una y otro parecían siempre estar cubiertos de niebla y adormecidos. Ni siquiera aquella mañana tan importante para su propia vida se mostraba más despierto que de costumbre.

El Rey alzó una ceja para saludarle y contempló luego a los demás, que habían concluido ya sus reverencias y se alineaban obsequiosos frente a él. Su hermano, el Duque de Orleans, estaba más chillón y afeminado que de costumbre. Los encajes formaban una nube a su alrededor y el gran lazo rosa bajo la barbilla gruesa le hacía parecer más que nunca un perro, como un ridículo carlino que pudiese sonreír y apestase a aceite de ámbar. Luis alejó la vista de él, molesto, y la paseó rápidamente sobre el resto de los Príncipes —sobrinos y nietos— que aquella mañana habían decidido no faltar al Despertar del Rey. Felipe se había colocado en la esquina, y estaba medio tapado por la columna de madera de la cama, a la que se había arrimado como si buscara en ella sujeción y escondite. Apenas le podía ver, pero comprobó que se había vestido elegantemente —en brillante azul-amanecer-en-Saint-Germain— y que había elegido una deliciosa peluca clara. Luis se sintió satisfecho de su nieto.

Detrás, los oficiales de servicio trataban de asomar las cabezas entre los Príncipes para hacerse ver. El Gran Chambelán, el Gran Mayordomo, el Mayordomo del Guardarropa y los tres Gentileshombres de Cámara sonreían humildemente a Su Majestad, dándole a entender que cumplirían a la perfección con sus deberes en aquella jornada brillante.

Y en efecto, todo se puso a funcionar como estaba previsto: el Primer Ayuda de Cámara se acercó al lecho y vertió en sus manos unas gotas de espíritu de vino, con las que el Rey se lavó parsimoniosamente mientras sus visitantes le contemplaban con arrobo. En cuanto hubo terminado, el Gran Chambelán tendió hacia él una pequeña jofaina de plata, con cuya agua bendita Luis se santiguó igual de lentamente. Los asistentes a la ceremonia, encabezados por el Delfín, caminaban ya en perfecto orden de jerarquía hacia el gabinete contiguo, donde un capellán esperaba, tieso y amarillento, para dirigir el primer y breve oficio del día. Devotamente, Luis, desde su cama, juntó las manos, humilló la cabeza y rezó, mientras pensaba en la ropa que se pondría aquella tarde.

Los caballeros regresaron al dormitorio real en el mismo orden inquebrantable, mientras por la puerta de la antecámara hacía su aparición Quentin, el barbero larguirucho y vivaz. Eran las ocho y media. Había llegado la hora de levantarse: Luis se incorporó, metió los pies en las babuchas y alcanzó de manos del Gran Chambelán su bata. Ponerse en pie le supuso un gran esfuerzo: tuvo que empujarse con los dos brazos, porque a su espalda le costaba erguirse y las piernas no querían sostenerle con firmeza. ¡Maldita edad!, pensó, tratando de disimular el esfuerzo mientras caminaba renqueando hasta el sillón, justo al lado de la chimenea. El fuego ardía alegremente, expulsando hacia la habitación un humo maloliente que flotaba entre los presentes y se depositaba como carbonilla sobre las ricas telas de los trajes, los damascos bordados en oro de las cortinas, las alfombras persas y el dorado reluciente de las paredes. El Gran Chambelán volvió a acercarse al Monarca y le quitó con suavidad extrema el gorro de noche.

Quentin comenzó entonces su tarea: limpió cuidadosamente la cabeza del Rey con polvos perfumados, fingió peinar el escaso pelo que aún le quedaba en la nuca, le pasó una esponja levemente humedecida en agua de lavanda sobre el rostro y le afeitó muy despacio la barba, mientras entraban en la habitación los invitados a la Segunda Entrada: los Ministros, el Intendente, el Controlador de la Plata y los diez o doce nobles que disponían del privilegio de compartir con el Monarca aquel importante momento del día.

A esas alturas de la mañana, en la habitación real

había ya unos treinta hombres. Vigilando atentamente las expresiones del soberano y, al mismo tiempo, mirándose entre ellos por el rabillo del ojo, todos asistieron impasibles a la ceremonia de los Quehaceres del Rey. Luis ocupó su sitio en su exquisita silla-orinal de terciopelo carmesí bordado en oro y, con regia puntualidad, procedió a sus deposiciones, mientras el médico Jarzat esperaba para recoger la bacinilla y observar el estado de los restos de Su Majestad. Únicamente el Duque de Orleans, poco acostumbrado a la vida militar por su tendencia a comportarse como una doncella, se alejó hacia un rincón del dormitorio y se mantuvo allí, sin poder evitar la repugnancia, llevándose cada poco un pañuelito perfumado a las narices. Pero en cuanto su hermano volvió a ocupar su sillón junto a la chimenea, se abrió paso entre los cortesanos, apartándolos sin miramientos, para situarse de nuevo en primera fila.

El barbero Quentin procedió a colocar en la cabeza de Su Majestad la primera peluca del día. En el mismo instante, comenzaron a entrar para el Gran Despertar los veintisiete nobles invitados aquella mañana, todos elegantes como orquídeas y visiblemente excitados. El dormitorio era ahora una auténtica exhibición de riqueza, una galería de jubones de sedas exquisitas y camisas bordadas en oro, de corbatas y lazos sujetos con rubíes o esmeraldas, de altos bastones de maderas traídas de los confines del mundo con empuñaduras de marfil y plata, de pelucas de todos los colores rizadas como pieles de cordero y de rostros maquillados que sonreían mientras las cabezas pensaban en las deudas de juego de la noche anterior, en la amante que exigía una carroza más lujosa, en el rango de oficial que deseaban conseguir para un hijo o en el cargo de Gobernador de las Carpas de Su Majestad, que había quedado libre al fallecer su último detentador y al que muchos de aquellos caballeros aspiraban. Los perfumes se entrecruzaban los unos con los otros, chocando en algunos puntos concretos de la habitación como fieras que intentasen devorarse, y las bocas parloteaban en voz baja, semejantes a moscas que zumbaran infatigables en medio del calor.

Luis observó satisfecho aquella multitud de hombres entregados a su voluntad, pendientes del menor de sus deseos, esclavos de cada uno de sus gestos y decisiones. Aquello era el poder. Pensó en lo generoso que se mostraba con él Dios Nuestro Señor, y estuvo a punto de emocionarse por su propia grandeza. Pero las voces más altas de lo admisible que procedían del fondo de la habitación, de aquellos que no habían tenido más remedio que quedarse junto a la puerta y ahora parecían olvidar la etiqueta, le estropearon el momento, haciéndole volver a la realidad. Hizo un gesto a su Primer Chambelán para que los mandase callar, y pasó a ocuparse del desayuno, la habitual tacita de verbena que ya llegaba hasta él, transportada por un exquisito cortejo que de pura delicadeza y solemnidad parecía portar las reliquias mismas de Cristo.

Dos guardias le abrían paso entre el gentío. Detrás, cuatro gentileshombres de la Boca del Rey se ocupaban altaneros de llevar la tetera, la taza, el azucarero y la servilleta. El Copero Mayor se acercó a ellos, sosteniendo su propio pocillo, y se sirvió un chorrito, que bebió con lentitud. Tras comprobar que no padecía escalofríos ni terribles dolores de estómago, que no le salía espuma por la boca ni se le amorataban las manos y que, por lo tanto, no había sido envenenado, miró al Rey y le hizo un gesto de afirmación. Dos nuevos caballeros se apresuraron entonces a servirle su tisana, entre reverencias y gestos atildados.

Luis bebió por fin con alegría su primer sorbo. Después dejó resbalar su mirada sobre la multitud, tratando de buscar al Conde de Échenon, al que no logró ver por ninguna parte.

—¡Échenon! —gritó.

El aludido apareció al fin frente al Rey, con su enorme tripa envuelta en terciopelo violáceo y un inmenso lunar a la antigua muy cerca del ojo izquierdo.

—Sire...

—¿Qué ha dicho hoy vuestro caballerizo sobre el tiempo?

—Sopla viento del este, sire, y hace frío. Marcel cree que dejará de llover y que tendremos una buena tarde, aunque no terminará de despejarse del todo.

—Entonces podré ir a cazar, buenas noticias. —Luis se levantó un poco del sillón, alzándose sobre el peso de sus brazos, y rebuscó lentamente entre la multitud de hombres que le miraban expectantes, mudos y quietos como estatuas en las que el escultor hubiera tallado absurdas muecas de sonrisa. Luego volvió a sentarse y bebió otro traguito de su tisana—.

Vos vendréis conmigo, Alamard. Y vos también, Telon. Iremos al bosque de Marly. Hoy quiero un ciervo.

Un susurro de admiración recorrió la sala, como una ola que rompiera rumorosa contra los cantos de la playa: ¡Su Majestad quería un ciervo! ¡Su Majestad debía de encontrarse especialmente bien aquella mañana! ¡Hacía por lo menos dos meses..., no, dos y medio, que Su Majestad no acudía al bosque de Marly! ¡Su Majestad les estaba dando una gran alegría! El sonido *feliz* del agua sobre los cantos apagó el rumor sordo y oscuro de la decepción de todos aquellos que habían esperado en vano ser elegidos compañeros de caza y ahora disimulaban como podían la frustración, redondeando en gestos de arrobo las bocas pintadas.

Pero ya eran las nueve y media, y había llegado la hora justa de vestirse. Asistido por el Delfín, el Gran Chambelán, el Ayuda de Cámara, el Mayordomo del Guardarropa y los Gentileshombres de Cámara —que sostenían, estiraban, plegaban, recogían y entregaban las ropas—, Luis terminó envuelto en sedas y satines color entrañas-de-procurador y estela-de-góndola-en-el-Gran-Canal, muy apropiados para aquella mañana. Al fin, el Relojero Real, tras haberle dado cuerda al reloj de bolsillo, se lo entregó al Marqués de Hautcœur, y éste se lo pasó al Duque de Anjou, quien a su vez lo depositó en las reales manos con una atolondrada reverencia. Entonces se dio por terminada la ceremonia del Vestido de Su Majestad.

En unos instantes se formó el cortejo que debía dirigirse a la capilla. Gramont le entregó al Rey su rosario de oro, con el hermoso crucifijo de marfil en el que el Cristo casi desnudo parecía retorcerse entre espasmos. Luis ocupó su sitio, en medio de la procesión que comenzó su lento deambular por los corredores. A lo largo del palacio se iba oyendo el ritmo del desfile: el golpe fuerte primero de los bastones de los caballeros sobre las maderas enceradas al amanecer, luego los dos golpecitos breves de los tacones de sus zapatos, todos a un tiempo, como una orquesta bien concertada. A las diez de la mañana, el palacio de Versalles entero recogía armoniosamente toda aquella devoción y aquella elegancia.

La capilla estaba ese día llena hasta los topes. Allí se apretaban todos los que no habían sido invitados a la ceremonia del Despertar y todas las damas del palacio, somnolientas, malhumoradas muchas de ellas, oliendo aún a la piel tibia del amante. Pero era preciso acudir a la misa: a Luis le gustaba que todo el mundo cumpliera con los ritos, tanto los profanos como los religiosos. Exigía verse rodeado siempre de su muchedumbre, aquellos centenares de hombres y mujeres fieles como perros y refinados como muñecos de porcelana, que daban sentido a las salas lujosas, a los jardines exquisitos, a las fruslerías de la cocina, a la alegría solemne de sus músicos.

El aroma de los inciensos se entremezclaba con los perfumes densos de los asistentes, haciendo que el aire pareciera pesado, como el humo de una fogata ardiendo en medio de una habitación cerrada. El Duque de Orleans, siempre tan delicado, sintió al entrar su arcada de cada mañana, y tuvo que acercarse a la nariz su pañuelito mientras hacía la genuflexión. Ya iba a levantarse cuando se dio cuenta de que Luis estaba aún arrodillado en el suelo. Últimamente, el Rey se limitaba a agachar un poco la cabeza y fingir que doblaba las rodillas, pero aquel día le dio por postrarse de verdad, y todo su séquito tuvo que imitarle de inmediato. El resto de los presentes susurraba su admiración: era evidente que había mucho que agradecerle a Dios esa mañana.

Hubo un momento de inquietud al comprobar que el Monarca no podía incorporarse. El Gran Chambelán intentó abalanzarse en su ayuda, pero Luis le fulminó con la mirada y tendió su mano al Duque de Anjou, que, rojo de vergüenza, se apresuró a levantar a su abuelo. Éste lo mantuvo firmemente a su lado y le hizo caminar junto a él, a la vista de todos, hasta llegar a su sillón. Tan sólo se detuvo un momento para besarle la mano a Madame de Maintenon, vestida en tonos oscuros y luciendo una hermosa mantilla española —claramente española— sobre la cabeza. El Rey le hizo un pequeño gesto de satisfacción: a decir verdad, aquella esposa suya era un dechado de sabiduría y diplomacia. Por la noche iría a sus aposentos a agradecerle el gesto. Aunque si la Lurennes o la Ménange se le daban bien, tal vez a esas horas estaría muy ocupado...

El Duque de Anjou depositó torpemente a su abuelo en el sillón y se dirigió hacia su asiento. Sus ojos se tropezaron entonces con los pechos de la Marquesa de Fontiègnes, claramente extendidos hacia él. Felipe volvió a enrojecer, mientras la dama se pasaba con suavidad los dedos de su mano derecha sobre la blanquísima piel del escote, apenas recubierta por una gasa que intentaba simular una cierta modestia. El Duque tropezó con su silla y estuvo a punto de tirarla antes de sentarse. El corazón le latía tan fuerte que creyó que iba a caerse desplomado. Tenía que salir de allí antes de perder el conocimiento como una damisela y organizar un escándalo. Pero era imposible: estaba sentado en la primera fila, al lado de su padre, justo frente al altar desde donde su abuelo lo veía todo, y además tendría que atravesar la capilla entera hasta la puerta bajo las miradas y los murmullos de toda la corte. Felipe respiró hondo, y sintió un sudor repentino empapándole el pecho y la nuca. El cráneo comenzó a picarle bajo el calor implacable de la peluca. Le hubiera gustado meter la mano por debajo de los rizos y rascarse, pero estaba seguro de que, a su espalda, todos estaban observándole. Y además, justo en ese momento, el Capellán Mayor salió de la sacristía, rodeado de una multitud de acólitos y monaguillos que lanzaban sobre él y sobre los fieles nubes de oloroso incienso.

—*In nomine Patris et Filii et Spiritus Sancti. Amen. Introibo ad altarem Dei.*

—*Ad Deum qui lætificat iuventutem meam.*

Las voces de la corte en pleno se alzaron hacia el cielo inmaculadas y gloriosas en la gloriosa mañana de noviembre. El Duque de Anjou sintió el aliento de la Marquesa de Fontiègnes en su nuca, como si hubiera logrado atravesar la densidad de la peluca. Lo cierto es que, aunque él no podía saberlo, a la dama le había costado un verdadero esfuerzo ocupar aquella mañana el lugar que se encontraba justo detrás de su asiento. La noche anterior había estado jugando hasta muy tarde al *lansquenet*, y había perdido una fortuna. Pero ni el temor a tener que confesarle a su marido las pérdidas ni las breves horas de sueño le habían impedido estar en pie a las siete y llegar la primera a la capilla, a las ocho y media, para poder situar su reclinatorio en el lugar elegido. Durante un rato, hasta que comenzó a llegar el resto de los cortesanos, estuvo dormitando arrodillada, envuelta en una capa de piel que su criado se había llevado después, dejándola bien a la vista —aunque un poco aterida— con su escotado vestido apenas disimulado bajo la gasa sutil. Pero aquél podía ser su gran día, y todo sacrificio valía la pena.

Hacía mucho tiempo que la Marquesa perseguía al Duque de Anjou. Lo había conocido recién nacido, cuando ella tenía quince años y acababa de casarse con ese vejestorio que tenía por esposo, y desde entonces lo había visto crecer, siempre tan lindo y tan tímido, y convertirse en aquel jovencito de diecisiete años, guapo como una luna llena en una noche despejada del invierno, y tan apetecible, con sus rubores y su pudor de niña de colegio. Athénaïs suspiraba desesperadamente por él, deseaba desvirgarlo, transmitirle la sabiduría acumulada en sus muchos años de amor en los brazos de los hombres más doctos de la corte, pero el Duque, semejante a una doncella medieval, vivía rodeado de un muro de castidad. Su preceptor, el rígido Padre Fénelon, había logrado convencerle de que el amor carnal fuera del matrimonio le conduciría a las puertas mismas del Infierno, de donde jamás sería redimido. Felipe miraba a su alrededor, observaba las depravadas costumbres de la corte, la obvia sexualidad del abuelo —cuyos amoríos extraconyugales transcurrían a la vista de todo el mundo—, y a veces por la noche, mientras rezaba arrodillado en su reclinatorio antes de acostarse, rompía a llorar, imaginando que todas aquellas gentes viciosas que le rodeaban acabarían en los abismos de los condenados, entre llamas y tormentos insoportables.

Claro que también lloraba un poco por sí mismo, aunque eso nunca se lo confesaría al Padre Fénelon. Al fin y al cabo, por muy Príncipe de Francia y muy devoto que fuera, no dejaba de ser un muchacho, y las tentaciones del deseo se incrustaban a menudo en su cerebro y en su cuerpo con la fuerza de mil cuchillos afilados. Vivir entre todas aquellas damas hermosísimas, entre las criaditas frescas y cálidas como leche recién ordeñada, que a menudo le miraban con ojos lánguidos y se acercaban más de la cuenta a él al cruzárselas en los pasillos, era una auténtica agonía. Menos mal que el preceptor le había permitido aliviarse a solas cuando resultara imprescindible, aunque no más de dos veces al día: Dios sabría comprender aquella debilidad de la carne en un hombre joven y sano. Cualquier cosa —siempre con moderación—, con tal de que no cayera en el pecado.

La Marquesa de Fontiègnes se lo estaba poniendo especialmente complicado, con sus pechos sinuosos siempre presentes delante de sus ojos, con aquellas sonrisas inspiradoras y los gestos mudos de su abanico. Un día, en pleno *appartement*, ya tarde, cuando todo el mundo había bebido lo suficiente, hizo como que tropezaba al pasar a su lado y se dejó caer sobre él, sentándose en sus rodillas. Una vez allí, no hubo manera de levantarla en un largo rato. Entre las risas de todos los que estaban alrededor, Athénaïs frotó sus senos contra el pecho del Duque, le acarició la nuca y hasta le mordió ferozmente el cuello, pasándole luego la lengua sobre el mordisco. Sólo se puso en pie cuando apareció en la sala el Delfín y quizá tuvo miedo a recibir una regañina. Entonces se esfumó carcajeante, rodeada por sus amigos, que la envolvieron como si fueran su cuerpo de guardia.

Y ahora la tenía detrás, justo aquella mañana que debía ser la del comienzo de su nueva vida. Bendita mañana, eso pensaban todos. Menos él, que maldecía sin cesar el testamento de Carlos II, y a Carlos II, y el trono de España con todos sus reinos. Él no quería ser Rey, no quería gobernar, no quería tener que tomar decisiones a cada momento, ni levantarse temprano todas las mañanas y fingir que era poderoso y reluciente, como hacía su abuelo, que siempre parecía ir recubierto por una armadura de oro. Una armadura que le protegía del mundo y, a la vez, imponía su dominio sobre él, sobre la vida de las personas y las fronteras de los Estados y el destino de los animales y hasta el crecimiento de las plantas de sus jardines, que él quería ordenadas y simétricas para dar testimonio, también en eso, de su poder.

Pero el Duque de Anjou sólo deseaba seguir llevando aquella vida tranquila de Príncipe sin aspiraciones, dormir mucho, ir a cazar por las tardes, aparecer por las noches en el *appartement* del Rey tratando de pasar lo más desapercibido posible. Y que siempre le dijeran lo que tenía que hacer. Siempre. ¿Cómo iba a adoptar leyes para lejanos súbditos que vivían en tierras cuyos nombres nunca conseguiría aprenderse? ¿Cómo iba a ordenar movimientos de tropas y gastos de dinero si ni siquiera había sido capaz de decidir jamás, en sus diecisiete años de vida, qué ropa debía ponerse? Estaba acostumbrado a que otros pensaran siempre por él, su madre, su padre, su preceptor, el Rey y hasta los criados. Y ahora tendría que pensar él solo, por sí mismo y por miles y miles de personas a las que jamás conocería. El abuelo se lo había dejado bien claro el día anterior, al darle la noticia y comunicarle sus primeras instrucciones:

—Te prohíbo que tengas ningún privado. ¿Me oyes bien...? Ningún favorito, ¡nunca! Los favoritos acaban con los Monarcas, son como vampiros, les chupan la sangre y se enriquecen a su costa, vaciándoles las arcas. Cuando haya asuntos complicados, yo te daré las órdenes desde aquí. Lo demás deberás decidirlo tú. Tendrás tres o cuatro personas de mi confianza, y ellos te ayudarán. Pero no se te ocurra jamás hacerle caso sólo a uno. ¡Que no se te ocurra! Escúchalos a todos y luego piensa tú mismo qué es lo mejor. ¿Te ha quedado bien claro?

El *paternoster*, musitado por la corte en pleno a toda velocidad —el oficio no debía durar más de treinta minutos—, anunciaba que no quedaba ya mucho de la misa. Y en ese momento lo oyó, oyó claramente la voz de la Marquesa susurrando a su espalda, muy cerca de su oído, después del *Adveniam regnum tuum,* «a medianoche en mi habitación, os espero, Majestad». ¡Majestad! Era la primera vez que le llamaban así, y tenía que ser justo aquella mujer, aquel demonio de pechos grandes y cuello perfecto que le atacaba desde hacía meses.

Quería morirse. Eso es lo que quería. Y tenía muchas probabilidades de conseguirlo: debía realizar aquel horrible viaje de muchas semanas hasta Madrid en pleno invierno, entre nieves, vientos y heladas y, con un poco de suerte, enfermaría sin remisión. O quizá su carroza volcaría en algunos de esos puertos espantosos que, según decían, separaban el norte del reino de la meseta, y su cuerpo rodaría como un muñeco por la pendiente, dejando tras de sí un rastro de sangre real. (El Duque sacó la lengua para recibir la comunión y pronunció su «Amén».) Incluso era posible que alguien lo envenenara, sí, tal vez alguno de los partidarios del Archiduque se las arreglaría para asesinarle. Y a decir verdad, no le importaba. El caso era morirse.

Arrodillado piadosa y lastimeramente en su reclinatorio, después de la comunión, se le ocurrió la solución a todos sus males: ¡Moriría en la batalla! ¡Eso era! En cuanto hubiese un enfrentamiento con algún ejército enemigo, se pondría él mismo delante de sus tropas y penetraría en las filas contrarias con tal valentía que acabarían matándolo. Así, al menos, su honor quedaría a salvo. La idea le causó tanta alegría que estuvo a punto de volverse hacia la Marquesa de Fontiègnes y hacerle un gesto afirmativo con la cabeza, aceptando su invitación: puesto que iba a morir pronto, bien podría disfrutar al menos una vez de un cuerpo de mujer. Pero la voz del Padre Fénelon resonó en sus oídos, interrumpiendo su arrebato: «No pequéis nunca contra la castidad, Monseñor, es el pecado más horrible a los ojos de Dios...» Y el repentino sueño de una noche de placer se esfumó entre las nubes de incienso que los monaguillos arrojaban sobre las primeras filas.

—*Ite, missa est.*

Luis le hizo una señal a su nieto, indicándole que subiera a buscarle al altar. Juntos, apoyados el uno en el otro, muy lentamente, abandonaron la capilla, bajo las miradas de éxtasis de todos los cortesanos, el Rey con la cabeza muy alta, muy poderosa, como si llevara la corona de sus antepasados eternamente puesta, y el Duque de Anjou tembloroso y desvalido, sintiéndose como un escarabajo negro y feo atrapado en una trampa que sólo desease inútilmente abrir las alas y echar a volar.

El cortejo real, tan ordenado y solemne como al principio, regresó al gabinete del Monarca. Felipe pidió entonces permiso para retirarse.

—No te olvides de estar en el Gran Patio a las dos. —Luis sacudía entretanto la mano ensortijada de oro, haciéndole gestos de que podía irse—. Deseo que hoy me acompañes a la caza.

El Duque de Anjou hizo su reverencia y trató de

dirigirse a su habitación, pero una nube de caballeros le rodeó de inmediato, los ojos ansiosos y las cejas alzadas, intentando cada uno de ellos ser el objeto único de su atención. Las interpelaciones y las preguntas se entremezclaban, mientras todos caminaban a su alrededor por los salones, como un enjambre de moscas en torno a un pescado.

—Monseñor, os he traído de mis cuadras un hermoso caballo zaino que deseo regalaros. Montáis con tanta gracia, que sólo vos podréis lucir sobre un ejemplar tan magnífico —gritaba el Marqués de La Motte.

—Monseñor, ¿qué tal habéis dormido esta noche? Me preocupa tanto vuestra salud que al saber que ayer os habíais retirado del *appartement* demasiado pronto, no he podido ni siquiera acostarme a causa de la inquietud —chillaba el Conde de Vernois.

—Monseñor, he ordenado a mi cocinero que os preparase las codornices al chocolate que tanto os gustaron el día que me hicisteis el honor de cenar en mi casa, y os las he traído para vuestro almuerzo —vociferaba entre jadeos el Barón de Moulin, que a consecuencia de su edad se iba quedando cada vez más atrás.

Felipe hizo lo que pudo para librarse de aquella jauría de peticionarios. Rompiendo la etiqueta, echó a andar a toda velocidad por los salones, y huyó entre espejos y lustres y estatuas de mármol, hasta que alcanzó su dormitorio, hundido en una esquina oscura de la planta baja del palacio. Se tiró exhausto en la cama y ordenó a los criados que le llevaran una jarra de vino —no quería comer nada— y que le dejaran tranquilo hasta la una y media. Nadie debía entrar en su habitación, ni siquiera su padre.

Luego, entre trago y trago de buen vino de la Champaña, intentó dormirse, pero no lo logró. Se le agolpaban las imágenes y las ideas en la cabeza, el largo viaje, la vida en el Alcázar —triste, según decían, como un féretro—, las leyes que tendría que firmar, la esposa que ya debía de estar buscándole su abuelo, la negra ropa de los españoles a la que jamás podría acostumbrarse, las guerras que sería preciso iniciar, el nuevo idioma que no se sentía capaz de aprender, los dineros que tendría que administrar, la gravedad y firmeza que se vería obligado a mostrar en cada momento... Entre negrura y negrura, debió de quedarse dormido unos instantes, porque lo cierto es que creyó entrever cosas extrañas, un cuerpo de mujer desnudo en su cama, grueso y blando, tendiéndole los brazos, un estandarte de los tercios de Flandes flotando en una charca, un demonio rojo como un pimiento danzando en medio de un salón sin adornos ni ventanas, al son de una bombarda desagradablemente chillona...

Luis XIV, entretanto, hablaba en efecto con sus consejeros sobre las Princesas casaderas de Europa. Iban analizándolas una a una, como a caballos expuestos en una feria: ricas y pobres, lindas y feas, fuertes y enfermizas, virtuosas y ligeras... Unas no servirían por su edad, otras por la escasez de su dote, o por su salud quebradiza, o porque a su madre se le habían muerto casi todos los hijos, o porque estaban poco educadas, o porque lo estaban en exceso, o porque mostraban demasiada ambición, o porque se decía que eran muy coquetas... Caballos en una feria a los que se les miraba la dentadura, y la robustez de las patas, y la firmeza del vientre.

Al final, un nombre pareció resplandecer entre todos, nimbado por la aureola que el propio Luis supo crear a su alrededor, el de María Luisa de Saboya. Aquella niña de doce años, preciosa como un zafiro según sus retratos, era la hermana pequeña de María Adelaida. Y el Rey adoraba a María Adelaida, la esposa de su nieto mayor, el Duque de Borgoña. Linda, alegre, y leal a su marido como un guardia de corps. Había que reconocer que el cínico de Víctor Amadeo de Saboya había tenido buenas hijas, exquisitas Princesas que reinarían cuando les llegase el momento con el mismo brillo con el que la estrella de la mañana reina en el cielo. Sí, María Luisa sería una buena esposa para Felipe, y una esplendorosa soberana para el trono de España.

Así que Luis se fue a comer contento, tanto que durante la quisquillosa ceremonia de su Almuerzo apenas reparó como solía hacer en los pequeños defectos que la deslucieron: pasó por alto que el Mayordomo, que encabezaba tras la guardia el largo cortejo de nobles portadores de la comida, tropezara con el borde de una alfombra y estuviese a punto de caerse. Tampoco dijo nada cuando el Duque de Vienne, al que aquel día le tocaba ejercer de Sumiller, vertió unas cuantas gotas de vino sobre el mantel inmaculado. No regañó al viejo Marqués de Blède cuando, medio asfixiado entre la multitud de nobles que le observaban comer, le dio un ataque de tos. Y ni siquiera protestó porque los platos estuvieran fríos. De hecho, aquel día devoró con satisfacción todo lo que le pusieron delante: potaje de cangrejos, filetes de ciervo trufados y un buen plato de capón a las ostras. Luego disfrutó de los espárragos cultivados en su preciada huerta y de cuatro huevos duros, aunque al Guardavajillas le parecieron cinco, según comentó después en la habitual conversación entre los cortesanos sobre el apetito del Rey. Un par de peras bien frescas, recién recogidas del árbol, le sirvieron de postre.

Algo cansado y un poco molesto por la sensación de que el estómago le iba a estallar bajo la presión de las calzas, el Rey decidió que aquel día no trabajaría más. Durante un rato, jugó a solas en su gabinete con algunos de sus perros favoritos, tirándoles su corbata de seda y haciendo que se pelearan entre ellos para llevársela como un trofeo desgarrado y húmedo de babas. Luego hizo pasar a un puñado escogido de cortesanos, mandó llamar a los oficiales de su guardarropía y se cambió —peluca incluida— para la caza. Perfecto, impecable, un poco renqueante, pero alegre como el milagroso sol de noviembre que lucía al fin en aquella tarde festiva, el gran hombre inició su paseo hacia los bosques cercanos, en busca de unas cuantas liebres a las que reventar con la pólvora de sus preciosos fusiles.

Los guardias de corps, inmóviles como figuras de cera, rodeaban ya el patio hasta la verja. Una fila de carrozas se alineaba a la espera de la llegada del Rey. A medida que pasaba junto a ellos, Luis iba saludando descuidadamente a sus acompañantes, agitando la mano en el aire y mirando al frente, mientras ellos hacían la reverencia. El Duque de Anjou estaba ya al lado de su carruaje, vestido con su mejor traje de caza, rubio y majestuoso como un dios, aunque un poco pálido. Abuelo y nieto —señores juntos de medio mundo— treparon al coche y el cortejo se puso en marcha.

Fue una tarde feliz. Luis cobró más de cincuenta piezas, como solía hacer mucho tiempo atrás, y Felipe olvidó durante un par de horas su angustia y disfrutó de la ruidosa furia de los perros, del estruendo de los disparos, del momento de satisfacción que suponía para él recibir el arma cargada, apuntar, comprobar la firmeza de su pulso y tirar con acierto contra el animal que saltaba entre los árboles y los matorrales despojados de hojas, en busca de un refugio que jamás llegaría a alcanzar. Le excitaba verle caer rodando, sabiéndose su matador, y observar luego cómo los perros se dirigían hacia la pieza agonizante y terminaban con ella, antes de depositarla orgullosos a los pies del Montero Mayor. Le gustaba —sí, tenía que reconocer que le gustaba— el olor de la sangre que manaba de los cadáveres, pegajosa y densa, y que se deslizaba luego despacio sobre el exquisito terciopelo de las faldas de las damas, cuando cortésmente, con sus modales de viejo coqueto, el Rey ofrecía a sus invitadas algunas de sus piezas, que ellas colgaban de sus cinturas como prueba de la regia predilección y luego exhibían gritonas a la vuelta a palacio.

Aquel día de esplendor, el regreso a Versalles fue un poco tardío. Eran más de las cuatro y media cuando el cortejo entraba en el patio. Luis decidió que, como cosa excepcional, se saltaría el oficio religioso de la tarde: la importancia de la jornada justificaría su descuido a los ojos de Dios. Se despidió de Felipe al bajar de la carroza dándole una palmada en la cara:

—No te olvides de ponerte tu mejor traje, el mejor. Quiero que esta noche seas el auténtico nieto del Sol. Que todos los hombres se arrodillen ante tu majestad y todas las mujeres te deseen por tu belleza. —Y se alejó lentamente, como un astro hacia su ocaso, camino de los aposentos de su esposa secreta, donde solía pasar un rato todas las tardes. Antes de regresar a la necesaria exhibición pública de su grandiosa persona, le gustaba sentarse allí mientras firmaba cartas y cédulas, junto a la chimenea ardiente, sabiendo que su dulce Madame de Maintenon bordaba a sus espaldas, frente a la ventana, silenciosa y discreta. Por un momento, el Rey de Francia fingía que era un buen burgués que dirigía su casa, escoltado por la virtud sumisa de su compañera.

Felipe tuvo que pedir ayuda a su hermano mayor para elegir la ropa que llevaría en el *appartement* de aquella noche. Terminó luciendo un traje multicolor, en el que dominaban con claridad los dos tonos de las banderas de sus futuros reinos, un rojo intenso en la casaca y el dorado de los bordados que adornaban cada una de las piezas. Cuando su Ayuda de Cámara le coronó con una larga peluca rubia, cuyos rizos perfectos —ligeros como los bucles de la cabeza de una niña— flotarían al aire minutos más tarde en los salones de Versalles, el nuevo Rey de España pareció sentir una inesperada dosis de confianza en sí mismo, al menos la suficiente para enfrentarse a lo que le esperaba.

A la misma hora, todo Versalles era un hervidero de servidores sudorosos y cortesanos impacientes. Los Ayudas de Cámara y las doncellas corrían de un lado para otro, tropezándose por los pasillos, en busca de medias, agujas, zapatos, afeites, y toda clase de artilugios imprescindibles para arreglar a sus señores. Los peluqueros se agotaban subiendo y bajando escaleras, y por todas partes se oían órdenes apresuradas y gritos de descontento.

A las siete en punto, cientos de caballeros y de damas —todos los que contaban en el reino— se paseaban con gracia infinita por la Galería de los Espejos, sonriéndose en silencio los unos a los otros, como si jamás hubieran alzado la voz más allá del tono del susurro. La desnudez de las antiguas estatuas parecía un insulto de la naturaleza al lado de los costosos maquillajes y las telas riquísimas que los envolvían, sedas de Lyon, blondas de Bruselas, organzas de la India o terciopelos de Génova. A la luz de las velas innumerables, resplandecían los rubíes y las esmeraldas en las gargantas de las damas, y la plata de los objetos y los muebles adquiría inauditos visos tornasolados. Al fondo de la enorme sala, sobre un pequeño estrado, la orquesta del Rey tocaba piezas del maestro Delalande, desgranando hermosos sonidos que se perdían en el aire, semejantes a inocuas gotitas de lluvia camino de la nada. Todo aquel mundo se reflejaba pavorosamente en los espejos, pálido, desvaído, vacilante, como si al otro lado de los cristales se paseara una multitud de espectros a punto de atravesar la delgada línea entre el más allá y la materia.

Hacia las siete y media, comenzó a cundir cierto desasosiego: el Rey no llegaba. ¿Le habría ocurrido algo al Rey? El calor aumentaba de minuto en minuto. Algunas damas, asfixiadas y exhaustas, comenzaban a ostentar churretones de sudor sobre los polvos blanquísimos de la cara. Los labios rojos de ciertos nobles se iban despintando, dejando un cerco patético alrededor de las bocas. Había marquesas que arrimaban los pechos a los vidrios helados de las ventanas, en busca de alivio, y viejos duques que se abrían paso como podían y trataban de acercarse a una pared en la que recostarse, mirando de reojo los taburetes y las sillas perfectamente alineadas, que sólo podrían utilizar aquellos que tenían permiso de Su Majestad cuando él mismo estuviera presente.

De pronto, el ujier de la puerta que daba al Salón de la Paz gritó: «¡Señores, el Rey!», y el silencio fue extendiéndose como una larga ola por toda la Galería. La orquesta interrumpió su sinfonía y atacó una pieza solemne del difunto Lully. Justo en el momento en que el sonido rítmico del bastón y los tacones de Luis comenzaba a oírse en la sala, uno de los oboes desafinó notablemente. El Rey detuvo su marcha y la corte suspendió la respiración, mientras los músicos palidecían y trataban de seguir tocando lo mejor posible. Pero al fin volvieron a sonar los pasos del Monarca —que aquel día estaba definitivamente de buen humor—, y éste apareció en la entrada, glorioso, de nuevo apoyado en el brazo de Felipe, semejante a un Apolo vestido. La muchedumbre engalanada se abrió en dos, apretándose contra las paredes, al mismo tiempo que se inclinaba en una reverencia conjunta. El cortejo avanzó lentamente, siguiendo el tempo marcado por la música, hasta alcanzar el estrado colocado en la parte central del salón. Luis subió con esfuerzo los dos escalones, e hizo una señal a su nieto de colocarse a su derecha. El Delfín permaneció en pie tras ellos.

El Rey se sentó en su trono. Felipe se sentó en su sillón. La corte se apretujó en un movimiento extrañamente silencioso alrededor del estrado. El Rey se puso en pie. Felipe se puso en pie. La orquesta interrumpió la música. Entre el crepitar de las mil velas, entre el centenar de suspiros de los cortesanos conmocionados, el Rey inició su discurso:

—Nobles de Francia, caballeros y señoras nuestros. Dios, que ha querido que nuestro cristianísimo nombre sea grande, para enaltecimiento de nuestras virtudes y ejemplo del mundo, ha tenido a bien en su magnanimidad concedernos hoy un mayor imperio sobre los hombres. El poderío de nuestra casa y nuestra nación atraviesa las más altas cumbres —Luis hizo una breve pausa mientras buscaba las palabras con las que debía continuar el discurso aprendido de memoria— y se expande como rica cosecha por otros cielos. Su Majestad Católica el Rey Carlos de España, al que Dios tenga en su Gloria, ha tenido a bien dejar en su testamento la totalidad de sus reinos a nuestro dilecto nieto, el Duque de Anjou. Tras hondas reflexiones e intensos rezos, Nos hemos decidido aceptar el trono en nuestro nombre y en el de nuestro nieto. Las dos naciones de Francia y España, antaño enemigas, serán ahora hermanas, y los Pirineos dejarán de ser una frontera que nos divide, para convertirse en un puente que nos une —una nueva pausa, y el Monarca abrió ligeramente los brazos, como si quisiera acoger en ellos a todos sus leales—. ¡Nobles de Francia! ¡Arrodillaos ante el nuevo Rey! ¡Honor a Felipe V de España!

Luis hubiera deseado que la genuflexión fuese perfecta, impecable, pero la enorme cantidad de gente arremolinada ante el estrado y la torpeza de los más viejos la hicieron quedarse en un amago bienintencionado. El Rey torció levemente el gesto, aunque decidió olvidarse de inmediato de aquel feo desaliño. Al fin y al cabo, la emoción era evidente, y se hizo más visible aún cuando la orquesta volvió a tocar un aire pomposo. Hubo caballeros que se permitieron verter algunas lágrimas, otros que alzaron sus ojos al cielo, como místicos en éxtasis, para dar las gracias, y damas que, llevadas por la intensidad de sus sentimientos, sufrieron desmayos y vahídos. Era difícil saber si todas aquellas efusiones se debían al orgullo de ver a un Príncipe francés sentado en el gigantesco trono de España, o a la visión de los futuros honores, cargos y riquezas que estaban a punto de caer como maná sobre muchas familias. En cualquier caso, ni a Luis ni a nadie en aquella Galería de los Espejos le importaba saberlo.

Después de la insigne noticia y del estallido de los fuegos artificiales junto al Gran Canal —deslucidos por la neblina helada de la noche de noviembre, pero bien ruidosos—, las horas de *appartement* siguieron como de costumbre: a lo largo de las imponentes salas, hubo mesas de juego donde se perdieron y se ganaron fortunas. Hubo largas partidas de billar —en las que el Rey venció siempre—, coqueteos repentinos detrás de alguna cortina, miradas de odio y de deseo, y muchas conversaciones sobre el magnífico aspecto del Monarca, su magnífica partida de caza de aquella tarde, la magnífica noticia que les había dado y el magnífico destino de su nieto menor, que permaneció toda la noche pegado a Luis como una sombra, intentando esquivar los pechos descarados de la Marquesa de Fontiègnes, que aquel día parecía haberse multiplicado y estar en todos los sitios a la vez, siempre detrás de la regia pareja. Entretanto, se comieron toneladas de dulces y bombones y se bebieron litros de licor, y Luis, al encontrarse frente a frente con la misma Marquesa de Blécourt con la que había soñado unas horas antes —ahora vieja y menguada, pero luciendo siempre uno de los mayores escotes de la noche—, decidió concederle, en un generoso gesto de agradecimiento por el agradable ratito nocturno, la exclusividad de la venta de badilas para las chimeneas de toda Francia. La Marquesa enrojeció, palideció, se inclinó, besó las manos adoradas de Su Majestad —que en otros tiempos habían recorrido a fondo su cuerpo— y se alejó entre grititos y lágrimas.

A las nueve y media comenzó el baile. Los dos Monarcas, el viejo y el joven, danzaron al mismo tiempo una gavota, sosteniendo galantemente las manos de María Adelaida y de Madame de Maintenon. Luis maldecía entre dientes los incontables dolores y rigideces de su cuerpo, que le impedían moverse con la agilidad requerida. Pero los cortesanos no dejaron de admirar en voz bien alta aquel destello de gracia, la majestuosa elegancia que ambos lucían, bamboleándose como flexibles ramas de avellano bajo la música, y llegaron a la conclusión de que, aunque nadie se había dado cuenta hasta entonces, abuelo y nieto eran en todo semejantes, por sus rasgos, por su apostura y por su magnífico porte resplandeciente.

A las diez, el Rey dio por terminada la velada y, acompañado de Felipe y del resto de los nobles que tenían acceso a las últimas horas de su jornada, inició el lento paseo solemne hacia su habitación. Al otro lado de los espejos, los espectros mostraban los restos de lo que habían sido algunas horas antes, aún más fantasmagóricos que a su llegada: maquillajes corridos, ojos irritados, cuerpos sudorosos, pelucas torcidas, trajes arrugados, bocas desdentadas que se abrían en horribles sonrisas... A medida que los criados, muertos de cansancio, apagaban las velas, todo se iba desvaneciendo, la música, las carcajadas, las palabras de deseo y de codicia, los rumores envenenados vertidos al oído de unos y de otros... Las almas en pena se retiraban durante algunas horas a sus dormitorios, donde las pesadillas las igualarían a los pobres y a los vencidos, sacándolas por un breve tiempo a patadas de su esfera de soberbia. Sólo un rato: a la mañana siguiente, la fiesta empezaría de nuevo.

A la misma hora, en una sala del suntuoso Palazzo Pasquino de la Piazza Navona de Roma, Mariana de la Trémoille, Princesa viuda de los Ursinos, le dictaba a su secretario Jean d'Aubigny una tierna carta dirigida al Cardenal Primado de España, Don Luis de Portocarrero. En la sala contigua, uno de aquellos capones en los que Mateíllo temía tanto convertirse interpretaba una virtuosa aria lacrimógena:

—«Eminentísimo y Reverendísimo Señor y muy querido amigo: llegan raudas y felices las noticias de Madrid, que me hacen saber que Vuestra Eminencia ha apoyado la causa francesa hasta el último aliento de Su difunta Majestad, a quien Dios tenga en su Gloria. Hace muchos años que aprendí que siempre puedo fiarme de vuestra palabra. Resta por saber si, como todos esperamos rezándole a Dios Nuestro Señor, Su Cristianísima Majestad ha aceptado el testamento y si el Duque de Anjou es ahora vuestro nuevo Rey.» —La Princesa de los Ursinos, que se había puesto en pie mientras dictaba, se acercó a la silla de su secretario y le besó en la nuca—. No te olvides de cifrarlo, Jean, y haz salir al mensajero esta misma noche. ¡Y ven pronto a mi cama! Sigo: «Ignoro si la Providencia me llamará de nuevo a esa corte, pero debéis saber, *mio caro amico*, que aunque los años me aconsejen acogerme al reposo de mi vejez en este palacio, entregada a la oración y a la lectura, mi voluntad siempre ha pertenecido a Su Cristianísima Majestad, mientras que mi amistad me deposita una y otra vez en mis sueños a los pies de Vuestra Eminencia...»

La impresionante voz del *castrato* clamaba delicadamente bajo las bóvedas pintadas de héroes y dioses: *Vieni presto a consolar questo cor che tanto brama...*

CAPÍTULO III

La Princesa de los Ursinos contempló a la pequeña novia que caminaba pizpireta hacia el altar, y sonrió para sus adentros, al fin tranquila. Con el precioso vestido que le había encargado a París, la niña estaba deliciosa. A pesar de sus escasos trece años, el cuerpo de María Luisa Gabriela de Saboya estaba perfectamente formado, y ella misma había podido comprobar durante el viaje cómo la regla le bajaba puntualmente cada veintiocho días. Cierto que su cara era todavía un poco infantil, con aquellas mejillas regordetas que parecían de muñeca, pero ese aire ingenuo y levemente travieso haría que los españoles simpatizasen enseguida con su nueva Reina, a la que era imposible considerar una amenaza.

Lo mismo se podía decir del Rey, tan guapo y tan callado. Demasiado callado, en realidad: aunque Mariana no hubiera recibido de sus confidentes todos los desoladores informes que tenía sobre él, hubiera bastado un vistazo para darse cuenta de que aquel muchacho tímido y melancólico, al que una mirada un poco intensa ya hacía enrojecer, poseía muy pocas cualidades para ser rey. La Princesa no pudo evitar recordar al Luis XIV de años atrás, cuando tenía, igual que ahora su nieto, dieciocho años y era ya sin embargo un hombre poderoso como el sol. Su presencia imponía silencio, su mirada hacía que los corazones se parasen, su voz erizaba la piel y sus gestos provocaban deseos de arrodillarse ante él. Luis había sido grande —no, grande no, inmenso— desde la cuna. Un verdadero astro. Felipe era en cambio pequeñito, tan débilmente refulgente como una luciérnaga a los pies de un árbol muy viejo.

El breve momento de satisfacción de Mariana al ver iniciarse la boda terminó enseguida. Ahora tuvo ganas de lanzar al aire un suspiro muy profundo, al pensar en el muchísimo trabajo que le iban a dar aquellos dos críos para convertirlos en dignos propietarios del trono de España. Si es que algún día lo lograba... La recién nombrada Camarera Mayor de Su Majestad la Reina alzó la mirada hacia el altar de la iglesia de Sant Pere y lo que vio le hizo morderse fuertemente el labio. Allí estaba aquella especie de mono sucio, el Patriarca de las Indias, bajo, renegrido y feo. Y, alrededor, todos aquellos hombres tan bajos, tan renegridos y tan feos como él, los Grandes de España, los nobles más importantes, espantosamente vestidos de negro, con las enormes golillas amarillentas y sobadas fijándoles las cabezas —que apenas podían mover—, como si fuesen espantapájaros.

Y detrás... Sabía muy bien lo que había detrás de ella, aunque no pudiese permitirse girarse para contemplar el espectáculo lamentable. Las damas, tapadas hasta la barbilla, aplastadas bajo sus corsés de madera, luciendo la ridícula silueta que les proporcionaban los guardainfantes, enjalbegadas las caras de blanco de albayalde, con las mejillas y las manos rojas del colorete, y coronadas por aquellos peinados patéticos, capas y más capas de rizos solidificados por las pomadas, parecidos a insonoros cascabeles. Horrorosas y tan tiesas como palos de escoba. Y junto a ellas, asomando sus monstruosas caras entre las faldas, un par de docenas de enanas y enanos inquietos y ruidosos, patéticamente vestidos con los mismos modelos en miniatura que sus dueños, incapaces de mantenerse quietos y respetuosos ni un minuto. Mariana sintió el desaliento recorrerle el cuerpo como un espasmo: todo aquel horror que la rodeaba era tan sólo una avanzadilla de lo que iba a encontrarse cuando llegase al Alcázar. Bajó de nuevo la mirada y trató de rezar: «Dios mío, dadme fuerzas para soportar este infierno. Os lo pido en nombre de vuestro devoto Rey Luis...»

Fue en ese preciso momento, mientras los monaguillos incensaban a los asistentes con nubes perfumadas de humo sagrado y el Patriarca comenzaba a declamar el *Kyrie, eleison,* cuando se oyó el estruendo: el reclinatorio del Duque de Osona se acababa de caer. El Duque, como representante de los Grandes de Cataluña, había sido colocado justo detrás del Rey, para ayudarle en todo momento. Detrás de la Reina estaba el Conde de Valencia de Don Juan, en nombre de los de Castilla. Pero a éste no le había gustado nada que le hicieran ocupar un papel secundario en la ceremonia. Pensaba —y los demás castellanos estaban de acuerdo con él— que los méritos de su corona eran mucho mayores que los de la corona de Aragón, que varias veces había traicionado a los soberanos de la Casa de Austria. Ahora que llegaba una nueva dinastía, se veían arrinconados. Y en connivencia con sus amigos, había decidido que no iba a permitir semejante desaire. Así que cuando llegó el momento de acercarle al Monarca su sillón para que se sentase, el Conde castellano se abalanzó sobre él, tratando de quitarle el sitio al Duque catalán. Comenzó entonces una pelea a codazos y empujones entre los dos Grandes, que no terminó hasta que el reclinatorio de Osona, golpeado por los litigantes, cayó al suelo. Valencia de Don Juan aprovechó ese momento para impulsar con fuerza el sillón del Rey y, ya victorioso, regresar detrás de la Reina y sostenerle ahora el suyo.

El Patriarca había interrumpido sus rezos y los monaguillos observaban embobados la escena. En la nave de la iglesia de Figueres se oyeron risitas y comentarios en voz no muy baja. Algún enano incluso se atrevió a aplaudir. La Camarera Mayor suspiró profundamente, sin preocuparse ya por la etiqueta. Luego decidió permanecer el resto de la ceremonia —que prosiguió como si nada hubiera sucedido— con la cabeza baja, fingiendo que rezaba, firmemente dispuesta a no levantarla salvo que ocurriese otra catástrofe. Sólo cuando la boda y el *Te Deum* terminaron, alzó los ojos para mirar de nuevo a los novios, y pudo ver que el rostro de la novia estaba enfurruñado y enrojecido de cólera. Mariana volvió a suspirar, y se apresuró a ocupar su lugar en el cortejo, detrás de la pareja real, al lado del horrible Mayordomo Mayor del Rey. Estaba segura de que el resto de la jornada sería duro, muy duro.

Por desgracia para ella, la Princesa no se equivocaba: todo se convirtió aquel día en un problema insuperable. El banquete, para empezar: Felipe había encargado que la mitad de los platos de la cena fueran nacionales y la otra mitad franceses. Aunque hacía ya ocho meses que estaba en España, era incapaz de acostumbrarse al gusto fuerte y seco de la cocina local. Pero tampoco quería ofender a sus súbditos, de manera que aquella solución le pareció salomónica. Y al menos, por un día, podría disfrutar de los viejos sabores. Sin embargo, algo raro ocurría: el protocolo del banquete de bodas indicaba que los oficiales de la Boca de Su Majestad debían pasar los platos a las damas de la Reina, y éstas a su vez entregárselos a la Camarera Mayor, que los depositaba entonces en la mesa, delante de los novios. Pero cada vez que llegaba un guiso francés, el recipiente resbalaba de las manitas pintadas con colorete de la Marquesa de turno y acababa chocando con estrépito contra el suelo. No hubo forma de que los novios probasen la *bisque* de cangrejos, las coronas de espárragos o los *mille feuilles* de hojaldre rellenos de foie a las hierbas. Todas esas exquisiteces terminaron por el suelo, pringosas y resbaladizas. Y, por más que Mariana frunciese el ceño ante las damas, tratando de transmitirles su enorme indignación, ellas se llevaban las manos a la boca, como pidiendo excusas, se retiraban hacia el grupo entre miradas de inteligencia y sonrisitas y volvían a dejar caer el siguiente plato extranjero.

La Princesa podía ver claramente a la luz de las velas el rostro cada vez más enfadado de María Luisa. La primera vez que un rico guiso rodó por tierra, la niña se mostró desagradablemente sorprendida pero, cuando llegó a continuación el españolísimo besugo en escabeche con zumo de naranjas, lo comió con bastante apetito. La segunda vez, sospechando ya que aquello no era casual, se negó en redondo a probar cualquier otra cosa. Apretó los labios y se cruzó los brazos sobre el pecho, aunque una mirada de Mariana le hizo enseguida saber que debía disimular su enfado.

A las once de la noche, terminó por fin el banquete desastroso. El Mayordomo Mayor y algunos Grandes acompañaron a Felipe a su cuarto. La Camarera siguió a la Reina al suyo, junto con varias damas, que fueron despedidas por ella sin ningún miramiento en cuanto cruzaron la puerta, y que se marcharon refunfuñando y abanicando el aire con las telas de sus enormes guardainfantes. María Luisa se sentó en el borde de la cama y volvió a mostrarse enfadada. Mariana se acercó a ella y, con su voz más exquisita, comenzó a hablarle mientras le quitaba suavemente los zapatos:

—Señora, permitidme que os diga que ahora deberíais cambiar de actitud. Su Majestad el Rey va a llegar en unos momentos, y tiene que encontraros contenta y dispuesta a satisfacerle.

—¿Contenta...? —la Reina gritó un poco más de lo adecuado—. ¿Cómo queréis que esté contenta, Princesa? ¡Me han mandado a una corte de monstruos! ¡Yo quiero volver a mi casa...!

Y se puso a llorar. Mariana no sabía muy bien qué hacer. Era cierto que la persona que tenía delante, sollozando sin consuelo, era su señora, la soberana de los inmensos reinos de España. Pero también era una niña, una criatura de muy pocos años arrancada de pronto a su familia, que se veía inmersa por primera vez en costumbres que debían de parecerle muy extrañas y ante las que, por su rango, tenía que responder como si fuesen las suyas propias. Para colmo, dentro de unos instantes, un hombre al que acababa de conocer aquel mismo día iba a llegar al dormitorio y la tomaría, quizá con impericia o tal vez incluso con violencia.

La Princesa de los Ursinos recordó su propia noche de bodas, la primera. Lo tenía todo aún muy vivo en su memoria, sí, vivo y todavía levemente hiriente, aquella noche del 5 de julio de 1659, en la que se enamoró. Ella era entonces un poco mayor que la Reina. Ya había cumplido los quince años, y ciertas lecturas a escondidas, ciertos comentarios de las amigas, la habían informado —mal informado— de lo que debía ocurrir en el primer encuentro con su marido. A pesar de lo mucho que le gustaba, había pasado un miedo terrible antes de que llegara el momento definitivo. Pero el miedo se desvaneció rápidamente en cuanto la presencia de Adrien a su lado, desnudo, despertó en ella un deseo como nunca había imaginado que pudiera existir. Un minuto de dolor, y luego toda aquella exaltación, aquella inaudita intensidad de sus sentidos, el ansia indefinida y tan carnal que aquel cuerpo fue capaz de provocarle, y el momento sublime y milagroso del placer... Mariana sintió revolotear la vieja mariposa en el vientre, y se preguntó si esa noche aún tendría fuerzas para hacerle sitio en su cama a Jean d'Aubigny. Pero ahora tenía que resolver la situación. Se arrodilló ante la Reina:

—Vamos, señora, no lloréis... Estáis cansada y asustada, y es normal. Yo también lo estaba hace muchos años, cuando me encontré por primera vez con mi esposo. A todas las mujeres les ocurre lo mismo. Pero no debéis tener miedo.

—¡No tengo miedo! ¡Yo nunca tengo miedo! ¡Lo que tengo es rabia! —y volvió a sollozar, aún más fuerte que antes—. ¡Son muy feos! ¡Los españoles son todos muy feos! ¡Y muy maleducados! ¡Y yo no quiero ponerme esas ropas horrorosas, ni comer ajo...! ¡No quiero vivir en el Alcázar! ¡Sólo quiero irme a mi casa...!

La voz de Mariana era una auténtica obra maestra de delicadeza:

—¿Su Majestad el Rey, vuestro esposo, también os parece feo...?

La niña contuvo por un instante el lloro. Sólo por un instante:

—No, él no... ¡Pero yo quiero irme a mi casa...!

Los mocos le caían sobre la boca. La Princesa sacó su pañuelo y la limpió:

—Tenéis razón, vuestro esposo es muy guapo. Y muy dulce. ¡Habéis tenido mucha suerte! Vuestro padre debe de quereros mucho para haberos organizado un matrimonio tan bueno. ¡Os habéis casado con un joven encantador, y además sois Reina de España...! Todas las Princesas de Europa os envidian, os lo aseguro.

Ahora sí parecía que María Luisa empezaba a calmarse. Abrió mucho los ojos enrojecidos:

—¿Es eso verdad...?

—Claro que sí. La Princesa de...

En ese momento, llamaron a la puerta, y el Duque de Osona irrumpió en la habitación sin pedir ni siquiera disculpas:

—Princesa, debéis venir, Su Majestad el Rey os necesita...

A Mariana le dieron ganas de tirarse de los pelos, pero se contuvo, se levantó, se atusó la ropa, pidió permiso a la Reina para retirarse unos momentos, hizo su magnífica reverencia —famosa en medio continente—, y salió corriendo por los pasillos hacia la habitación donde estaba alojado Felipe. Se lo encontró tirado en la cama, con su ropa de dormir, el gorro torcido y las zapatillas colgándole de los dedos, sollozando con una enorme pena, igual que la Reina. Al verla, se incorporó rápidamente:

—¡Me han dicho que María Luisa se quiere ir a su casa...!

La Camarera Mayor maldijo para sus adentros a quien hubiera estado escuchando detrás de la puerta, y no se molestó ni siquiera en completar su inclinación:

—Oh, no, señor, no os han informado bien. Su Majestad está cansada, eso es todo. Llevamos tres meses de viaje, y los caminos no siempre han sido fáciles.

Y además, señor, el día de hoy ha estado lleno de emociones... Haber recibido el inmenso honor de convertirse en vuestra esposa ha puesto a Su Majestad al borde del llanto. De contento, por supuesto. ¿A qué mujer no le hubiera sucedido lo mismo...? Pero ahora os está esperando, ansiosa por reunirse con vos.

Felipe enrojeció como un capullo de rosa al que hubiera iluminado repentinamente la luz del sol:

—¿Ah, sí...?

—Claro que sí, señor. Pero, si tenéis a bien recibir el consejo de una pobre mujer dos veces viuda, me permitiré deciros que debéis tratarla con mucho cariño y con suma delicadeza...

El Rey apenas la escuchó. Ya se había secado los ojos y se levantaba rápidamente de la cama, como si un sumo deber le llamase irremediablemente:

—Vamos, vamos...

La Camarera consiguió convencerle para que esperase un poco. Corrió por los pasillos hasta la habitación de la Reina —a la que encontró más tranquila—, la avisó de que su esposo iba a llegar, llamó a las azafatas para que la desvistieran, le dio los últimos consejos, corrió de nuevo por los pasillos hasta la habitación del Rey, le dio también los últimos consejos y luego, precedida por la guardia y por el Mayordomo Mayor, y seguida por un séquito de Grandes, le acompañó hasta el dormitorio de María Luisa, deslizándose ahora por los corredores como un cisne silencioso y pensando tan sólo en un único placer incomparable para ella en ese momento: el de meterse al fin en la cama. Sola.

Eran las dos de la mañana del 4 de noviembre de 1701, cuando Mariana de la Trémoille, Condesa viuda de Chalais, Princesa viuda de los Ursinos, famosa en las cortes de Europa por su inteligencia, su talento para la política y su exquisito buen hacer, famosa también por sus estrechas relaciones —de todo tipo— con el alto clero y por su magnífico y leal papel como agente de Su Majestad Luis XIV en Roma, consiguió al fin acostarse. No durmió muchas horas, pero descansó como una niña, sin remordimientos ni obsesiones. A las ocho, la Camarera Mayor de la nueva Reina de España —nombrada por el propio soberano de Francia para mantener bajo control a María Luisa— estaba ya en pie, arreglándose y preparándose para cualquier nuevo desastre que pudiera suceder.

Ante el espejo de su habitación, ya vestida y peinada a la moda francesa —tampoco ella estaba dispuesta, igual que la Reina, a rendirse a los feos trajes de las españolas—, se miró en el espejo y se permitió un minuto de frivolidad: estaba a punto de cumplir los sesenta años, pero nadie le echaría más de cincuenta. La cara apenas tenía arrugas, el cuerpo seguía siendo flexible y la energía y la voluntad —ah, sí, sobre todo la energía y la voluntad— eran las de una mujer mucho más joven. Una mujer que aún conservaba intacta dentro de su cabeza el ansia de participar en la vida pública y la ambición de acumular poder. Ella consideraba ese deseo un tesoro. Era estimulante. De hecho, pensaba que ése era el secreto que la mantenía joven mientras las demás mujeres de su edad se derrumbaban a su alrededor, aquel afán que había nacido y crecido inevitablemente en su mente como una poderosa planta reptante, llena de vida, desde que comenzó a pasar mucho tiempo con su primer marido en los salones de París en los que se reunían las personas más inteligentes y activas del reino.

Pero esos deseos eran propios de los hombres y estaban prohibidos a las mujeres, que no debían aspirar a intervenir en el gobierno, salvo para hacerle más agradable la vida —siempre con sabias astucias— a algún familiar, algún amigo o algún peticionario que pagase un buen precio por su intervención. Mariana, sin embargo, nunca se había conformado con aparentar ser una sombra y ocuparse de algún carguito vacante mientras jugueteaba en la cama de un hombre poderoso. No es que no le gustase juguetear en las camas, desde luego, y además debía confesar que las de los hombres poderosos siempre le habían interesado más, pero su ambición iba mucho más allá de la de la mayor parte de las mujeres. Lo que a ella la emocionaban eran las verdaderas intrigas de poder, el manejo de las situaciones complicadas, los grandes tratados comerciales entre países, las guerras que los Reyes se hacían los unos a los otros por obtener un beneficio económico, las largas conversaciones de paz que implicaban jugadas maestras de repartos de territorios y áreas de influencia. Esa embriagadora sensación de saber que, desde lo alto de la esfera del mundo, desde aquellas elevadísimas cumbres a las que muy pocos podían acceder, el resto del universo se veía pequeño y muy vulnerable, una miserable hormiga puesta a tus pies para que la pisotees y a la que aplastas con ardor, o el cachorro que se ahoga y al que, de pronto, llena de compasión, decides dejar vivir y salvas de las aguas. Le divertía mucho el juego entre el desprecio y la piedad, la certidumbre en la solidez de su dominio que le confería la capacidad de poder decidir sobre la vida de alguien, sobre su dicha o su desgracia, esparciendo a su alrededor, caprichosamente, recompensas y castigos, agradeciendo con generosidad a quien a ella le daba la gana el más pequeño gesto de amistad, o eligiendo frente al enemigo derrotado la venganza o la indiferencia, según el color del que hubiera amanecido el cielo aquel día. Poder. Eso era poder. Y el poder la excitaba más de lo que nunca la había excitado el cuerpo más deseable de todos los que habían compartido su lecho.

Por eso se había divertido tanto durante los veintiocho años que había pasado en Roma. Cuando llegó allí, a principios de 1673, era una mujer deshecha, una viuda temblorosa que no lograba concebir la vida sin la presencia a su lado de Adrien. Pero Adrien había muerto en Venecia, mientras intentaba incorporarse a los ejércitos de la Serenísima República para combatir a los turcos. Había muerto por su culpa, por cuidarla a ella de aquella fiebre caliente que se le contagió y se lo llevó por delante en tan sólo unos días, el cuerpo glorioso y tan amado convertido en tierra, mientras su esposa tenía que seguir viviendo sin él. Nadie la entendió: las grandes damas no debían querer a sus maridos de esa forma, eso no era de buen gusto. Una Condesa de Chalais que se preciara no podía andar llorando de una ciudad a otra la pérdida de su esposo. Se vestía de negro unas semanas, se retiraba en su propia casa durante unos meses o, como mucho, en un convento, y enseguida comenzaba a recibir a amigos y amantes y a organizarse un nuevo matrimonio.

Pero ella amaba de verdad a Adrien. Ya lo había demostrado tiempo atrás, cuando abandonó sola Francia para ir a rescatarle de las manos de los portugueses, que lo habían hecho prisionero. Toda su vida de casada había sido extraña y desgraciada. Después de la boda, se había creído la mujer más feliz del mundo. Sentía que su amor formaba un capullo a su alrededor, y ella vivía allí dentro, en aquel espacio tibio y silencioso al que no llegaba ninguna de las turbaciones del mundo, y tan sólo tenía que dejar que su corazón latiese y su cuerpo se expandiera lleno de deseo. Simplemente. Pero entonces llegó la catástrofe: aquella fiesta en las Tullerías en la que el Marqués de La Frette empujó sin ningún miramiento a Adrien y a su cuñado Luis para abrirse paso entre la multitud, lleno de soberbia. El honor ofendido de los Chalais. El duelo al amanecer junto a los cartujos. Mourois muerto. Y la severidad de Luis XIV, que había decidido considerar los duelos un crimen de lesa majestad castigado con la muerte y no quiso perdonar a los participantes.

Todo se desmoronó. El capullo se convirtió en polvo y la dejó a la intemperie, en medio de un desierto. Adrien tuvo que huir, y al cabo de un año logró llegar a Madrid y reclutar un ejército para ir a combatir a los portugueses, que luchaban por recuperar su independencia de España. Fue entonces cuando lo hirieron gravemente y lo hicieron prisionero. Hacía falta una fortuna para rescatarlo. Ella lo intentó, intentó con todas sus fuerzas convencer a su suegro y a su padre de que le dieran el dinero suficiente para salvar a Adrien, pero no lo logró. Suplicó, sollozó, amenazó con suicidarse... No hubo nada que hacer: ninguna de las dos familias estaba dispuesta a arriesgar sus privilegios por un hombre al que el Rey había proclamado proscrito, por muy hijo o yerno que fuese.

Mariana se quedó sola con su desesperación. Y con su valor: a espaldas de los suyos, vendió todo lo que poseía, juntó su dinero y sus joyas en dos cofres que transportaría sobre una mula y luego, a caballo, sin más compañía que la de un escudero, inició su viaje a Madrid. Soportó durante meses el calor y la sed, la incomodidad de las posadas, el cansancio de las largas jornadas cabalgando, el peligro de los precipicios, el riesgo de ser atacada por los bandidos, cualquier cosa con tal de salvar a Adrien y volver a abrazarse a él. Y soportó, sobre todo, el rencor de su familia, que jamás le perdonó aquel comportamiento excéntrico y poco digno de una dama.

Aun así, tuvieron que pasar todavía dos largos años hasta que fue liberado. Flaco, envejecido, pálido del muchísimo tiempo vivido en prisión, pero tan amado como siempre. Mariana había probado entretanto otros cuerpos —la carne es débil, y aquellos hombres demasiado insistentes, pensaba para justificarse a sí misma siempre que recordaba sus adulterios de entonces—, pero ninguno le parecía tan dulce y deseable como el de su esposo. Y cuando volvió, se abrazó a él, se agarró a él con uñas y dientes, e igual que había luchado por liberarle de la celda, ahora luchó por sacarle de aquel pozo de estupor en el que parecía sumido. Fue ella quien decidió que debían irse a Venecia, donde había trabajo para un buen soldado. Sí, ella misma le había empujado con las palmas de las manos muy abiertas sobre su espalda, llenas de proyectos de futuro, a la muerte.

Y entonces se volvió loca. Eso era al menos lo que se decía en Francia: la Condesa viuda de Chalais se ha vuelto loca, y en lugar de regresar junto a su madre como una buena hija, se dedica a recorrer las ciudades de Italia buscando no se sabe qué consuelo. Nadie entendía sus lágrimas, su pesadumbre, el dolor aquel que sentía en el vientre, el dolor de la ausencia de Adrien, como si le hubiesen arrancado las entrañas y en su lugar sólo quedase un vacío que nada podía llenar.

Fue en ese estado en el que llegó a Roma a principios de 1673. Dolorida y sola, loca según muchos, pero con una firme determinación: no regresaría a París hasta que pudiese volver con la cabeza muy alta. No quería ser la viuda mendicante de un proscrito, acogida por compasión en el hogar familiar, suplicando ante el Rey para que perdonase los arrebatos de juventud de su marido y su propia huida. Aspiraba a poseer el control de su vida, a tener una fortuna que fuese suya y le permitiera pasearse por los salones de Versalles cubierta de joyas y de sedas, llevando tras de sí, como si fuera la cola del vestido de una Reina, la estela de un título nobiliario obtenido gracias a su talento. Roma le parecía un buen lugar para lograrlo: había suficientes intrigas, suficientes secretos que susurrar a los oídos de unos y otros y, si jugaba bien sus cartas, podría conseguir lo que deseaba. Mucho más en aquel momento en que acababa de estallar el asunto de la regalía, que enfrentó gravemente a Luis XIV con el Papa cuando el Rey decidió que el nombramiento de los obispos franceses era cosa suya y no del Santo Padre. Aquel conflicto exigía que el Monarca dispusiera de gente que trabajara a su favor en Roma. Mariana decidió que sería una de esas personas.

Había disfrutado intensamente de toda esa actividad. Durante muchos años, había ido de salón en salón y de iglesia en iglesia vertiendo ciertas palabras aquí y las opuestas allá, anudando y desatando relaciones, ofreciendo regalos para comprar voluntades y susurrando al oído de Luis XIV, a través de sus cartas, nombramientos y ceses. Había contribuido a la elección de cinco Papas, y se había convertido además en una de las mujeres más importantes de Roma al casarse con Flavio Orsini, Príncipe del Imperio, Grande de España, Duque de Aragón, Conde palatino y Señor de innumerables territorios. El hombre que, alternándose con el Príncipe Colonna, se sentaba a la derecha de Su Santidad durante las grandes ceremonias, un hombrecillo sin voluntad, maleable, perennemente atacado de jaquecas y depresiones, lleno de deudas, pero propietario del mejor palacio de la ciudad y de algunas otras hermosas residencias en diversos lugares de Italia, donde vivía rodeado de cuadros, esculturas, brocados y polillas. Había sido un buen matrimonio: sin amor, por supuesto, incluso sin cariño, pero respetuoso y libre. Mariana se había dedicado a sus negocios políticos y a sus amantes mientras el Príncipe Orsini permanecía encerrado entre sus obras de arte, escuchando las óperas cuyos libretos él mismo escribía y que sus músicos, magníficamente pagados, interpretaban para él.

Ahora, veintiocho años después de su desolada llegada a Roma, podía afirmar con orgullo que se había construido a sí misma. Se había convertido en una persona imprescindible para Luis XIV, la única mujer de la que se fiaba aparte de su esposa, con la que ella compartía muchas complicidades. Era Princesa viuda de Orsini —o de los Ursinos, como decían los españoles— y Camarera Mayor de Su Majestad María Luisa Gabriela. Y algo bueno, muy bueno, saldría de todo eso para el futuro, estaba segura. Mariana se recolocó ante el espejo el escote del vestido, procurando exhibir lo máximo posible de sus pechos —así escandalizaría a las antipáticas damas españolas—, y se sonrió, satisfecha.

Pasaban ya las once y media de la mañana y estaban a punto de sonar las campanadas del ángelus cuando un criado vino a buscarla de parte del Rey. Estaba en su habitación, solo, todavía en bata y zapatillas, desayunando con ganas una taza de chocolate con bizcochos. La Princesa sabía perfectamente que no había estado en el cuarto de su esposa nada más que una hora, y que el resto de la noche —y buena parte de la mañana— se la había pasado durmiendo como un niño, sin moverse del rinconcito caliente que había conseguido encontrar en la cama. Estaba segura de que entre él y la Reina no había ocurrido nada, pero aparentó una total ignorancia mientras le demostraba su interés:

—Buenos días, señor. ¿Habéis pasado buena noche?

Felipe mojó un bizcocho en su taza, y pareció reflexionar mientras el chocolate resbalaba por su mano hasta alcanzar el puño:

—No lo sé...

Ya empezaban las complicaciones. Ahora tendría que interrogarle a fondo:

—¿Qué queréis decir, Majestad? ¿No habéis dormido bien?

—¡Oh! Sí, sí, dormir creo que sí... Lo que no he hecho ha sido...

Se puso rojo y agachó rápidamente la cabeza, incapaz de terminar la frase. La Camarera no sintió ninguna sorpresa. Estaba bien informada sobre Felipe. Sabía que era un tipo raro, probablemente el único miembro de la corte de Versalles —incluyendo a los criados— que había llegado al matrimonio sin haber tenido jamás una amante. El Padre Fénelon había hecho su trabajo a conciencia, y había logrado hacer creer a aquella criatura de ingenio más bien escaso que el amor fuera del sacramento le llevaría derecho al Infierno. El Rey era virgen. Pero de eso ya hacía tiempo que estaba informada, desde que Luis le pidió que se hiciese cargo de la novia y la llevara a España para quedarse luego a su lado. Lo que no sabía era que nadie le había contado a aquel muchacho lo que debía hacer para acostarse con una mujer. Ahora empezaba a sospecharlo. Le interrogó con suavidad y sin mirarle a los ojos, para que no se sintiera cohibido:

—¿Queréis decir que no habéis consumado vuestro matrimonio? ¿Es eso, Majestad...?

Felipe asintió con la cabeza, mientras se metía un bizcocho entero en la boca. Mariana suspiró mentalmente:

—No creo que debáis preocuparos... Es muy normal que la primera noche no suceda nada. Incluso que pasen varias noches hasta que se produzca el acto. Es habitual que los esposos tan jóvenes como Vuestras Majestades necesiten conocerse un poco antes de ser capaces de intimar en la cama.

El Rey seguía con la cabeza agachada, comiendo bizcochos. Los carrillos, cada vez más rojos, se le habían hinchado. Un hilo de chocolate le resbalaba por el mentón. Mariana se lo limpió mientras insistía en preguntarle:

—¿Su Majestad la Reina os recibió bien? ¿Estuvo amable?

Felipe volvió a asentir. La Camarera decidió intentar librarse de aquella penosa tarea:

—Creo, señor, que tal vez necesitéis hablar con un hombre. ¿Queréis que llame a Louville...? —La cabeza agachada negó—. ¿A Benavente...? ¿A vuestro Confesor...?

Felipe tragó con esfuerzo todo lo que tenía en la boca y, al fin, se atrevió a mirarla a los ojos:

—Deseo que me lo expliques tú. Tú eres mujer, y

sabes lo que les gusta a las mujeres. Quiero hacer cosas que le gusten...

Mariana pensó que aquel deseo era muy prometedor para el futuro del matrimonio. Desde luego, lo más probable era que a la Reina no le gustasen las mismas cosas que a ella —al menos no todavía—, pero se sentía perfectamente capaz de recordar sus comienzos en los asuntos amorosos, los primeros tiempos inocentes de su matrimonio, y la manera apropiada para una niña de relacionarse con su esposo. Le daría una clase iniciática. No le quedaba otro remedio. Y si querían ir más allá, ya tendrían tiempo de aprender ellos solos. Pidió permiso para sentarse y comenzó a explicarse con mucha calma:

—Lo primero que debéis hacer, señor, es acariciarla. A las mujeres nos agradan las caricias hechas con suavidad. Acariciadle primero la cara y luego id bajando vuestros dedos por el cuello, por la parte de la nuca y también por delante. Al mismo tiempo, podéis empezar a besarla, muy despacio.

Felipe carraspeó:

—¿Cómo lo hago...? ¿Con los labios cerrados...?

—Creo que es mejor que los abráis, señor, y también que estén un poco húmedos. Y estaría bien que al mismo tiempo pasarais un poco la lengua por la piel. Es una sensación muy agradable...

El Rey la miraba sin pestañear. De pronto, le tendió la mano:

—Bésame tú tal y como debo hacerlo.

Mientras acercaba su sillón al del Rey y le cogía la mano, inclinándose hacia ella, Mariana pensó que, en cuanto llegaran a Madrid, encargaría que le tallaran una imagen del santo Job, al que pudiera rezar y encender muchos cirios:

—Así, Majestad.

Al día siguiente, los Reyes no se levantaron hasta casi las tres. Enseguida hicieron llamar a la Camarera Mayor al cuarto de la Reina, donde esperaban juntos el desayuno. Aunque Mariana no hubiese estado al corriente de lo que ya sabía todo el séquito —los ruidos de la cama, los gritos ahogados varias veces a lo largo de la noche—, le habría bastado con verlos un instante para saber lo que había ocurrido. Felipe y María Luisa estaban sentados el uno junto al otro al lado de la chimenea, cogidos de la mano, sonrientes. A cada minuto se miraban a los ojos sin poder evitarlo, como si en el mundo no hubiera nada más hermoso para mirar que el rostro del otro, y la sangre les circulaba con tanto ardor que las pieles pálidas del día anterior se habían vuelto rosáceas y tiernas. Mariana se permitió por un momento envidiarles: acababan de descubrir una de las mejores cosas de la vida, y de ahora en adelante —y ojalá fuera durante mucho tiempo— se dedicarían a profundizar en ese saber con el entusiasmo de los eruditos. Y entonces se sintió orgullosa de sí misma: al fin y al cabo, ella había sido la maestra que les había abierto las puertas del arte más sublime. Su reverencia de aquella mañana fue, de hecho, un poco menos humilde que de costumbre.

CAPÍTULO IV

Don Fadrique Álvarez de Toledo y Ponce de León, Marqués de Villafranca del Bierzo, Conde de Peña-Ramiro, Duque de Fernandina y Príncipe de Montalbán, Mayordomo Mayor de Su Majestad el Rey Don Felipe V de España, se quitó el lunar postizo de la barbilla y se lo colocó cerca del ojo izquierdo. Al mirarse de nuevo en el espejo, se encontró más favorecido, aunque realmente parecía que una mosca se había posado sobre su pómulo. Luego cogió el bastón, se dio la vuelta, estiró el brazo derecho y se quedó así quieto frente a las mujeres, en la misma actitud que a veces había visto en los retratos de Luis XIV, exhibiendo ante ellas su aparatoso traje amarillo, verde y violeta —recién llegado de París— y el enorme sombrero cubierto de plumas.

Las más jóvenes de la familia aplaudieron entusiasmadas, pensando en los vestidos escotados y sedosos que ellas mismas lucirían al día siguiente. A su esposa, Doña María Manuela Fernández de Córdoba, en cambio, se le llenaron los ojos de lágrimas: salvo cuando coincidían en la cama —y eso ya hacía mucho tiempo que no sucedía—, era la primera vez que veía a su marido vestido de otro color que no fuese el negro, y para colmo sin golilla. ¡Sin golilla! ¡Dios mío! ¡Su marido, que no se la había quitado ni para luchar contra los turcos...! Aquellas apreturas, aquel exceso de tonos, tantos bordados y cintas y encajes y lazos y tacones y perfumes, todo aquel aderezo afeminado del cuerpo de los hombres no podía ser cosa cristiana. Tenía razón el Almirante de Castilla cuando afirmaba que habían sentado al demonio en el trono de España...

Al Almirante, Don Juan Enríquez de Cabrera, nunca le habían gustado los franceses. Había apoyado la causa del Archiduque desde el principio. Pero, cuando se conoció el testamento de Carlos II, decidió acatar lealmente su voluntad y someterse, muy a su pesar, al Monarca Borbón. Sin embargo, se fue poniendo cada vez más nervioso a medida que iban llegando de Versalles todos aquellos sarasas —muchos de ellos descendientes para colmo de herejes luteranos— que se las daban de sabios en las cuestiones de gobierno y exhibían modales de mujerzuelas con su refinamiento decadente. Por no hablar de sus esposas, auténticas cortesanas, sin vergüenza, ni pudor, ni decoro. Aun así, tragó saliva y aguantó. El único gesto visible de reafirmación que se permitió frente a semejante exhibición de libertinaje fue el de caminar aún más tieso, solemne y negro que nunca por los salones del Alcázar, llevando siempre colgado de la mano un rosario de marfil y oro cuyas cuentas iba pasando todo el rato mientras susurraba incesantemente sus oraciones, sin detenerse a hablar con nadie.

Pero el nombramiento del Duque de Vendôme como jefe de los ejércitos que combatían en Italia a los austríacos colmó su paciencia. De acuerdo que Vendôme era un gran general, pero también era un grandísimo pecador, un impío que jamás pisaba la iglesia, un sodomita que se pavoneaba públicamente con sus donceles y compartía con ellos la cama, incluso en el propio palacio de los dignísimos Austrias. Al ver ante sus mismas narices de viejo noble hispano a aquel monstruo invertido, a aquel futuro condenado a los Infiernos, el Almirante de Castilla no pudo más.

Tuvo la suerte de que la Princesa de los Ursinos, sin pretenderlo, le puso las cosas fáciles: para quitárselo de encima y librarse de sus quejas, sus desplantes y su aspecto de pájaro de mal agüero, Mariana convenció a Felipe y a Luis XIV de que debían nombrarlo Embajador ante la corte francesa. Y así le dio la excusa perfecta: el Almirante simuló aceptar gustosamente el cargo, preparó su viaje y salió de la ciudad con un enorme séquito refulgente y armado hasta los dientes. El Rey lo despidió con toda solemnidad en el Alcázar, agradeciéndole sus muchos servicios y el gran sacrificio que le hacía a la corona abandonando sus estados, y la gente le aclamó a su partida, maravillada ante la presencia de tanta armadura, tanto coche y tanto carro repleto de arcones, que probarían a las gentes de Versalles las riquezas de los reinos de España. Don Juan cabalgó con castellana gravedad por las calles de Madrid al frente de su cortejo, salió altanero por la puerta de Alcalá, tomó el camino de Francia y, antes de llegar a Guadalajara, dio órdenes de girar hacia el sur y se fugó a Portugal, con sus arcones llenos de monedas, cuadros y vajillas de plata.

Ahora estaba en Lisboa, sirviendo a los austríacos y arengando a la nobleza para que abandonase a los frívolos Borbones y se volviera hacia sus señores históricos, los piadosos Habsburgo. Y la Marquesa de Villafranca del Castillo le admiraba por su valentía y envidiaba a su esposa, que en ese mismo instante estaría tal vez rezando, dignamente vestida de negro y honestamente protegida bajo su guardainfante, rodeada de hijas y nueras tan dignas y honestas como ella y acompañada por un marido vestido igualmente de negro y además con golilla, como Dios manda.

Ella, en cambio, ella, descendiente del fervoroso Gran Capitán de los Reyes Católicos, tenía que presenciar aquel espectáculo lamentable, toda su familia disfrazándose de franceses para darle una sorpresa al Rey cuando llegase al día siguiente. Por mucho que insistiese Fadrique, ella, una Fernández de Córdoba, no pensaba acudir a la recepción al lado de un esposo vestido de esas trazas, aunque eso le costara el cargo de Mayordomo Mayor. Se quedaría en la cama, enferma y orando. De hecho, iba a irse a la cama en ese mismo instante, ya, sin permanecer ni un minuto más en compañía de aquellos hugonotes afrancesados de su propia estirpe. La Marquesa se plantó en mitad de la sala, frente a su marido, le contempló con obvio desprecio, dirigió luego la mirada con abierta indignación a sus hijas y nueras y, dándose la vuelta, caminó con toda la altivez de que fue capaz hacia la puerta, empezando ya a pasar las cuentas de su rosario mientras musitaba los primeros rezos.

—¡María Manuela! ¡Te prohíbo que te vayas! —El grito del Marqués resonó inútilmente en las bóvedas del palacio. Indignado, el Mayordomo Mayor intentó correr detrás de su esposa, pero los tacones tropezaron con el bastón, o el bastón con los tacones, y el hombre acabó en el suelo, entre las risas mal disimuladas y los grititos de fingida preocupación de las damas.

A esa misma hora del 16 de enero de 1703, Felipe V cabalgaba desaforadamente en dirección a Madrid. Quien le hubiera visto nueve meses atrás, cuando unos días después de la boda embarcó en Barcelona hacia Italia para participar en los combates contra los austríacos, apenas le reconocería. El Rey que se fue era un jovencillo pálido, atemorizado, capaz de dormir diez y hasta doce horas cada día con tal de no hacer frente a sus responsabilidades. Un muchacho melancólico y apocado que sólo parecía sentirse a gusto en los brazos de su esposa, de quien se había despedido entre temblores y llantos. El que ahora volvía era un hombre revitalizado, un auténtico soldado, bronceado por las muchas horas pasadas al aire libre y robustecido. La guerra le había sentado bien.

Al principio había tenido un poco de miedo, claro. En la primera batalla permaneció lo más alejado posible de las tropas, observándolo todo con un catalejo desde las alturas de una colina. Cada vez que se oía un cañonazo o que uno de aquellos proyectiles chocaba contra el suelo lanzando por los aires una nube de piedras y tierra —en medio de la cual se entreveían a veces, rápidamente, trozos de cuerpos ensangrentados—, cada vez que el viento llevaba hasta sus oídos los aullidos salvajes y demasiado cercanos de los soldados y los tiros feroces de los mosquetes, el Rey reculaba y daba un chillido.

Luego, una vez que la batalla terminó —victoriosa para él y sus tropas— y los Generales le animaron a que diera un paseo por los campos, lo pasó fatal viendo todos aquellos cadáveres en posturas indecorosas, los trozos de carne, los charcos de sangre, los heridos que se quejaban mientras los apilaban en los carros, rebozados en toda clase de porquerías. Le dio tanto asco que acabó vomitando la comida que le habían servido al mediodía, mientras a sus pies se prolongaba el combate. Incluso sintió pena por esos hombres valientes que habían muerto, y se molestó en preguntar dónde los iban a enterrar y en rezar un responso rápido, acompañado por todo su séquito. Y aquella noche soñó con un gran río sanguinolento en el que se ahogaban muchos soldados mientras alrededor, en las orillas, una multitud de mujeres muy viejas lloraba y clamaba.

Pero el asco y la pena pasaron pronto. Enseguida se acostumbró a todo aquello, y en las cartas a su esposa —a la que escribía dos o tres veces a la semana—, apenas mencionaba de pasada el número de bajas, entremezclado con el de cañones y banderas del enemigo que sus tropas habían capturado. Al fin y al cabo, lo de los muertos y los heridos y los amputados formaba parte de la guerra. Igual que las largas cabalgadas, las noches en los campamentos o en sucias granjas encontradas al azar, las veladas en compañía de sus Generales, con los mapas abiertos sobre la mesa, estudiando movimientos y estrategias y quitándose la palabra los unos a los otros sin ningún protocolo, mientras bebían una tras otra muchas botellas de excelente vino.

Todo aquello le ponía de buen humor y le excitaba, los cantos de los soldados borrachos junto a los fuegos, el bullicio alegre del tropel de criadas, esposas y prostitutas que los seguían en sus movimientos, el relajamiento de las normas de la etiqueta, el sonido enardecedor de los tambores que conducían a los hombres hacia la primera línea e incluso los fríos amaneceres antes de las batallas, cuando tenía que levantarse en plena oscuridad y se permitía templarse el cuerpo y el ánimo, junto a sus oficiales, con algunos tragos de buen aguardiente.

De haberse atrevido, Felipe habría reconocido que hasta el olor de la sangre y el estertor de los moribundos llegaron a resultarle no sólo indiferentes, sino más bien vivificantes. De haber sido capaz de que sus pensamientos se adentrasen un poco más allá de la superficie resbaladiza de las cosas, habría tenido que aceptar que el dolor y la muerte ajenos le producían una rara alegría, el placer perverso de saber que eran otros los que morían y sufrían, mientras él seguía vivo, respirando, sí, sintiendo el corazón latirle muy fuerte y percibiendo en sus oídos, como una música marcial, el ruido de la batalla que ahora, después de la experiencia del primer día, se había vuelto sordo, inidentificable, algo así como si un millón de abejas zumbaran amenazadoras a su alrededor —haciendo nacer en sus entrañas el deseo de acabar fieramente con ellas—, mientras él se mantenía protegido sobre su caballo, resplandeciente e intocable. El nieto victorioso del victorioso Rey Sol.

Ésa era la única cuestión: la victoria. Aquellos meses en el frente se lo habían hecho comprender: era un Borbón, por sus venas corría la sangre de mil guerreros laureados. Su cuerpo estaba hecho para la guerra, y su espíritu para el triunfo. Ahora sabía que jamás iba a permitir que sus enemigos lo derrotasen. ¡Jamás! No sería fácil, por supuesto. Eran fuertes los enemigos. Fuertes y numerosos: el Imperio, que todavía aspiraba a quitarle el trono y entregárselo al Archiduque Carlos, y junto con él Inglaterra, Holanda, Portugal y Saboya. Sí, su propio suegro le había traicionado y se había unido al resto de los aliados para luchar contra España y Francia, a los que sólo ayudaba la pequeña Baviera. Todos aquellos Reyes codiciaban las riquezas de sus tierras, y además odiaban a Francia y no querían ver a Luis convertido en el Monarca más poderoso. Y, sobre todo —quizá por encima de todo lo demás—, estaba el asunto de la trata de esclavos.

Cada vez hacían falta más negros en las Indias, tanto en las colonias de España como en las de Francia. Las plantaciones de caña de azúcar, de cacao y de tabaco aumentaban y se extendían de mes en mes, con sus cosechas prodigiosas. Además de las minas de oro y de plata, que gastaban miles de esclavos al año. Se necesitaban muchos hombres fuertes para todo aquello. Y también muchas mujeres para atender los palacios y las mansiones y las haciendas y las necesidades de los caballeros, aunque él en ese asunto en concreto prefería no pensar. Vender negros en aquellas regiones era un gran negocio. Y, desde Fernando el Católico, los Reyes de las naciones conquistadoras se beneficiaban de ese comercio: eran ellos quienes concedían el privilegio de la trata y cobraban una comisión por cada esclavo vendido, viéndose obligados a cambio a arriesgar sus naves y sus hombres en la lucha contra el contrabando, que les arrebataba ilegalmente muchos beneficios. Ése era el precio que pagaban por facilitarles la existencia a sus súbditos de ultramar, sus carísimos barcos y la vida de un montón de buenos soldados.

Luis XIV había ido un poco más lejos que sus antepasados: había fundado su propia empresa, la Compañía de Guinea, para llevar esclavos a sus territorios del otro lado del océano. Al sentar a su nieto en el trono de España, le había asociado al negocio para cubrir también las necesidades de sus propias provincias. Felipe se sentía tranquilo con aquel asunto, porque la Compañía estaba dirigida por Jean-Baptiste Ducasse, el gobernador de la próspera colonia francesa de Santo Domingo. Y Jean-Baptiste Ducasse era un hombre de honor, del que un rey podía fiarse. Felipe recordaba haberle visto varias veces en Versalles. Era extremadamente educado y amable, de gustos refinados y exquisita sensibilidad para la música, algo que a él le agradaba de manera especial. Nadie hubiera dicho que ese caballero, que parecía haber vivido siempre entre príncipes, había sido en tiempos remotos capitán de barcos negreros, y había tenido que surcar los mares llevando a bordo de sus navíos aquella carga nauseabunda de negros que dormían sobre sus propios excrementos. Estaba seguro de que su honestidad y su buen hacer les procurarían muchas ganancias. Era un auténtico alivio poder confiar en que sus hombres sabrían cómo dar caza en las costas de África a la mayor cantidad posible de esclavos y que los trasladarían rápidamente a las Indias —buenos capitanes conocedores de las mejores rutas de la mar—, luchando contra los vientos para evitar que muriesen como ratas en las bodegas, perdiéndose así un montón de dinero.

Lo malo era que los portugueses, y los holandeses, y también los ingleses —con una codicia más propia de judíos que de cristianos— ansiaban desesperadamente poseer el control de la trata. Así que, al saber que los franceses se lo habían reservado todo para sí mismos, se habían lanzado con entusiasmo sobre sus mosquetes y sus cañones, dispuestos a defender su derecho a vender negros. Y ahí estaban ahora en plena guerra, miles de hombres de lenguas distintas enzarzados contra él y su abuelo, combatiendo en diversas zonas de Europa para que sus soberanos fuesen cada vez más ricos, y acumulasen más títulos, y exhibieran más escudos en sus estandartes, y pudieran gozar de más pedazos de Cielo tras su muerte, aunque, eso sí, unos en el Cielo de los católicos y otros en el de los protestantes, bien separados para evitar problemas.

Felipe pensó en todo eso, y en que algún día, si el negocio de la trata salía bien, le concedería el Toisón de Oro a Ducasse. Pensó también que, de momento, él y su abuelo iban ganando la guerra, gracias a Dios. Y pensó en el cuerpo suave y pequeño de María Luisa, en sus grandes pechos blancos con el botoncillo rosado que tanto le gustaba morder, en su cueva profunda y tibia a través de la cual un hombre podía ascender al Cielo en cuerpo y alma. Se imaginó frotándose contra ella y clavando luego su estoque —le gustaba mucho esa expresión guerrera— en aquel centro milagroso del universo, y sintió el deseo subiéndole por las venas, como el excitante aguardiente de las mañanas de batalla.

En cuanto llegase a Madrid, se metería en la cama con la Reina y se pasaría allí días enteros, hasta que se cansara de poseerla, si es que eso podía llegar a suceder. Estaba harto del sexo en solitario. El Jefe de su Casa, Charles de Louville, había intentado enredarle con varias mujeres durante los meses que habían estado en Italia. Pero él se había mantenido fiel a los preceptos de Fénelon: jamás se acostaría con nadie que no fuese su esposa. Por más que se pavonearan ante él tratando de tentarle ciertas damas exquisitas dispuestas a cualquier exceso, ilustres cortesanas dueñas de todos los conocimientos sobre los cuerpos o deliciosas doncellas en busca de un primer amante regio, había sabido quitárselas de encima y se las había arreglado a solas, guardando la entrega de su pasión para

María Luisa. Al cabo de unas horas estaría al fin con ella, y hasta el triste Alcázar le parecería el Jardín de las Delicias. A lo lejos se veían ya las murallas de Guadalajara. Felipe V de España espoleó su caballo y, seguido por el séquito —exhausto del viaje acelerado—, cabalgó hacia la ciudad donde pasaría la última noche antes de regresar a los amadísimos y lindos brazos de su mujer.

Mientras el Rey intentaba volar hacia Madrid, la Princesa de los Ursinos, sentada junto a la chimenea de su antesala en el Alcázar, observaba con calma el rostro flácido del Cardenal César d'Estrées. Era increíble cómo se le habían abotargado las mejillas a aquel hombre. En realidad, las mejillas y el resto del cuerpo. Estaba todo él hinchado, redondo, como si un diablo le hubiera soplado aire por dentro, deformándole. Hasta las manos eran ahora gordas y amorfas, y a Mariana le daban ganas de pinchárselas con una aguja para que volviesen a ser las manos de antes, las de treinta años atrás, cuando él le tendía en público la derecha, para que ella besase respetuosamente su anillo de prelado, y luego, a solas, le acariciaba la nuca con la punta de los dedos, haciéndola estremecerse, antes de empezar a desnudarla.

¿Estaba sintiendo una punzada de nostalgia...? La Princesa se recompuso: agarró fuertemente la parte más dura de su mente, la más oscura de su corazón, y las puso cerca de la mesa, junto al fuego, bien visibles. No quería sentir ni la más pequeña pizca de afecto por aquel hombre que le había dado tanto placer en la juventud. Entonces, el Cardenal D'Estrées era su amante, y ella le había entregado todo lo que se le entrega a un amante: enormes cantidades de ternura, por supuesto, y misterio, y confianza, y todas aquellas posturas raras del amor que a él tanto le gustaban, lo recordaba muy bien. Pero ahora sólo era un enemigo a batir, y no debía permitirse hacia él ni la menor debilidad.

La Camarera Mayor sonrió durante un segundo a aquel vejestorio, aquella grotesca deformación de sí mismo, y luego retomó la conversación:

—Vuestro comportamiento no es el adecuado, Eminencia. Su Majestad os ha enviado a Madrid para resolver problemas, no para crearlos. Debéis sentaros en el Despacho junto al resto de los miembros del gobierno, eso es todo.

El nuevo Embajador de Luis XIV torció ostentosamente la boca casi desdentada. Más que un gesto de enfado, a Mariana le pareció una mueca de dolor, y se preguntó si también se le estarían clavando en los riñones, como a ella, las tallas de los horribles sillones de madera, tan del gusto castellano, en los que estaban sentados.

—¡Su Majestad me ha enviado para dirigir el gobierno, no para ser uno más! El Rey sabe que los Ministros españoles son unos ineptos que han colocado el reino al borde del abismo. ¡Un empujón más de sus negros pies, y ya no habrá España! ¡¡¡No pienso acudir al Despacho con todos esos inútiles mientras no se reconozca mi preeminencia!!!

—¿Dónde está escrito todo eso...? Las cartas de Versalles sólo dicen que habéis sido nombrado Embajador y que, dada vuestra gran experiencia —y Mariana recalcó esas dos palabras, subrayando de alguna manera la vejez de su contrincante—, Su Majestad Luis desea que forméis parte del gobierno de España. Nada más. No se me ha comunicado que estéis por encima del resto de los Ministros.

César d'Estrées se sintió enrojecer de indignación. ¿Cómo era posible que aquella mujer a la que él arropó cuando llegó a Roma como una viuda desconsolada y arruinada, a la que buscó el mejor marido e incorporó al grupo de franceses más notables de la ciudad —y también más útiles a Luis XIV— le mostrara tanto desagradecimiento...? Durante años, la había dominado, y ella había hecho todo lo que él deseaba. Había sido siempre dócil, una inteligente alumna sumisa, que se deslizaba por los salones romanos como si fuera su propia sombra y luego se metía en su cama, compartía con él sus secretos y ponía su cuerpo entero a su disposición, como la más entregada de las cortesanas. Era su creación. Si el Rey confiaba en ella, era por todo lo que él le había enseñado, conduciéndola como a una yegua mansa por el camino que llevaba al establo donde se almacena la mejor hierba. ¿Y ahora se lo devolvía así...? ¿Ahora se permitía desobedecerle, a él, César d'Estrées, sobrino de la magnífica concubina de Enrique IV, Duque-Obispo de Laon, Cardenal de la Santa Iglesia y amigo dilecto de Su Majestad Cristianísima...? No estaba dispuesto a que una puta como aquélla —y él sabía bien que lo era—

le pasase por encima. Golpeó el brazo del sillón con el puño:

—¡No acepto vuestras reticencias, Princesa! ¡Tengo pruebas de que el Rey os ha escrito para contaros cuál es mi papel! ¡Yo he venido aquí a gobernar, y no estoy dispuesto a que una mujer me aparte de mi deber! ¡Pronto sabremos quién vence, si vos o yo! —César se atusó la larga melena, lo único que aún le quedaba de sus buenos tiempos de Cardenal seductor, y bajó repentinamente la voz—: Ahora debo ir a visitar a la Reina. Nos veremos pronto, señora.

Mariana sabía muy bien lo que él estaba pensando. Era capaz de leer dentro de su cabeza sin necesidad de que dijese nada, igual que treinta años atrás adivinaba sus deseos antes de que él los expresara. D'Estrées no podía soportar que ella ya no se dejara poseer, que no se mantuviera sumisa bajo él, hundida por su peso de varón, que no lamiera arrastrándose la punta de sus zapatos. No lograba aceptar que la ambición que latía dentro de ella había adoptado su propia forma, expulsando de su interior la debilidad y el miedo que aún podía sentir cuando era joven. Pero hacía ya mucho tiempo que se había puesto en pie, con la cabeza erguida. Había soportado que le cayeran encima cien tormentas y también se había adormecido bajo el sol, sola, inquebrantable, con el mismo orgullo y la misma fiereza que exhibían todos los hombres a su alrededor. Ahora era ella quien mandaba. El tiempo de César d'Estrées había terminado, y al fin era él el que tenía que someterse a la energía de una mujer. Le iba a costar aceptarlo, y trataría de hacerle daño —conocía bien sus largos rencores y sus venganzas dolorosas—, pero a la larga tendría que inclinarse ante su poder, reconociendo su grandeza.

Eso sí, Mariana no estaba dispuesta a lograrlo imitando sus malas maneras de hombre furioso, levantando la voz o dando manotazos al aire. Su solidez y su delicadeza convivían sin problemas dentro de su cuerpo de mujer, y se ayudaban la una a la otra para hacer pasar desapercibida su ambición. Se mantuvo, pues, primorosamente impasible, empleando el mismo tono de voz que habría usado para hablar del último peinado de moda en Versalles:

—Su Majestad no va a recibiros. No le agrada vuestra compañía. No intentéis acercaros a sus aposentos, porque sus guardias tienen orden de no dejaros entrar, y podría organizarse un escándalo. No creo que os convenga que se diga que habéis querido forzar la puerta de la Reina... Id a vuestra casa y esperad hasta mañana, cuando llegue el Rey.

El Embajador se puso el sombrero. Le temblaba el cuerpo de furia. Le hubiera gustado estrangular a esa mujerzuela indecente, estrangularla y gozar al mismo tiempo de ella, tomarla como si fuera una perra, aplastándola dolorosamente contra el suelo, para que se enterase de una vez por todas de que no podía desobedecerle. ¿Quién era ella para rebelarse contra su voluntad...? Sólo logró contenerse mediante un enorme esfuerzo de su larga disciplina de cortesano. Sus últimas palabras fueron un susurro:

—Esto no ha terminado, señora. Podéis estar segura de que le contaré a Su Majestad Luis XIV lo que está ocurriendo aquí. Y lo que está ocurriendo es que queréis el poder para vos misma. Habéis hechizado a Doña María Luisa, y a través de ella intentáis establecer vuestro dominio sobre el Rey Felipe. Sois una bruja, y acabaréis ardiendo en una hoguera. No lo olvidéis.

Mariana sonrió e inclinó la cabeza para despedirse. Había empezado la guerra y se sentía llena de energía y de deseos de combatir. Sí, igual que su soberano, también ella había nacido para derrotar a sus enemigos. Acudiría a la batalla enarbolando su mejor espada y, como los césares, haría desfilar a los vencidos ante los ojos de todos, humillados y cabizbajos. De momento, el nuevo Embajador de Versalles ya estaba en apuros: adelantándose al lacayo, había cerrado la puerta al salir con tal fuerza que la capa se le había quedado atrapada. La Princesa oyó al otro lado de la habitación ruidos, bufidos e improperios hasta que, al fin, el criado logró abrir y desenganchar a Su Eminencia. Entonces pudo verlo alejarse por los corredores con sus rápidos pasitos torpes de viejo y la magnífica capa de Cardenal, desgarrada en una esquina, flambeando tras él a la luz de las teas. La Camarera Mayor soltó una carcajada leve e, inmediatamente, hizo llamar a su secretario. La pelea con D'Estrées —quizá también algún recuerdo inesperado, entrevisto como una ráfaga incompleta pero llena de sensaciones apetecibles— le había abierto las ganas de pasar un buen rato en la cama con D'Aubigny. Un breve momento de descanso y éxtasis antes de ir a servirle la cena a la Reina.

La entrada de Felipe V en Madrid al día siguiente fue sublime. Llegó como el auténtico Rey de un viejo romance, a caballo bajo la nieve —estaba siendo un invierno muy frío—, revestido de una brillante armadura de parada que revelaba su ardor guerrero. Los copos caían suavemente sobre el acero y se derramaban luego por él, semejantes a blancos pétalos lanzados desde los cielos al héroe. Al llegar el lustroso séquito a la calle Mayor, el sol tuvo a bien abrirse paso durante unos minutos entre las nubes y dejó caer sus rayos sobre el jinete, haciéndole resplandecer como si se tratara del propio dios Marte. Las aclamaciones de la multitud que saludaba a su soberano se convirtieron entonces en un clamor fervoroso, y algunos hasta se hincaron de rodillas, creyendo ser testigos de un milagro. Un poco más allá, una mendiga ciega que cruzaba el barrizal cayó al suelo justo en el momento en que Su Majestad iba a pasar. Él hizo cabriolar alegremente a su caballo, sorteó a la vieja sin tocarle ni un pelo, y luego ordenó a uno de sus pajes que le entregara algunas monedas. Ese gesto provocó otro arrebato de la multitud, que daba gracias a Dios por haberles concedido un Rey tan apuesto, tan valiente y tan piadoso.

En la plaza del Alcázar le esperaban sus cortesanos. A decir verdad, aquello más que una recepción a un monarca que regresaba victorioso de la guerra, parecía un carnaval. Igual que el Mayordomo Mayor y sus hijas, la mayoría de los nobles castellanos que tenían algún cargo en la corte se había vestido a la francesa. Todos tenían claro que al que no homenajeara así a Felipe se le pondrían las cosas muy feas. Y ya lo estaban bastante, porque era evidente que el Monarca prefería a sus compatriotas para la mayor parte de los puestos. A decir verdad, los Grandes no contaban apenas nada en el nuevo gobierno. De hecho, el Consejo de Estado y el de Flandes ya habían sido liquidados por orden de Luis XIV, y el único órgano que perduraba del sistema de los Austrias era el Despacho, donde ahora prevalecían los extranjeros. Por lo demás, en los últimos dos años había llegado a Madrid desde Versalles una multitud de burócratas, administradores y militares que, a pesar de sus muchas puntillas y sus profundas reverencias, se habían hecho firmemente, sin ningún miramiento hacia los castellanos, con el control de la política, las arcas y el ejército.

Las prebendas y los privilegios de los titulados castellanos eran ahora puras limosnas, meros gestos hechos a algunos elegidos con el fin de aparentar que Felipe seguía contando con ellos. Pero la mayoría había sido expulsada fuera del paraíso de las regalías, arrojada lejos del poder y de las riquezas que caían del cielo a los poderosos. Y, sobre todo, habían sido apartados del impagable honor, sin el cual no concebían la vida. El honor grandioso e intocable, el prestigio de sus soberbias estirpes: ellos eran sangre de la sangre de quienes habían luchado valientemente durante siglos contra los moros, de quienes habían defendido siempre el nombre de Cristo y el de su vicario en la tierra, el Papa, de quienes habían demostrado su fidelidad a lo largo de muchas generaciones al trono. Ahora se veían menospreciados y humillados por aquellos franceses que se burlaban de ellos, los miraban por encima del hombro y querían sepultar la cristianísima honra castellana bajo la tierra fangosa de su cinismo y su libertinaje. Pero ellos estaban dispuestos a defender por encima de todo la decencia, aunque fuera preciso desdecirse de su apoyo a los Borbones y volverse hacia los Habsburgo.

El Almirante de Castilla sólo había sido el primero en abandonar el bando. Otros muchos Grandes comenzaban ya a pensar en prestar ayuda al Archiduque Carlos, y esperaban su advenimiento como si un nuevo Salvador fuera a llegar al mundo para dirigir los destinos de España y mantenerles a ellos su merecida fortuna. El Duque de Alba y el de Arcos le habían hecho llegar un memorial a Luis XIV recordándole que su sangre y los muchos privilegios de los que sus familias habían gozado desde hacía siglos les hacía ser más valiosos que los nobles franceses, acaparadores de prebendas en la nueva corte. Y Medinaceli, Montalto, Infantado, Condestable y algunos otros mantenían a menudo reuniones secretas en las que trazaban planes para pasarse al enemigo. Muchos empezaban a abandonar Madrid y a enclaustrarse en sus tierras, negándose a merodear como mendigos pedigüeños por el Alcázar impío. Consideraban que ya no le debían lealtad a un Rey que permitía todos aquellos excesos, la permanente deshonra de los suyos, y ahora mantenían correspondencia entre ellos y organizaban penosas estrategias y acciones de guerra imposibles para echar a Felipe del trono y colocar al Archiduque. Las cosas empezaban a ponerse feas para el Rey no sólo fuera de España, sino también en sus propios estados.

Tan sólo el puñado de nobles castellanos que habían logrado mantenerse al servicio del Monarca en algunos puestos elegidos de la corte seguían siéndole abiertamente fieles: a fin de cuentas, no tenían nada que reprochar a la nueva dinastía, y si sus costumbres eran en verdad un tanto disolutas, no tardarían en aprender de los españoles y volver al camino de la virtud. Eran ellos los que ahora estaban allí, bajo la nieve, luciendo aquellos trajes nuevos con los que parecían monigotes disfrazados y observándose los unos a los otros con envidia. Cuando se corrió la voz de que el Marqués de Villafranca del Bierzo había encargado ropas para toda su familia a París con la idea de darle una sorpresa al Rey a su vuelta, nadie quiso quedarse atrás. Al final, hubo una auténtica disputa silenciosa para ver quién adquiría la ropa más cara. Algunos se gastaron auténticas fortunas. El Conde de Castrollano, por ejemplo, consumió buena parte de la futura dote de su hija, y se vio obligado a hacerla profesar en el convento de las trinitarias, a pesar del espanto de la muchacha. Y no fue el único que tuvo que pagar un alto precio por la recepción: la Marquesa de Campohermoso, que había vivido una temporada en París y era muy atrevida, se empeñó en salir a la calle sin abrigo ni capa, para poder lucir su escote. Pasó tanto frío y cogió tal mojadura que terminó sufriendo una pulmonía que estuvo a punto de llevársela a la tumba. Aunque una vez que estuvo recuperada —y tapada de nuevo hasta la barbilla—, pudo repetir orgullosa a todo el mundo que el Rey se había fijado con admiración en sus pechos, y que eso bien valía una enfermedad.

Cuando Felipe llegó a la plaza del Alcázar, el aspecto de la corte travestida era realmente lamentable. Los trajes estaban empapados, los lunares se despegaban y las pelucas, deshechos los rizos por el agua, colgaban lacias hasta las cinturas, goteando los tintes. Pero a él le conmovió el recibimiento, emocionado ya como estaba por los aplausos de sus súbditos. A decir verdad, fue justo en ese momento, a la vista de aquellos seres que le rendían así homenaje, cuando al fin comprendió lo que era: un Rey, un auténtico soberano, el igual de su abuelo el Sol. En ese mismo instante se dio cuenta de que las vidas de millones de personas dependían de él. Aceptó por fin que sus palabras y sus actos eran omnipotentes, que cada una de las decisiones que tomara en adelante generaría una cascada imparable de acontecimientos que recorrerían los mares y las tierras en toda su extensión y tendrían consecuencias en los rincones más remotos del planeta, haciendo que se levantase una iglesia, que se decapitara a un hombre, que otro se enriqueciese, que un país fuera invadido y ardiese bajo las bombas de sus tropas, que mil naves bogasen por los océanos cargadas de riquezas para sus arcas, que gentes y gentes y más gentes de lugares que nunca llegaría a conocer alzasen sus plegarias al Cielo por él, que era su señor y su padre. Comprendió que todos le debían sumisión y respeto, la mendiga ciega caída en el barro, los artesanos y los tenderos y las prostitutas y las taberneras que le habían aclamado en las calles, y también todos aquellos Grandes de sangre arrogante que ahora se inclinaban ante él, ateridos y humildes, pendientes del menor de sus gestos y de sus deseos. Y, en un arrebato místico, pudo ver claramente cómo —entre los rayos del sol que de nuevo brillaba sobre el Alcázar, dándole la bienvenida a su casa— descendía hasta él la Paloma del Orgullo, y le imbuía de su espíritu.

Ardiente de regio vigor, Su Majestad Felipe V de España cabalgó lenta y suntuosamente por el gran patio de su palacio hasta la entrada, mirando a sus Duques y Marqueses y Condes e inclinando ligeramente la cabeza para demostrarles que les agradecía su gesto y que, en el futuro, cuando repartiese prebendas, pensaría amorosamente en ellos. Cabalgó con tanta gallardía, resplandeciendo tanto su armadura de parada que algunos le compararon esa noche con un antiguo Emperador encabezando su cortejo triunfal.

Lo único que deslució la escena fue que María Ramos —la vieja loca de la corte que había llegado años atrás desde la Casa de los Enfermos del Juicio de Zaragoza—, llevada por la emoción, se puso a cantar de pronto una jota grosera y escatológica. Un criado tuvo que sujetarla y llevársela arrastrando por la nieve, entre chillidos desgarradores.

CAPÍTULO V

—¡Me cago en el manteo del jesuita!

La criada del Padre Daubenton se quedó parada ante la grosería de su propia exclamación. Unos metros más allá, había un arcón. Se acercó a él y dejó encima la jofaina un instante mientras hacía la señal de la cruz: «¡Perdón, perdón, Señor, que no sé lo que me digo!» Enseguida volvió a cogerla y siguió su largo camino hacia la habitación del Confesor de Su Majestad Felipe V, pensando que el Señor la perdonaría sin duda de buen grado. Al fin y al cabo, eran las cinco de la tarde y no había parado ni un momento desde las seis de la mañana. El sacerdote aquel la tenía agotada. Era un quisquilloso, que más parecía una marquesa que un reverendo, mirando siempre si había quedado alguna mota de polvo debajo del tintero, o un poco de barro en los zapatos o alguna mancha de lo que fuera en sus finísimas camisas de batista que ella misma tenía que ir a lavar al río, porque el francés no quería gastarse unos céntimos más en una lavandera.

Y así se pasaba ella los días, lavando, fregando, barriendo, planchando, cocinando, sirviendo, recogiendo, yendo a buscar comida a la despensa y agua a la fuente y buen vino a las bodegas y huesos de aceituna para el brasero al depósito... No podía más. Ya tenía muchos años —más de sesenta, creía, aunque no sabía exactamente cuántos—, y estaba harta de recorrer durante horas y horas los pasillos y subir y bajar las escaleras del Alcázar, cargada siempre de objetos pesadísimos y con las rodillas doliéndole tanto que casi no podía ni doblarlas. Y, para colmo, ahora, mientras le llevaba la jofaina llena de agua caliente para que se lavase, había tropezado y se le había caído la mitad. ¿Cómo no iba a caga... a eso...? Seguro que el maldi..., que el jesuita se ponía a pegarle voces cuando la viera llegar con poca agua.

—Ay, Señor —Gaudencia empezó a hablar sola—, perdóname, Dios del mundo, pero es que estoy agotada... ¡Y lo que me queda! ¿Porque adónde voy yo?, dímelo tú, anda, ¿adónde voy ahora que estoy vieja? Dentro de poco ya no serviré para nada, ¿y qué voy a hacer...? Desde que era una niña, no sé, siete u ocho años tendría, Tú lo sabrás mejor que yo, desde entonces de criada de los jesuitas, que me llevó mi padre y ellos dijeron que sí porque ya entonces se veía que iba a ser gorda y fea, pues eso, desde cría en el convento, y ahora con el francés este de los demo... el francés este, y venga a trabajar, y venga a trabajar, y lo poquísimo que me pagan, y muchos años que ni me pagaron, que llegaba la Navidad y en vez del sueldo me daban un rosario o una medalla, que no tenían dinero, decían, y yo deslomándome, y la que no tengo dinero ahora soy yo, y dime Tú, Dios del mundo, adónde va una vieja que no tiene ni hijos ni hermanos ni dinero ni nada, que cuando me echen porque me quede tonta o ni me pueda mover adónde voy yo, a la calle, a mendigar, o al hospital de pobres, a morirme, ay, Dios del mundo, que perdóname Tú cuando digo esas palabras tan feas, pero qué voy a decir, qué voy a decir, si no puedo más, y venga a correr por los... Buenas tardes, señor.

Gaudencia se cruzó con un caballero e interrumpió el monólogo. Ya estaba además casi a la puerta de la habitación del Padre Daubenton, que abrió como pudo, tirando aún un poco más de agua. El religioso la esperaba impaciente, y a punto estuvo de echarle una buena regañina. Pero se contuvo: tenía demasiada prisa, demasiada prisa, y además, por mucho que le dijera, aquella mujer no entendía nada, porque no conocía ni una sola palabra de francés. Al jesuita exquisito de exquisita familia siempre le había impresionado la ignorancia de las clases populares, que andaban por el mundo sin molestarse ni siquiera en aprender a leer y a escribir. Y aquella criada que le habían asignado para que lo atendiera en Madrid era uno de los seres más espantosamente ignorantes que había visto en su vida. Ya llevaba aguantándola nueve meses, y no podía más. Tenía que decirle lo antes posible al Provincial que le buscasen un buen criado francés. Y a ésta... ¿cómo se llamaba...?, nunca conseguía acordarse del enrevesado nombre, lo que fuera, a ésta que la echasen, que no servía para nada.

El Reverendo Padre se lavó minuciosamente, perfumando primero el agua con aceite de cardamomo.

Luego se frotó con una toalla humedecida las manos y los brazos hasta el codo, el cuello y la zona de alrededor de la boca, y un poco también la parte exterior de las orejas. Era suficiente. Al Reverendo Padre le habían enseñado desde pequeño, como a cualquier hijo de buena familia, que el agua es peligrosa, que contiene miasmas y abre los poros de la piel, y que por esos poros se escapa el vigor y penetran las pestilencias. Y por muy importante que fuera su cita de aquel día, no deseaba poner en riesgo su salud, bastante atribulada ya por los inauditos calores de Madrid, que le tenían todo el día congestionado y adormecido.

El Confesor del Rey Felipe se cambió la camisa empapada y se puso su mejor sotana de verano. Después se sentó en un sillón, juntó las pálidas manos de doncella sobre su pecho, como si estuviera orando, y comenzó a repasar a media voz el discurso que se había aprendido de memoria para soltárselo al Cardenal D'Estrées, Embajador y hombre de máxima confianza de Su Majestad Luis XIV. Sus explicaciones de aquella tarde iban a ser fundamentales en su vida: había cometido un error haciéndose amigo de la Camarera Mayor cuando pensaba que su poder era intocable, y ahora que toda la corte sabía que D'Estrées se había enfadado con ella —y que toda la corte sabía igualmente que D'Estrées sería el vencedor de aquella batalla—, tenía que deshacer urgentemente su equivocación:

—Eminencia —le diría—, no hace falta que os explique mi irreprochable lealtad a nuestro soberano y la extraordinaria admiración, la profunda estima que me une a Vuestra Reverencia desde hace mucho tiempo. Son esos nobles sentimientos los que, desde mi llegada a Madrid, me hicieron acercarme a la Princesa de los Ursinos. Sé que muchos habrán podido pensar, llevados por la confianza que esa dama me demuestra, que mi amistad con ella había adquirido una hondura que justificaría mi complicidad en sus desmanes. Nada más lejos de la verdad, Eminencia. Quiero creer que ya habréis adivinado que la única razón de mi acercamiento a ella ha sido el poder servir mejor a los intereses de Su Majestad Luis XIV y a los vuestros propios. —El Cardenal D'Estrées haría entonces un amplio gesto de agradecimiento, y le rogaría que siguiese hablando—. Sabiendo que sus manejos no eran limpios y podrían perjudicar a nuestro soberano y a Vuestra Reverencia, me permití hacerle creer que podía compartir conmigo sus secretos. Es así como he llegado a saber cosas que afectan a vuestra persona. Como podéis comprobar, Eminencia, he venido a contároslas en cuanto habéis llegado. —El Cardenal volvería a darle las gracias, aunque su rostro daría ahora evidentes señales de preocupación—. Lamento heriros, pero debo deciros que sé a ciencia cierta que la Princesa de los Ursinos es vuestra enemiga. Una enemiga feroz y peligrosa que desea perjudicaros con toda la fuerza de su femenina maldad, digna de una Eva pecadora. Creyendo en su soberbia que todos compartimos sus ideas y le damos la razón, ha llegado a enseñarme las cartas que le envía al Rey en contra de Vuestra Eminencia. —Alarmado, el Cardenal se levantaría de su asiento y empezaría a recorrer la habitación, pidiéndole que siguiese hablando—. Ayer mismo me dio a leer la última, y os aseguro que la misiva me hizo estremecer. Le explica a Su Majestad la discusión que tuvo con Vuestra Reverencia hace dos días a propósito de la dirección de los asuntos de gobierno, y le informa de que no estáis capacitado para ejercer ningún puesto de importancia. Con palabras de serpiente, dice que estáis..., permitidme que os lo diga, Eminencia, que estáis demasiado mayor, y que la edad ha debilitado vuestro entendimiento. Afirma que olvidasteis las formas ante ella y que estuvisteis a punto de golpearla cuando os hizo saber que los asuntos del gobierno de España eran muy delicados y que hacía falta mucha mano izquierda para no herir a los orgullosos castellanos. Esa mujer dañina como una Semíramis tirana y lujuriosa —el Padre Daubenton se detuvo un momento para recrearse en el acierto de su inspirada imagen— quiere acabar con Vuestra Excelencia, y le asegura a nuestro soberano que, si él no os explica bien cuáles son vuestras funciones, vais a causar mucho daño a Su Majestad Don Felipe. Mi profunda amistad me ha dictado que debía comunicaros todo esto rápidamente, Reverencia, para que podáis escribir de inmediato a Versalles y desmentir el efecto que pueda causar su carta.

El Confesor Real esperó un instante mientras se imaginaba escuchar las emocionadas palabras de reconocimiento que le dirigiría el Cardenal, y luego continuó ensayando su supuesto diálogo:

—No debéis agradecerme nada, sólo he cumplido

con el deber que me dictan mis hondos sentimientos hacia Vuestra Excelencia... —y se interrumpió de inmediato, porque su propia emoción ante su propia valerosa virtud le puso acuosos los ojos. Y entonces le dio por volar con la imaginación lejos, muy lejos y muy alto, hasta el día en que sería consagrado Cardenal por Su Santidad y D'Estrées estuviera allí compartiendo su gloria, si es que Su Santidad no era para entonces el mismo D'Estrées, que bien pudiera ser. Imaginó durante tanto tiempo y de una forma tan viva que, cuando al fin se dio cuenta de que tenía que salir ya hacia el palacio del Embajador y se puso el manteo y la teja, le sorprendió no verse envuelto en muarés púrpuras y coronado con el capelo cardenalicio.

Mientras el Padre Daubenton se dirigía al encuentro con el Embajador, la Reina y su Camarera Mayor seguían en una carroza a Felipe, al que le había dado aquella tarde por salir de caza, a pesar del calor gigantesco, en busca de algunas liebres a las que matar bien a gusto, ya que no había ninguna excitante batalla en la vecindad. María Luisa y Mariana llevaban casi dos horas dando tumbos por los andurriales resecos de la Casa de Campo, medio adormecidas y ahogándose con el sofoco y el polvo. Les dolían las nalgas de tanto golpetearse contra los duros asientos, y estaban hartas de fingir entusiasmo cada vez que el Rey asomaba la cabeza por la ventanilla exhibiendo su nueva pieza —en todo igual a la anterior— y dejando gotear la sangre maloliente sobre el suelo del coche.

Al fin, Felipe dio órdenes de volver al Alcázar. Las dos mujeres se espabilaron al mismo tiempo. La Reina se sintió feliz al pensar en lo agradables que debían de estar sus aposentos, que en verano se instalaban en el piso bajo del palacio, mirando al norte, para aliviarla un poco del calor. También la Princesa de los Ursinos se sintió feliz al comprender que aquél iba a ser el momento más adecuado para su charla. Había decidido que ya era hora de explicarle a la Reina cuál era su situación y de conseguir la promesa de su apoyo, y llevaba desde el principio del paseo esperando que la niña se despejase. Había buscado cuidadosamente las palabras más adecuadas para hacerle entender las luchas entabladas a su alrededor, la amenaza de todas aquellas espadas puntiagudas que trataban de atravesarla como a un pelele. En aquel momento, aún no sabía que se acababa de alzar la del Confesor Real, pero conocía bien la del Cardenal D'Estrées, que la detestaba porque había dejado de ser su amante sumisa y se dedicaba a escribir a Versalles diciendo barbaridades sobre ella. Y la del Jefe de la Casa del Rey, Charles de Louville, que la detestaba porque tenía más influencia sobre Felipe que él, y también escribía a Versalles para contar más barbaridades. Y la del Cardenal Portocarrero, que no podía escribir a Versalles porque no conocía a nadie allí, pero que la detestaba igualmente. No dejaba de ser curioso: durante muchos años —desde que se habían conocido cuando ella llegó a Madrid para rescatar a su primer marido—, Portocarrero y la Princesa habían compartido la idea de que era necesario cambiar la administración y el gobierno de España. Pero ahora que ella estaba iniciando esas transformaciones, él se había convertido en un anciano miedoso que no quería que nada fuese modificado, agarrado como si en ello le fuera la vida a los tiempos del pasado.

Cada uno de aquellos hombres era el centro de un círculo formado por otras muchas personas que, por razones diversas, compartían la aversión hacia ella. En las habitaciones del Alcázar y en los salones de muchos palacios madrileños, los alientos envenenados de sus enemigos formaban oscuros nubarrones de odio que se aunaban los unos a los otros y llegaban luego muy lejos, hasta reunirse con los nubarrones semejantes que flotaban entre las paredes de Versalles. Y toda aquella masa borrascosa amenazaba con hacer estallar la tempestad sobre su cabeza, lanzándole rayos y océanos de lluvia, y dejándola arrasada. Bastaba con que el espíritu volátil de Luis XIV mirara hacia otra dirección para que la desgracia la destruyera. Necesitaba garantizarse el apoyo de Felipe y de María Luisa, pues sólo ellos podrían defenderla de la tempestad, arropándola bajo el firme dosel de su trono.

Mariana salió, pues, al escenario. Tras mirar largamente a la Reina con los ojos tristes, agachó la cabeza y suspiró angustiada.

—¿Te encuentras bien, *zia*? —María Luisa se había acostumbrado a llamar así a su Camarera Mayor, que estaba siendo para ella mucho más que una tía, una auténtica madre por la ternura y la confianza y un padre por la firmeza y el buen hacer político.

—Sí, Majestad, estoy perfectamente. Sólo tengo

calor, y eso me deja un poco atontada. Después de todos los años que he vivido en Roma, aún no he conseguido acostumbrarme a estas temperaturas del sur...

—No me engañes. Sé que hay algo más. ¿Qué te pasa? ¿Sigues enfadada con Portocarrero...? ¿Y con Louville...? ¿Y con D'Estrées...?

—Son ellos los que están enfadados conmigo. Y, por lo visto, no están dispuestos a reconciliarse.

—Pero, *zia*, ¿qué les pasa...? ¿Qué quieren...? Tú lo estás haciendo todo muy bien. Yo no sé qué sería de Felipe y de mí si no estuvieras con nosotros. ¿Cómo habría podido yo ser Regente mientras él estaba en Italia si tú no me hubieses dicho cada día lo que debía hacer...? Tendrían que estar contentos de que nos cuides, y darte las gracias por lo mucho que nos ayudas, y no empeñarse en fastidiarte.

Mariana sacó entonces a relucir la imagen infantil que había estado buscando toda la mañana:

—Majestad, ¿recordáis aquellas águilas que vimos durante el viaje, cuando veníamos a Madrid? ¿Recordáis que había una cabra sola en medio del monte y seis o siete águilas se abalanzaron sobre ella y luego se pelearon a picotazos por hacerse con la mejor parte hasta que la más pequeña se quedó allí tendida, como muerta...? Eso es lo que ocurre.

—¿Tú eres la cabra?

La Princesa no pudo evitar reírse:

—No, señora, no. Imaginaos que la cabra es el poder, y las águilas son todos esos hombres que lo quieren, Louville y los Cardenales y muchos más... Y yo sería el águila pequeña, la hembra. Los machos son muy fuertes, con esas alas enormes y los picos que desgarran como un puñal. Pero la hembra es mucho más frágil; sus músculos parecen de algodón, y las alas son tan cortas y débiles que apenas la sostienen el tiempo de un vuelo breve. Así que los machos la atacan a ella en primer lugar, porque es la víctima más fácil, y también porque les molesta que una cosa tan insignificante intente repartirse con ellos lo que tanto desean.

—Ya comprendo... Los hombres a veces son injustos con nosotras.

—Sí, lo son. Pero también lo son entre ellos. Así que, cuando hayan acabado con la hembra, se atacarán los unos a los otros sin piedad. El poder brilla demasiado, contiene demasiada belleza dentro de sí como para que nadie quiera compartirlo. Se parece a un diamante hermosísimo, el más valioso de todos, y no hay persona en el mundo que esté dispuesta a dividirlo en trozos y entregar partes de él a los demás. Es algo que debéis saber, señora, porque a vuestro alrededor siempre habrá cacerías, y todos serán muy crueles. Se dispararán entre ellos a vuestro lado, y la sangre os salpicará muchas veces, y caerán cadáveres a vuestros pies. Debéis aprender a no asustaros, y también a proteger a aquellos a los que consideréis más necesarios. Pero debéis saber igualmente que las personas que os son imprescindibles pueden desaparecer de vuestro lado. Hay gente que está por encima de Vuestra Majestad y de su esposo, y tal vez ellos a veces vean las cosas de una manera diferente...

María Luisa agarró la mano de su Camarera Mayor:

—¿Te refieres al abuelo...? ¿Piensas que el abuelo

puede querer que te vayas de aquí...? No, no, eso no va a ocurrir, yo siempre te protegeré. Y Felipe también. No dejaremos que nadie te haga daño. ¡Vas a estar siempre con nosotros, *zia*!

Mariana apretó con firmeza la manita diminuta de la soberana e hizo que su voz temblase magistralmente:

—Majestad, mi amada Majestad, permitidme que os exprese así mis sentimientos, yo también quiero quedarme siempre aquí, al lado vuestro y de vuestro esposo. Es el lugar del mundo donde más feliz me siento, puedo asegurároslo. Me resultaría difícil imaginar ahora la vida sin vuestra compañía. Pero no estoy segura de que eso vaya a ser posible. El Cardenal Portocarrero no me preocupa: no puede hacer nada más que enfadarse y negarse a compartir el Despacho con los Ministros franceses. Pero el Jefe de la Casa de vuestro esposo y el Cardenal D'Estrées son muy poderosos. Sé bien que ambos le han escrito a Su Majestad Luis exigiéndole mi renuncia —la voz temblorosa se rompió ahora en un soberbio sollozo—. Y me temo que vuestro abuelo se la conceda...

—¡Eso no ocurrirá nunca!

María Luisa asomó la cabeza por la ventanilla para pedirle al escudero que cabalgaba junto a su portezuela que fuera a buscar al Rey. Al cabo de unos instantes, Felipe trotaba a su lado. La Reina ni siquiera le dio tiempo a saludar:

—En cuanto lleguemos a palacio, tengo que hablar contigo a solas. ¡Es muy importante! Vayamos más rápido...

El Rey cabalgó veloz hacia la cabecera del cortejo, dando órdenes de apresurar el paso. Mariana agachó la cabeza para esconder la sonrisa que le iluminó por un momento la cara. Y pensó con satisfacción que el trabajo estaba hecho. Ya se acercaban al Alcázar. Por primera vez, aquel caserón triste y viejo, lleno de sombras y de crujidos extraños —como si cientos de espectros lo habitasen, en busca de una paz de la que no habían gozado nunca entre sus muros—, le pareció su verdadero hogar.

Ahora, casi un año después, tenía claro que se había equivocado. Recordaba esa conversación, y el orgullo y la seguridad que sintió en aquel momento, como si la rodease un fuego que nadie se atrevería nunca a atravesar, y se sentía avergonzada de comprobar cómo se había equivocado. Los caballos corrían enloquecidos, y la carroza se bamboleaba y parecía a punto de volcar en cada curva. La masa del Alcázar iba quedando atrás, con todos sus tesoros y sus secretos y sus soberbias ambiciones. Y le parecía que no era ella la que se alejaba del palacio, sino el palacio el que se alejaba de ella, empequeñeciéndose hasta adquirir su verdadero tamaño, el de una maqueta en la que había jugado a ser poderosa. Enseguida, sin que apenas le diera tiempo a darse cuenta, comenzó a empequeñecer también, a sus espaldas, la ciudad entera, las calles enfangadas, los feos caserones de ladrillo, las iglesias perfumadas de incienso, las casuchas temblorosas donde se hacinaban aquellas gentes sucias que habían observado con asombro la carrera veloz del coche y el séquito impresionante de cuatrocientos soldados, atronando el aire los cascos de sus caballos.

Ahora estarían acudiendo a toda prisa al mentidero de San Felipe, y ya se estaría corriendo la voz por todo Madrid: «Han echado a la Camarera Mayor... Ha sido el Rey de Francia... Se la llevan escoltada hasta Alcalá, y desde allí tendrá que volver a Roma... Su Majestad la Reina no para de llorar...» Muchos se alegrarían de saber que aquella extranjera metomentodo había sido expulsada sin miramientos. Otros lamentarían que el trono perdiese a una buena consejera, y algunos hasta se compadecerían de ella y de María Luisa, que al fin y al cabo no era más que una niña y se había quedado sola, sin su tía adorada y sin su Rey, que estaba lejos, en la batalla...

Todo aquello era triste, por supuesto. Y muy humillante. Estaba siendo tratada como una criminal, como una conspiradora. Y con aquella urgencia: tan sólo veinticuatro horas antes, había llegado al Alcázar Pierre de Châteauneuf, con el encargo de Luis XIV de expulsarla de España. Ella oyó la noticia impasible, fingiendo que no le afectaba en absoluto. En realidad, ya estaba preparada para recibir un golpe como ése. Sus amigos de Versalles —Madame de Maintenon en primer lugar— le habían hecho saber que Luis estaba indignado con ella. El asunto de la carta de Jean d'Estrées había provocado en él uno de sus famosos ataques de furor, un arrebato de gritos, golpes y patadas tan fuertes contra el suelo que el tacón de uno de sus zapatos se había roto y durante un buen rato el Rey había recorrido su despacho de un lado a otro cojeando, mientras vociferaba enrabietado: «¡Esa mujer ha cometido un crimen de lesa majestad! ¡Lesa majestad!»

Era humillante. Se sentía como una lagartija que hubiera estado descansando tranquilamente al sol, soñando con multitudes de mosquitos, y a la que alguien hubiera machacado la cabeza con una piedra, dejándola medio moribunda, atontada y renqueante. Tenía que fingir que aún conseguía sostenerse, pero en realidad se arrastraba dolorida hacia algún lugar desconocido donde la estaba esperando o el final o la resurrección —aún era imposible saberlo—, y estaba segura de que quienes la habían destruido la observaban ahora desde lo alto, muy por encima de ella, y que se reían a carcajadas, con los brazos en jarras, esperando gozar de su agonía y de su rápida extinción.

Sin embargo, no podía culpar a nadie. De haber estado en su piel, hubiera hecho lo mismo. Todos habían jugado al mismo juego, tratando de agarrar el diamante —o la cabra— y disfrutarlo en solitario. Simplemente, era ella la que había perdido. Y lo tenía bien merecido: envuelta en halagos y reverencias y solicitudes y regalos, rodeada siempre de una corte de aduladores que sostenían perennemente la cola de sus faldas e incensaban el aire a su alrededor cada vez que ella abría la boca, se había olvidado al fin de que allá arriba, en la cima del mundo, bien altivo al frente de su carro triunfador, tronaba sobre una nube el auténticamente poderoso, y que a él no se le podía mentir ni se le podía desafiar. Sus ojos lo abarcaban todo, su orgullo era tan grande como el universo, y su rayo destructor alcanzaba el rincón más escondido, la caverna más oscura. Su Majestad Luis XIV se había enfadado con ella, y ahora la castigaba. Y tenía razón.

Al principio —durante muchos meses en realidad—, cuando sus enemigos empezaron a hablar en su contra, él la mantuvo arropada. Desde la lejanía, siguió sosteniéndola e iluminándola con su propia luz. Louville, César d'Estrées y el Padre Daubenton no paraban de inventar acusaciones en su contra —mientras ella, a decir verdad, les devolvía los golpes—, pero el Rey permanecía imperturbable. Aquellos hombres se habían dedicado a bombardear Versalles con sus medias verdades y sus descaradas calumnias. La intensidad de las acusaciones iba creciendo de día en día, a medida que comprobaban que no causaban el daño esperado. Primero mencionaron su indecencia. Luego contaron que vendía cargos y privilegios. Después añadieron que las dificultades que el nuevo Monarca estaba encontrando para ser aceptado por sus súbditos se debían a sus muchos errores. Más tarde, que estaba traicionando a Francia y mantenía contactos secretos con los austríacos. Y, por último —Louville había sido el autor de aquella mentira—, que ella y la Reina tenían planeado asesinar a Felipe con unos guantes envenenados y que María Luisa se casaría entonces con el Archiduque, que ocuparía por supuesto de inmediato el trono de España.

Aquellas cartas pérfidas cruzaban la meseta y las montañas y las llanuras de las Landas y los vergeles del Loira y llegaban raudas a manos de sus destinatarios en Versalles, que se las leían en voz alta a sus amigos y hasta hacían copias para enviárselas a aquellos que estaban en sus palacios, lejos de la corte. Los que se las daban de castos se persignaban ante su atrevimiento sexual. Quienes afirmaban ser honrados meneaban la cabeza desaprobando sus corruptelas. Aquellos que presumían de ser hombres de Estado criticaban duramente sus acciones políticas. Y todos ellos, junto con todos los que envidiaban su relación con Luis, con los que aspiraban a ser tan poderosos como ella, los que la menospreciaban por ser mujer, los que le guardaban rencor por algún suceso del pasado, los que la odiaban porque odiaban al mundo entero, los que siempre estaban dispuestos a creerse cualquier maledicencia y los que amaban escandalizarse por puro entretenimiento, todos —es decir, la mayor parte de los hombres y mujeres de Versalles— gritaron horrorizados cuando el rumor de que quería matar al Rey de España serpenteó por los salones y penetró, seductor y fulgurante, en los oídos de los cortesanos.

Hacía tiempo que no se escuchaba algo tan sabroso entre aquellas paredes, algo tan digno de ser repetido y comentado y censurado y alzado a los altares de lo Imperdonable. Hubo damas que perdieron la compostura al enterarse y echaron a correr por los pasillos para ir a contárselo a sus amigas. Y gentileshombres que, nada más ser informados, mandaron ensillar sus caballos y recorrieron veloces el camino de París, como si en ello les fuera la vida, para dar la noticia de primera mano a un aliado. Hubo incluso quien encargó misas por la integridad del Rey Felipe y rezó fervorosamente pidiéndole a Dios que se llevase a los Infiernos a aquella asesina. Y todo eso a pesar de que cada uno de los escandalizados y de los implorantes sabía que la noticia era falsa. Nadie dudaba de que se trataba de la calumnia que coronaba el feroz monolito que Charles de Louville, César d'Estrées y Guillaume Daubenton habían ido alzando desde hacía meses en honor al desprestigio de la Princesa de los Ursinos. Pero en aquel universo aburrido y cubierto de miserias —que dejaban su pátina tenebrosa sobre el oro y los damascos y las alfombras de Persia—, una calumnia era un festín hacia el que todos se abalanzaban exhibiendo sus mejores galas y enseñando entre los dientes las lenguas bífidas.

Cada vez que alguna de aquellas murmuraciones llegaba hasta Luis, él la escuchaba en cambio con la cabeza muy alta, torcía la boca a la derecha en señal de incredulidad y hacía un gesto desdeñoso con la mano para hacer callar a los chismosos. Tan sólo se había creído lo de que el cuerpo de la Princesa de los Ursinos era demasiado dado a los placeres, y lo de que su bolsa se abría fácilmente ante ciertas peticiones. Pero ¿quién no lo hacía...? ¿Cuántas mujeres podían presumir en su corte de no haberse entregado a un buen puñado de amantes? ¿Y cuántos no se enriquecían cobrando a cambio de determinados favores? Las Condesas vendían nombramientos de oficiales. Los Duques compraban a otros Duques cargos de servicio en palacio. Había quien mantenía su casa comerciando con las invitaciones para las fiestas reales. Y su propio hermano, el mismísimo Monsieur, le había pedido tiempo atrás una fortuna a cambio de informarle de ciertos desmanes en la tesorería del Impuesto Extraordinario para la Guerra. Estaba seguro de que esos pequeños vicios atribuidos a Mariana eran verdad, pero, en su grandeza, se los perdonó, y hasta le pareció que decían mucho a su favor: las personas de una pieza le daban miedo. Siempre pensaba que dentro de sí escondían un fuego que nada aplacaba y que algún día las haría estallar en grandes crímenes.

En cuanto a las otras acusaciones, las de sus errores y sus traiciones y el intento de asesinato de su nieto, ni siquiera se dignó tomárselas en serio. Conocía tan bien y desde hacía tanto tiempo a la Princesa, que sabía que nada de aquello podía ser cierto. Sus propias cartas desmentían con buenos argumentos —y suntuosas críticas a sus adversarios— aquellas tonterías. Y los informes que le enviaban Felipe y María Luisa, contándole todas las decisiones que ella adoptaba, los consejos que solía darles, la manera tan delicada y a la vez tan firme como los trataba, no hacían más que reafirmar su confianza en ella. Las denuncias le parecieron meras calumnias torpes. Tan torpes, que decidió que quienes las habían inventado no merecían seguir ocupando los cargos de suprema importancia que tenían. No es que le importase que calumniaran —eso formaba parte del fastuoso edificio del poder, y era algo con lo que siempre había que contar—, pero le molestaba lo estúpidos que habían demostrado ser. Desde luego, resultaba evidente que, a pesar de su sexo, Mariana era mucho más inteligente que sus detractores. Así que, de un plumazo, a finales del verano de 1703, Luis XIV destituyó a Louville de su cargo de Jefe de la Casa del Rey Don Felipe, al Cardenal D'Estrées del de Embajador y al Padre Daubenton del de Confesor Real.

Incluso se molestó en escribir personalmente a la Princesa para decirle lo contento que estaba de sus servicios y afirmarle que no conocía a nadie que pudiese sustituirla. Y fue entonces cuando Mariana cometió su gran error: mientras leía incesantemente aquella carta y veía al mismo tiempo a través de las ventanas de su gabinete cómo partían uno tras otro los tristes cortejos de sus enemigos vencidos, tuvo la certeza de que Luis la había cogido de la mano y la había alzado hasta su esplendorosa nube, haciéndole un sitio en el Olimpo de los Intocables. Y en lugar de dar la guerra por terminada y asentarse cómodamente en su espacio lleno de bienestar, decidió seguir llevándose por delante a cualquiera que tratase de hacerle frente. El aura del triunfo, con todo su esplendor y su magnificencia, la coronaba de tal manera a sus propios ojos que se creyó tan poderosa como el mismísimo Rey de Francia.

La siguiente batalla la emprendió contra el nuevo Embajador de Versalles, el abate Jean d'Estrées, que había sustituido a su tío César en el cargo. Aquel hombre de mofletes redondos y ojillos sucios de carroñero era todo un dechado de amabilidades, un portento de la etiqueta, un prodigio de la cortesía. Caminaba por los corredores del Alcázar igual que si danzase una pavana, a breves pasitos cortos, con el cuerpo muy estirado y la mano derecha medio extendida, como si permaneciese siempre dispuesta a ser ofrecida para el beso de respeto. Sus ropas eclesiales estaban hechas de brillantes sedas y suaves terciopelos, y jamás salía de su habitación sin cubrirse de los pies a la cabeza de su raro perfume de bergamota y ámbar gris.

Con la Camarera Mayor se mostró desde el primer día exquisito, delicadísimo y melindroso. Sus reverencias eran las más profundas que nadie le había hecho nunca, ejecutadas con una lentitud que a veces resultaba exasperante, y sus palabras estaban llenas de suavidad y parecían una compota que hubiera cocido durante demasiado tiempo, dejándose impregnar por el más dulce de los azúcares.

—Señora mía —le había dicho cuando fue a saludarla, nada más recomponerse de su larga postración—, doy gracias a Dios Nuestro Señor por haberme permitido vivir este día en el que he podido conocer a la más egregia de las mujeres, la más instruida de las consejeras nacidas de varón. Vos sois, Excelencia, el ideal al que aspiro, y si antes de conoceros ya os reverenciaba y os veneraba como un hijo, ahora que estoy ante vos, conmovido como si me encontrase en presencia de un astro, os suplico humildemente que tengáis a bien amarme y guiarme como una madre.

La Princesa escuchó su discurso perpleja —hacía mucho tiempo, desde la época de los viejos salones al principio de su primer matrimonio, que no oía a nadie expresarse de manera tan rebuscada—, y entendió perfectamente lo que escondían aquellas palabras tan vaporosas como un velo que tratara de ocultar el rostro agujereado de una mujer picada de viruelas:

—Señora mía, no creáis que voy a olvidarme fácilmente de la humillación a la que habéis sometido a mi tío el Cardenal —eso era lo que en realidad le estaba diciendo—. Confiad en mí, depositad en mí vuestros secretos y yo los utilizaré para vengar a mi antecesor y devolver a la familia el honor que vos habéis enturbiado. ¡La guerra aún no ha llegado a su final!

En unos instantes, Mariana pergeñó su estrategia. Fingió emocionarse —incluso se limpió con el pañuelito la comisura de los ojos—, le devolvió una a una sus exquisiteces, le aseguró que lo acompañaría en su camino como Embajador, sosteniéndole con firmeza la mano derecha a medio estirar, y antes de despedirlo, lo abrazó maternalmente.

Desde aquel día, la nueva batalla se convirtió en una auténtica representación de baile, de aquellas que tanto le gustaban a Luis XIV. Al ritmo de la música pomposa del engaño, la Princesa desplegaba sus brazos en el aire, giraba con suavidad sobre sí misma y se ponía luego de puntillas, alzando ligeramente el borde de su preciosa falda. El abate, entretanto, doblaba el codo, pegaba un saltito y agitaba el pie como un perro rascándose. Nadie vio relucir los cuchillos. Todos hubieran creído que se trataba de una hermosa y acompasada pareja: la dama ya vetusta aunque vivaz y el joven eclesiástico de prometedor futuro parecían componer una bella imagen del reinado glorioso de los Borbones sobre tan anchas zonas del mundo.

Evidentemente, el cuchillo de Mariana fue mucho más rápido, pero también demasiado atrevido. Ansiosa de saber las nuevas maldades que el Embajador se ocuparía ahora de extender sobre ella en Versalles, consiguió que Felipe le permitiese interceptar su correspondencia. No fue difícil: bastó con llorar un par de veces ante la Reina, recordando los horrores que habían estado contando unos meses atrás sus enemigos, y mostrarse aterrorizada ante el daño que podría causarle el abate a través de sus cartas. María Luisa comprendió enseguida que era preciso adelantarse a él de alguna manera. Y su Camarera Mayor sugirió tímidamente que el método más seguro era leer sus misivas antes de que llegasen a destino.

Esa misma noche, cuando ya se habían acostado y al fin estaban solos, mientras Felipe se empeñaba en sacarle el camisón por la cabeza y ella tironeaba hacia abajo para no quitárselo hasta que el asunto estuviera resuelto, la Reina se lo dijo a su marido:

—Espera un poco... Tengo que comentarte una cosa importante. La *zia* está preocupada por lo que el Embajador pueda escribir sobre ella a Versalles. La verdad es que tiene motivos de sobra, con lo que le hicieron los otros... Déjale que abra sus cartas.

Felipe detuvo repentinamente su faena:

—¿Cómo se te ha ocurrido eso...? Es el enviado de mi abuelo. ¡No puedo permitir que nadie le espíe!

La Reina frunció los labios, enfadada. Apartó a toda velocidad las mantas, se levantó y se metió debajo de la cama. Atónito, el Rey se puso boca abajo intentando averiguar qué sucedía:

—Vamos, Lou-Lou —solía llamarla así en la intimidad—, sal de ahí... ¿No ves que hace mucho frío?

—No pienso salir. Voy a pasar aquí la noche.

—¡No seas tonta! Ven aquí conmigo, mira qué caliente estoy... —La cabeza real cada vez colgaba más, y ya casi rozaba el suelo—. ¡Te vas a poner enferma!

—No saldré de aquí hasta que le des permiso a la *zia* para leer las cartas del Embajador. ¡Así me muera!

—¡No puedo! El abuelo me echaría una buena regañina. Anda, sube, que tenemos que hacer un hijo... Sube y verás qué ganas tengo... ¡Mi estoque está muy recio!

—¡No!

El Rey se sentó en la cama y reflexionó. ¿Qué debía hacer...? Si el abuelo se enteraba de que la Princesa espiaba a sus Embajadores, tendría un problema grave. Miró hacia su recio estoque, que empezaba a hacerle sufrir. ¿Y por qué iba a enterarse...? Volvió a ponerse boca abajo:

—De acuerdo. Que abra las cartas. ¡Venga, sube, que ya no puedo más...!

Y así fue como la Camarera Mayor llegó a leer aquella carta, precisamente aquélla, dirigida al Ministro de Asuntos Exteriores de Luis, en la que, entre otras lindezas, el abate D'Estrées aseguraba que ella se había casado tiempo atrás a escondidas de todos con su secretario Jean d'Aubigny. Podría habérselo tomado a broma. Pero, desde que se creía instalada en la nube olímpica, Mariana había perdido el sentido del humor. Y aquella acusación le pareció la más indignante de todas las que había recibido hasta entonces: ella, hija del Marqués de Noirmoutier, viuda del Conde de Chalais, viuda del Príncipe de los Ursinos, ella, descendiente y miembro de una saga innombrable de guerreros que habían puesto despectivamente sus pies sobre cadáveres de señores de cien razas diferentes, que habían dominado a millones de almas inmortales que les servían y les adoraban como se adora a un dios, que habían atesorado riquezas sin fin en sus numerosos palacios, ella, consejera del Rey más poderoso de todos los tiempos, ella, casada con un hombre del pueblo... ¡Era de todo punto inadmisible!

Es verdad que sentía un gran cariño por Jean d'Aubigny. Al principio, cuando él empezó a trabajar a su lado diecisiete años atrás, le gustaba mirarle sin que se diera cuenta. De hecho, tenía que reconocer que le había elegido entre varios candidatos por su belleza. Le hacía sentarse cerca, y observaba su mandíbula rotunda, los labios carnosos y descarados, el cuerpo firme —aún sin redondeces ni blanduras— que asomaba impetuoso bajo la ropa, y no podía evitar pensar en lo mucho que disfrutaría de aquel hombre en su cama, dejando que sus muslos se trenzaran con los de él. A veces se sentía tan excitada que tenía que abandonar la habitación durante un rato por miedo a perder el control y abalanzarse a morder aquella nuca deseable que parecía ofrecérsele, dispuesta a todos los roces imaginables, mientras él inclinaba la cabeza sobre sus papeles. Pero les separaban más de veinte años, y jamás se le hubiera ocurrido ponerse a sí misma en una situación que pudiera dar lugar a un rechazo por parte de su secretario. Era demasiado orgullosa, demasiado consciente de que el comienzo de su decrepitud estaba ya cercano como para someterse a semejante humillación.

Sin embargo, a medida que pasaban los días y aumentaba la confianza entre ellos, fue él el que empezó a mirarla con evidente deseo. A menudo, cuando la Princesa alzaba la vista, veía los ojos centelleantes de D'Aubigny deslizándose sobre ella y deteniéndose a la altura de sus pechos, aunque el secretario tratase inmediatamente de disimular y fingir que, simplemente, estaba reflexionando sobre algún sesudo asunto de los que le mantenían ocupado. Una tarde, después de uno de aquellos movimientos, ella se levantó, se acercó a él y se inclinó sobre la mesa. Los senos rozaron resueltamente la espalda del hombre, y su mano, después de fingir que se dirigía hacia los papeles, descansó acariciante en el dorso de la mano de él.

Todo lo demás fue fácil. Y magnífico. El placer fluyó mutuamente sin falsos pudores ni retraimientos, y también la ternura y la intimidad. En todo aquel largo y espléndido tiempo, Jean d'Aubigny se había convertido en una persona muy importante en su vida. Era su amante y su amigo, y su brazo derecho en los asuntos políticos y en la administración de sus bienes. Y era igualmente un cómplice discreto y astuto en los negocios turbios y en las intrigas. Pero jamás se había casado con él, por supuesto. Ni siquiera se le había pasado por la cabeza semejante idea absurda. De hecho, no pensaba volver a contraer matrimonio con nadie, ponerse de nuevo en manos de un hombre al que las leyes permitiesen que la tratase como un objeto de su propiedad. Y mucho menos —jamás, aunque ésa fuera la única manera de salvar su vida— con alguien que careciera del menor de los títulos: estaba segura de que sus antepasados y sus dos maridos tan ilustres como muertos saldrían de sus tumbas para perseguirla por semejante desvergüenza y volverla loca.

¡Y aquel desalmado se atrevía a acusarla de una bajeza semejante! Indignada por su maldad, la Camarera Real llevó la carta a Felipe y a María Luisa, que se sintieron tan ofendidos como ella. También hizo copias y las envió a sus buenos amigos de Versalles. Estaba segura —ingenuamente segura, ahora lo sabía— de que cuando Luis se enterase del agravio cometido contra su respetadísima Princesa, le pararía los pies a D'Estrées y lo llamaría de vuelta a Francia, igual que había hecho con su tío, condenándolo al horrible limbo de los Olvidados.

Pero lo que ocurrió fue exactamente lo contrario: Luis estalló en ira olímpica al enterarse de que una súbdita que tanto le debía se había atrevido a interceptar y hacer pública una carta que iba dirigida a uno de sus Ministros y, en última instancia, a él mismo. Ése fue el día en que su cólera desenfrenada le llevó a romper el tacón del zapato. Lo cierto es que aquella mañana estaba de muy mal humor. Sufría un insoportable dolor de muelas, había pasado una noche terrible y, para colmo, la tarde anterior le temblaba tanto el pulso que no había logrado cazar ni una miserable pieza. ¡Sólo le faltaba aquella estupidez de una dama que se las daba de lista y no era más que una entrometida y una cotilla! ¿Qué se creía la dichosa Princesa de los Ursinos...? ¿Que podía devolverle los favores que le había hecho al colocarla tan alto espiando descaradamente la correspondencia de los miembros de su gobierno...? No pensaba permitir que nadie obrase con semejante soberbia ante sus propios ojos. Cuando terminó de tirar al suelo todos los objetos que estaban encima de su mesa y notó que, además de la muela, ahora le dolía también la garganta de tanto como había gritado, el Rey volvió a su sillón —cojeando a causa de la ausencia del tacón derecho, que en su vuelo había ido a dar, rompiéndolo, contra un impresionante dragón de porcelana azul enviado por el mismísimo Emperador de la China—, se sentó serenamente, carraspeó y afirmó, sin que le temblase la voz un poco enronquecida:

—Nos declaramos que la Camarera Mayor de Su Majestad el Rey Felipe ha cometido delito de lesa majestad. Será castigada con la destitución de su empleo y con el destierro fuera de los reinos de España.

Y ahora estaba en aquella carroza, volando hacia el exilio, escoltada por cuatrocientos hombres armados. Las águilas macho habían capturado la cabra, y a ella se la habían quitado de en medio, dejándola tendida en el suelo, picoteada y sangrante. Pero no muerta. Aún no. Sus alas todavía podían volar y, si ponía empeño en ello, estaba segura de que la llevarían muy lejos. Mientras se acercaba a Alcalá —donde podría permanecer una semana organizando sus asuntos y su viaje—, se iba dando cuenta de que aún le quedaban muchas fuerzas para seguir luchando. Y ganas de hacerlo. La derrota no había terminado con ella. Le había dado, por el contrario, una energía nueva, una ferocidad reluciente que estaba estallando dentro de su cuerpo y que la hacía revolverse sin pausa en el coche, ansiosa por llegar ya a su retiro y empezar a poner en pie nuevas estrategias. Lucharía y vencería. Tenía razón el abate Jean d'Estrées: la guerra aún no había llegado a su final. Hacia el oeste, el sol se iba poniendo y la oscuridad era ya una amenaza cercana. Pero, entretanto, el cielo se había vuelto rojo y ardía en fuerza y poder imparables.

CAPÍTULO VI

La guerra no resultó ser muy larga. Y fue la Princesa de los Ursinos quien venció y pudo coronarse con los laureles de triunfadora. Sin duda se lo debió por encima de todo a sí misma, a su inteligencia, a su conocimiento de los complicados asuntos del gobierno de España, a su buen hacer y su capacidad para ser amable sin llegar a la adulación, para mostrarse precisa y clara sin hacer ninguna exhibición de rencor ni de afán de venganza. En todas las escaramuzas supo mantenerse serena, aunque visiblemente emocionada, y aquello le hizo ganar muchos apoyos. Igual que su astucia para inventar mentiras sobre sus enemigos. Mentiras creíbles, eso sí, alejadas de la insultante estupidez que ellos habían demostrado al dar por supuesto que personas tan inteligentes como el mismísimo Rey de Francia serían capaces de admitir su sarta de ridículas fábulas. Pero, además, contó con el apoyo fundamental de María Luisa, que mostró tener una fuerza de voluntad más propia de un general curtido que de una Reina de dieciséis años.

Desde el primer día, su comportamiento respecto a la expulsión de su Camarera Mayor había sido radical. A la mañana siguiente de la partida, recibió de luto riguroso a Pierre de Châteauneuf, que había escoltado a Mariana hasta Alcalá: las contraventanas del aposento habían sido cerradas a cal y canto, y tan sólo una docena de cirios mortuorios iluminaban la habitación en la que se apiñaban un puñado de tristes dueñas y enanas vestidas de negro de la cabeza a los pies. Ella, por supuesto, también estaba de negro, sin alhajas, sentada en un sillón oscuro como la noche, con el rostro muy pálido y los ojos hinchados de tanto llorar, igual que una hija huérfana y desolada. Era su primera demostración pública de protesta.

Durante los siguientes catorce meses, hasta que se confirmó que la Princesa volvería a Madrid, María Luisa no dejó de incordiar con el asunto. Tres veces al día, asistía ostentosamente a misa en la capilla del Alcázar para rezar por el regreso de su querida *zia*. Su capellán tenía órdenes de mencionar el asunto en cada oficio, de tal manera que el nombre de Mariana de la Trémoille flotaba incesantemente en medio del humo de las velas y de los incensarios, y se elevaba al Cielo a diario, coronado de regias añoranzas y de bendiciones sagradas. La Reina también molestaba sin cesar a los enviados de Luis y a todos los que sabía que tenían cierta influencia en Versalles. Y al mismísimo Luis lo asaeteaba con cartas semanales en las que le rogaba una y otra vez que le enviara de nuevo a su Camarera Mayor, sin la cual se sentía terriblemente sola. Por no hablar de los llantos y riñas con el Rey, que, entretanto, no acababa de tener muy claro qué actitud debía adoptar.

Mientras estaba lejos de su esposa, en el frente de batalla —al que acudió en varias ocasiones durante aquellos meses—, Felipe se dejaba convencer por los enemigos de la Princesa: ella era la culpable de que el reino no estuviera unido a su alrededor y fuese dividiéndose cada vez más. En esos momentos la recordaba como una vieja señora malvada, una especie de bruja tortuosa que se había dedicado a conseguir todo lo que deseaba abusando de su bondad y su inocencia. Cuando regresaba al Alcázar, en cambio, los sollozos de su mujer y sus palabras terminaban por conmoverle. Entonces se borraba de su mente el retrato negro de Mariana y volvía a pensar que sin sus consejos estaban perdidos, y que el inmenso artificio que sostenía su trono terminaría desmoronándose a los pies de los Habsburgo, que con sus ruinas levantarían nuevos palacios aún más esplendentes.

Lo cierto es que siempre acababa pensando lo mismo que pensaba María Luisa: la Reina había aprendido muy bien cuál era la mejor manera de persuadirle. Si alguna vez él se mostraba testarudo y se mantenía firme en sus decisiones en contra del criterio de su mujer, a ella le bastaba con negarse a complacerlo en la cama para que rápidamente cambiase de opinión. Las noches entre los brazos de su esposa —y las mañanas, y a veces también un rato por las tardes— se habían convertido en lo más importante de su existencia, junto con su presencia en la guerra. Ya no podía vivir sin aquella intensidad del deseo, sin el espléndido temblor de la carne y el placer inigualable que María Luisa sabía extraer de los rincones más ocultos de su cuerpo.

Su ansia de estar con ella era tan grande que, en contra de la etiqueta y de los buenos hábitos, dormían juntos todas las noches, gozando antes de cerrar los ojos y volviendo a gozar nada más abrirlos. Aquel cuarto y la gran cama en la que pasaban todas esas horas eran para Felipe un auténtico santuario, un espacio sagrado, el único lugar —además del campo de batalla— en el que se sentía verdaderamente vivo, mientras notaba cómo la sangre le corría por las venas, arriba y abajo, veloz y cálida, llenándolo de energía. En cuanto el último gentilhombre salía de la habitación y cerraba la puerta, dejándolo solo con María Luisa, le parecía que entre ellos dos y el mundo —con todos sus problemas y sus atroces obligaciones— se alzaba una muralla que nadie podría atravesar y en la que ambos adquirían de pronto su verdadera esencia humana, que no tenía que ver con los tronos y las reverencias y los banquetes interminables, sino con el ámbito leve e inmenso de la ternura y los juegos y con la sensación de inmortalidad que le procuraba el éxtasis amoroso.

Y la única dueña de esos espasmos infinitos de felicidad era ella, su esposa, la hermosísima, complaciente y carnalmente docta María Luisa. Ella era la diosa de aquel templo, y a la vez la sacerdotisa que dirigía el culto. Y si la sacerdotisa se negaba a ejercer su función, él se quedaba a solas con su deseo y su recio estoque dispuesto al ataque, aislado en mitad de la nada, como un niño afligido al que le hubieran arrancado el juguete favorito y ya no supiera qué hacer de su ímpetu, sobre qué depositar sus manos ni a qué dedicar el tiempo interminable de la vida. María Luisa aprendió a manejar muy bien ese resorte. Y así fue como logró convencerle una y otra vez —cuando ya no le valían los sollozos— para que escribiera igual que ella al abuelo exigiendo el regreso de la Princesa de los Ursinos.

Pero al ver que pasaban los meses y Luis XIV daba largas al asunto y no se decidía a resolverlo, una mañana, mientras Felipe estaba dentro de ella a punto de alcanzar su particular paraíso, la Reina interrumpió de pronto sus movimientos y le susurró cariñosamente al oído que lo que debían hacer era dejar de gobernar. Puesto que *ellos* habían secuestrado a su mejor consejera, que gobernasen *ellos*. El Rey intentó resistirse un breve momento, trató de hacerle entender que aquello iba en contra de su sentido del deber y que no estaba bien, pero al cabo de unos minutos de soledad, después de que ella le expulsara de su vientre y se hubiera alejado de él, manteniéndose quieta y muda al otro lado de la cama, acabó aceptando la argucia. Y no sólo para poder continuar con su delicioso coito matinal, sino también porque en aquellos minutos pensó que, en realidad, un descanso no le iría nada mal: sí, sería muy agradable disponer de unas cuantas semanas sin tener que aguantar a los Ministros, ni hacer esfuerzos para no dormirse mientras le hablaban de problemas de los que no entendía nada y le explicaban posibles soluciones que le parecían declamadas en algún idioma misterioso, unas cuantas semanas sin recibir a los pesados de los Embajadores, que constantemente exigían cosas absurdas, ni tener que firmar decenas y decenas de papeles cuyo contenido no le interesaba en absoluto. Tan sólo cazar, dormir y retozar con María Luisa.

Era un gran proyecto. Y Felipe se lo tomó muy en serio. Tan en serio, que ni siquiera le afectó demasiado que las tropas de su abuelo tuvieran que abandonar los territorios alemanes y replegarse a Francia tras la grave derrota sufrida frente a los imperiales y los ingleses en Höchstädt. Casi treinta mil soldados franceses quedaron allí para siempre, muertos para que el trono de su Rey fuera aún más alto y su corona más pesada, convertidos en esqueletos y polvo en los campos de trigo arrasados, a orillas del Danubio enrojecido, bajo los perfumados pinos del Jura o los rosales de delicadísimas flores de los jardines de Blenheim. Felipe asistió a un réquiem en memoria del General De Marsin, que había fallecido al frente de sus tropas y ahora descansaba bien momificado en la capilla de su mejor castillo, lejos de los cadáveres sin blasones, que ya habían sido devorados por las alimañas. Durante el oficio se mostró piadoso pero frío y ausente, como si aquella batalla perdida no tuviera nada que ver con él, y luego volvió tranquilamente al Alcázar para enrolarse en una larga y ruidosa partida de *lansquenet.*

Tampoco pareció preocupado cuando, el 4 de agosto de 1704, las tropas angloholandesas del Almirante sir George Rooke y del Príncipe de Hesse-Darmstadt tomaron Gibraltar, abriéndole a la flota aliada el camino hacia el Mediterráneo. Era de esperar: aquella plaza fuerte se encontraba en muy mala situación, a pesar de su importancia estratégica. Tan sólo disponía para defenderla de un pequeño grupo de hombres, mal armados y con escasas municiones. Jean Orry, el anterior administrador de las finanzas, había planeado reforzarla. Orry era la única persona capaz de poner orden en las patéticas arcas de los ejércitos de los reinos de España, pero era gran amigo de la Camarera Mayor, y había sido arrastrado tras ella en su caída, igual que el resto de sus fieles. Así que, cuando llegó la noticia de la pérdida de Gibraltar, Felipe se encogió de hombros: ¿acaso no habían decidido *ellos* que Orry se fuera de Madrid siguiendo los pasos de la Princesa? Pues bien, como decía María Luisa, ahora que resolviesen *ellos* el entuerto.

En Versalles, entretanto, Luis se desesperaba. ¿Qué iba a hacer con aquella pareja de tarados...? Al ver que las cosas en España iban de mal en peor, había empezado a pensar que quizá tuvieran razón, y que acaso la presencia de la Princesa de los Ursinos fuese fundamental para el buen gobierno de los reinos de su nieto. Es más, estaba casi del todo seguro de que era así. Pero no podía volverse atrás en su decisión: había declarado que esa mujer había cometido delito de lesa majestad y ahora era prisionero de sus propias palabras, como si se hubieran convertido en barrotes que ni siquiera él mismo podía romper. Perdonar un crimen como aquél sería establecer un precedente peligroso, y pondría en cuestión su propia autoridad. Y, sin embargo, sabía que se había equivocado. En las noches de insomnio, recordaba muy bien que aquel día estaba de muy mal humor, y se daba cuenta de que había actuado llevado más por la rabia que por la importancia de los hechos. Pero ya era demasiado tarde para resolver su error. Además, ahora que le había llegado la vejez, Luis había comprendido al fin que Dios —al que siempre había tratado como a un amigo— era más poderoso que él mismo, y solía resignarse a ese hecho, tranquilizando de paso su conciencia. Así que, a fin de cuentas, si el trono de su nieto terminaba por hundirse, arrollado por la guerra y por la ausencia de la Camarera Mayor junto a él, sería porque Dios lo había querido así. Con esa apaciguadora idea bien instalada en su cabeza, el Rey de Francia se daba la vuelta en la cama y conseguía al fin dormirse.

Sin embargo, las cosas cambiaron a finales del invierno de 1705, cuando Luis vivió un momento de esplendor. Durante un instante de aquel mes de marzo, la joven Marquesa de Grandchêne, recién llegada a la corte con su marido, cayó ardorosamente en sus brazos. Fue una relación breve y costosa. Costosa en un doble sentido: por los esfuerzos que el Rey tuvo que hacer para estar a la altura de su antigua fama de varón potentísimo, y por el caro aderezo de brillantes que la dama, fresca y sonrosada como un capullo, supo obtener a cambio de su corta quincena de amor y de la dolorosa ruptura, decidida por supuesto por el propio Luis cuando ya no pudo más de cansancio. En cualquier caso, al Monarca le compensó el precio, pues los encuentros torpes con la Marquesa —que ella supo rodear de gemidos y suspiros y susurros— le hicieron creer durante un tiempo que aún era el seductor Sol del pasado.

En realidad, todo él parecía haber rejuvenecido. Incluso tuvo la sensación de que la vieja fuerza de tiempos remotos volvía a agitarse en su interior, y con ella el deseo de abrir bien los brazos y agarrar el pedazo de mundo más grande que pudiese, aunque para ello tuviera que enfrentarse a la mismísima voluntad divina. Y para agarrar bien el pedazo del mundo que tenía al sur, necesitaba a la Princesa de los Ursinos. Y así fue como una tarde, cuando su esposa le comentó que había vuelto a recibir carta de Sus Majestades desde Madrid suplicando a favor de Mariana, ordenó llamarla a Versalles. Que fuera, que hablase, que se defendiera. Ya decidiría él lo que le pareciese más adecuado.

Y Mariana fue, habló, se defendió y convenció. Convenció tanto, desmontó con tanta serenidad las calumnias de sus enemigos contra ella, armó con tanta astucia las suyas contra ellos, explicó tan bien sus aciertos en el gobierno y los errores de los otros, pidió perdón con tan profundísima y emocionadísima humildad, que Luis se lo concedió. Y no sólo la mandó de nuevo a Madrid, sino que aumentó su asignación anual y le pidió que redactase un memorial describiéndole cuáles eran, desde su punto de vista, los principales problemas de los reinos de España y las soluciones que ella proponía. La Princesa de los Ursinos volvía a ser Camarera Mayor de Su Majestad Doña María Luisa, y además, a ojos de todo el mundo, se había convertido en consejera del Rey de Francia.

Antes de regresar al Alcázar, Mariana fue invitada a pasar unos días en el palacio de Marly, allí donde sólo iban los íntimos del Gran Hombre, aquel puñadito de elegidos a los que él se dignaba regalar unos días de descanso en su cercanía, lejos de las estrecheces y la estricta etiqueta de Versalles. Tan sólo doce personas eran llamadas cada vez, doce invitados excelsos que —con sus familias y criados— se alojaban en uno de los doce pabellones levantados a ambos lados del suyo, como los símbolos del zodíaco alrededor del Sol. Para colmo de magnanimidad, la Princesa ocupó el más cercano al del propio Luis. Desde su ventana podía entrever cada mañana la cabeza calva del Rey mientras le afeitaban y le colocaban la peluca. Y ante aquella visión emocionante, ella, que no era de mucho rezar, terminaba por arrodillarse, hondamente conmovida, y dar gracias a la pequeña parte de Dios en la que creía por haberle permitido estar tan cerca de lo más parecido a la divinidad que existía en la tierra.

El mundo giraba a mayor velocidad que de costumbre. Por las tardes, Mariana solía dar un paseo a solas por los jardines, escoltada únicamente por dos lacayos. Durante el resto de su vida, recordaría aquellos momentos de tranquilidad en el parque del Rey, absoluta propiedad suya, ordenado y controlado por él, simétrico y perfecto, alejado del caos y del capricho de la naturaleza gracias a su raciocinio y su firme voluntad, con sus árboles perfectamente recortados, todos semejantes, como un ejército que rindiera pleitesía a su señor, y las flores repuestas cada noche para alegrar la regia mirada, y las cascadas de agua que caían con impecable mesura y armonía para que deleitasen sus oídos sin molestarle, y las estatuas de los grandes Reyes de otros tiempos a los que él era comparable, y sus carpas favoritas, que nadaban silenciosas en el Gran Espejo, después de haber sido trabajosamente llevadas en toneles desde Versalles, adonde regresarían unos días más tarde acompañando a su amo.

A Mariana le parecía que ella compartía una parte importante de esa capacidad de control sobre la vida. Tenía la sensación de que los pájaros trinaban para ella, que los árboles se inclinaban a su paso, que los botones de peonías se abrían para regalarle su hermosura, y que si se hubiese animado a entrar en el canal, las aguas se habrían dividido en dos ante su grandeza, como lo habían hecho siglos atrás para Moisés. Sí, el mundo giraba veloz, pero se acompasaba a su propio paso, rítmico, desbordante hasta los confines de cosas hermosas que podía agarrar con sólo extender la mano, porque todo lo que desease estaba puesto allí para ella, y se le entregaría sumiso en aquella ofrenda universal que la Naturaleza entera le dedicaba.

Y así fue como regresó a Madrid, pletórica, rejuvenecida en cuerpo y alma por la satisfacción y el orgullo. Y cuando al llegar a Canillas, justo a la entrada de la capital, comenzaron a sonar todas las campanas de las iglesias llamando al ángelus, y la gente que se había reunido para aclamarla se arrodilló y empezó a rezar, Mariana se quedó convencida de que rezaban por ella, para dar gracias a Dios por haberla devuelto al reino y pedirle que viviera largos años y pudiera servir al trono en todo lo imprescindible.

Claro que lo imprescindible era mucho, y hay que reconocer que a los pocos días ya estaba agotada y a ratos añoraba secretamente los meses de reposo, teatro y fiestas en París, cuando todo florecía a su alrededor y su única preocupación, una vez resuelto el perdón a su delito, era la de arreglarse lo mejor posible, sonreír en la medida exacta e inclinar la cabeza sin soberbia pero al mismo tiempo sin humildad. Lo primero que la inquietó, nada más llegar, fue el aspecto de la Reina. En aquel año y medio, María Luisa se había transformado. Cuando Mariana la dejó era todavía una niña, pero ahora de pronto parecía una mujer mayor. Estaba muy delgada y pálida, envejecida, y en el cuello le habían salido unos bultos rojizos que ella intentaba cubrir con cuellos altos y complicadas gargantillas.

Al día siguiente de su llegada, la Camarera Mayor convocó a los médicos en su gabinete. Quería saber exactamente qué le ocurría a Su Majestad, porque era obvio que estaba enferma. Aquellos hombres sabios le aseguraron que no tenía nada grave, aunque tuvo que hacer un gran esfuerzo para entenderles, porque la mitad de sus palabras las pronunciaban en latín, construyendo además complejísimas frases sobre las que había que pararse a pensar largo rato sin poder llegar a ninguna conclusión firme. Le pareció comprender que lo que querían decirle era que había pasado demasiado tiempo entristecida por la ausencia de su amada *zia*, y que eso había hecho que el humor frío de la bilis negra invadiera su cuerpo, desequilibrándole la salud. Pero la estaban sometiendo a sangrías y purgas frecuentes, a apósitos de calor sobre el bazo y a una dieta a base de sopas de ortigas y sangre de buey cocida con leche de cabra y canela que estaba produciendo en ella una gran mejoría. A Mariana, que tendía a desconfiar de los médicos, no le quedó más remedio que aceptar aquellas explicaciones poco convincentes.

Sin embargo, la preocupación por la salud de la Reina quedó pronto apagada ante la grave situación de la guerra. Todo parecía ir de mal en peor. En los Países Bajos, las tropas francesas perdían terreno de día en día a favor de los aliados. Y en la propia Península, las cosas estaban muy delicadas. Hacia el oeste, los ejércitos enemigos agrupados en Portugal amenazaban con cruzar la frontera e invadir Extremadura. Pero lo más alarmante ocurría sin duda en el Levante. La toma de Gibraltar había permitido a la flota angloholandesa circular libremente por el Mediterráneo. Ciento ochenta barcos —las velas desplegadas, los galeotes remando incesantemente, los mil cañones impolutos y engrasados cada día— navegaban cerca de la costa, rebosantes de hombres ansiosos de entrar en batalla, acabar felizmente con unas cuantas vidas y saquear a gusto alguna ciudad, violando de paso a un buen puñado de mujeres.

Por las noches, mientras dormían amontonados en cubierta, protegidos bajo alguna lona o una manta sucia, aquellos soldados soñaban con regresar a sus casas, a Scarborough o a Haarlem o a Klagenfurt, allá lejos, donde el aire olía bien, y se comía pan rico y fresco, y el vino con los amigos en la taberna sabía a gloria. Volverían como héroes, cubiertos de cicatrices veneradas, enriquecidos por los pillajes, y llevarían a sus madres los vestidos robados a sus víctimas, y depositarían las joyas expoliadas en los cuerpos impolutos de las novias con las que contraerían matrimonio ante Dios, y cuyos vientres preñarían con los mismos miembros con los que habían desgarrado a las doncellas y profanado a las viudas, dejándoles en las entrañas hijos abominados. Y el tiempo pasaría y se harían viejos, y acudirían a la iglesia rodeados de nietos, y morirían en paz consigo mismos y con el Señor.

Quizá de entre todos aquellos hombres el que más soñaba —aunque sus sueños fuesen más opulentos y ostentosos, cargados de piedras preciosas y de sumisión— era el mismísimo Archiduque Carlos de Austria, pretendiente al trono de España, que había embarcado en Lisboa y ahora navegaba hacia un futuro de esplendor. Aunque, en aquel momento, no causaba exactamente esa sensación: hombre de tierra adentro, nacido en el sólido e inmóvil Hofburg vienés, el

Archiduque se había mareado nada más poner el pie en el barco, antes incluso de adentrarse en la mar. Llevaba semanas enfermísimo, vomitando sin parar, e incluso en alguna ocasión había llegado a pensar en tirarse por la borda con tal de librarse de aquella jauría de fieras que transportaba en el estómago. Pero su fe le había mantenido vivo —era un hombre muy piadoso—, y también el deseo de ocupar un trono, él, que como segundo hijo varón del Emperador Leopoldo no había tenido muchas posibilidades hasta aquel momento de recibir el ansiado título de Majestad y llevar sobre su hombros el manto de armiño que tanto deseaba desde pequeño.

El Archiduque Carlos era, a pesar de su mareo, un hombre valiente. Así que, de vez en cuando —cada dos o tres días—, cargándose de toda la vieja dignidad habsburguiana que llevaba en las venas, se atrevía a subir a cubierta y hacer un breve discurso en el que hablaba de honor, de valores supremos y de designios divinos. La verdad es que casi no se le oía, porque con el malestar tenía apenas un hilillo de voz. Pero los hombres a bordo fingían escucharle y disimulaban la risa ante su tez verdosa, la ancha corbata manchada de vómitos y la larga peluca morena a menudo torcida en la pelea de su cuerpo contra los movimientos del barco. Luego gritaban cada uno en su idioma «¡Viva el Rey!», o algo parecido, y continuaban con la faena.

Entretanto, mientras el Archiduque iba dando lastimeros tumbos por el Mediterráneo, sus agentes en tierra —bien distribuidos en las ciudades más importantes de la corona de Aragón— se dedicaban a allanarle el camino hacia el futuro. Mezclándose con la gente en tabernas, mercados, salones privados y reuniones de todo tipo —hasta desde los púlpitos de las iglesias—, habían ido haciendo que creciera la convicción de que los Borbones intentaban crear un Estado a la manera francesa, en el que todo el peso lo tendría Castilla, y Madrid en concreto. Los demás reinos serían anulados, convertidos en simples provincias sometidas a la capital. Los Austrias, en cambio, respetarían como siempre habían hecho los antiguos fueros y privilegios, convocarían las Cortes, escucharían a sus enviados y mantendrían los sabrosos aranceles fronterizos.

Cada vez más habitantes de Aragón y de Cataluña, de Valencia y de Mallorca apoyaban al Archiduque y deseaban que el francés avasallador abandonara el trono. Los rumores astutamente extendidos se habían convertido en certezas, y las certezas dieron lugar al deseo. Y, finalmente, el deseo se transformó en ansia: las rebeliones contra Felipe V se extendían como campos de trigo salpicados de rojas amapolas sangrientas, y a medida que la flota aliada desembarcaba en algunos puertos, con su verde Archiduque al frente, éste era aclamado como Rey. La conquista de Barcelona fue poco menos que un paseo triunfal. Hubo una cierta resistencia, es cierto, pero no había pasado ni un mes y medio desde el inicio del sitio cuando, el 8 de octubre de 1705, los escasos defensores de los Borbones abandonaban la ciudad, entregándola en manos de quienes apoyaban al Archiduque y en las del mismísimo Archiduque, rápidamente proclamado y jurado como nuevo soberano de España, Su Católica Majestad Don Carlos III.

Cuando Felipe V se enteró de que allá, a cuatrocientas millas de distancia de su palacio y su trono dorado, había otro Rey, sentado a su vez en su propio trono, firmemente erigido en medio de su propio palacio, sufrió uno de sus habituales ataques de abulia. La noticia le llegó hacia las cinco de la mañana, cuando el Mayordomo Mayor irrumpió en su habitación acompañado por un mensajero que había reventado siete caballos para llegar lo antes posible a Madrid. A las ocho de la tarde seguía en la cama, sin haber tomado nada en todo el día. No se había levantado ni siquiera para acudir a misa, lo cual era síntoma de que su crisis estaba siendo especialmente grave. María Luisa entraba y salía una y otra vez de la habitación, pero por más que le suplicase, por más que intentara hacerle toda clase de arrumacos, él seguía imperturbable, totalmente a oscuras, quieto y mudo bajo las mantas, tapándose incluso la cara que, de haber podido ser vista, hubiera parecido transparente de pura palidez.

A la hora de la cena, la Reina, que se había mantenido muy firme durante el día, sollozaba inconsolable, a ratos porque estaba segura de que perderían el trono, y a ratos porque pensaba que su marido ya no la quería. A decir verdad, no sabía cuál de las dos razones le resultaba más dolorosa. Mariana supo como de costumbre tranquilizarla, pero respecto al Rey decidió en cambio esperar al día siguiente para hablarle, convencida de que era mejor darle tiempo a recuperarse de aquel golpe que le había paralizado.

Por la mañana, aguardó pacientemente a que sonaran las once —la hora a la que Felipe solía levantarse— y entonces, tras ordenar a los gentileshombres y a los criados que no entrase nadie en la habitación, le llevó ella misma el desayuno. Tuvo que despertarle, sacarle de la cama —sin ningún miramiento a la etiqueta—, y obligarle a sentarse a la mesa. El Rey parecía una estatua, un pedazo de mármol colocado muy tieso en un jardín, con los ojos abiertos y vacíos, ajeno a la vida. A ella le entraron ganas de sacudirle y hasta de pegarle un par de bofetones, a ver si reaccionaba de una vez. Pero, como de costumbre, contuvo su arrebato y se esforzó en cambio en obligarle a comer, metiéndole un trozo de bizcocho bien empapado en la boca. Felipe masticó por pura inercia, aunque la Princesa no dejó de pensar que era un buen síntoma y siguió dándole pedacitos del dulce y sorbos de cacao. Cuando al fin notó que la cara recuperaba un poco de color, como si la sangre hubiese vuelto a circular, y los ojos empezaban a parecerse a los de un ser vivo, se decidió a hablarle:

—Anoche le escribí a Su Majestad Luis. —Felipe permaneció mudo—. Le he pedido que nos mande ayuda urgente. Necesitamos tropas, armas y municiones para sitiar Barcelona. Es imprescindible que echemos de allí al Archiduque.

Felipe musitó algo incomprensible.

—Disculpadme, señor, no os he entendido. ¿Os molestaría repetir lo que habéis dicho...?

—Es inútil.

—Majestad, permitidme que os diga que no deberíais afirmar algo así. En una guerra, nada es inútil hasta la derrota final. Y ese momento no va a llegar, os lo aseguro: son vuestros enemigos quienes tendrán que resignarse pronto a la inutilidad de cualquier acción. Su Majestad Luis enviará enseguida refuerzos. Recuperaremos Barcelona y echaremos a ese intruso austríaco. ¡Podéis estar seguro!

El Monarca se limpió la barbilla con la manga de su camisa de noche y miró el día triste de octubre a través de la ventana. Una ráfaga de viento lanzó un puñado de tierra y hojas secas contra los vidrios, y se coló luego descarada en la habitación por las rendijas, haciendo temblar a Felipe:

—Es inútil. Dios no quiere que me quede en España. Él no desea que sea Rey.

—Pero, señor, permitidme que os lo recuerde: nadie conoce los designios divinos hasta que se han cumplido. No podéis saber aún lo que Dios desea de Vuestra Majestad. ¿Cómo estáis tan seguro de eso?

—Porque he soñado con Dios. Estaba encima de una nube dorada, con su larga barba blanca, y el triángulo resplandecía sobre su cabeza como un sol. A su alrededor había muchos ángeles de alas transparentes, y cantaban como si fueran *castrati*, unas cosas muy dulces, aunque debía de ser en el idioma del Cielo, porque no logré entender nada. Yo estaba allí, arrodillado ante el Altísimo, y le pregunté qué debía hacer. Y entonces me contestó con una voz muy profunda: «No hagas nada, Felipe —eso fue lo que me dijo—. Se acabó. El trono en el que estás sentado no te corresponde. Es para el Archiduque Carlos, que ha sido mucho más piadoso que tú. Mientras tú rezabas una oración, él rezaba cien. Así que he decidido que el reino sea suyo. Coge tu dinero, tus joyas y a María Luisa, y vuélvete a Versalles. En Madrid ya no pintas nada.» Eso fue lo que me dijo, con esas mismísimas palabras, lo recuerdo muy bien. Tenemos que irnos. Organízalo todo. Yo ya no soy Rey.

Mariana tragó saliva, y se esforzó en ganar tiempo mientras pensaba rápidamente cómo contestarle. Se acercó a la cama, tiró de una de las mantas y envolvió en ella al Rey, que seguía tiritando:

—Entiendo que estéis asustado, Majestad. Son palabras muy serias. Pero ¿estáis seguro de que era Dios de verdad...?

—¡Claro que era Dios! ¿Quién iba a ser si no...?

—No sé, quizá fuese... ¿Su triángulo lanzaba rayos azules...?

—No... Eran rojos y dorados, como los del sol...

—¿Y los ángeles eran hombres o mujeres?

—Eran niños...

—¿Veis, señor? ¡Ahí lo tenéis! ¡Ése no era Dios de verdad! San Agustín, que lo vio a ciencia cierta, afirma que su corona despedía rayos azules como el mismísimo Cielo, y que los ángeles eran mitad hombres y mitad mujeres, y que además cantaban en latín. Y Santa Teresa de Ávila también vio lo mismo. —Mariana sabía que el Rey nunca se pondría a leer ningún libro para confirmar si lo que estaba diciendo era verdad—. ¡Y los santos no mienten! Ése no era Dios, podéis estar seguro.

Felipe se estremeció de nuevo, aunque ahora no de frío, sino de miedo:

—¿Quién era entonces...? —preguntó con un hilo de voz, temiéndose ya la respuesta:

—Era el Diablo, Majestad. Ése era el Diablo, que quiere engañaros y perderos y que entreguéis el trono al Archiduque para escarnio de vuestro poderosísimo y cristianísimo abuelo... —Mariana bajó la voz, como si sospechara que alguien pudiera oírla al otro lado de las paredes—. No pretendía decíroslo, porque es una acusación muy grave, pero he sabido de muy buena fuente que el Archiduque celebra misas negras...

El Rey se hizo rápidamente la señal de la cruz:

—¡Señor mío Jesucristo...!

—¿Habéis oído hablar de Étienne Guibourg, aquel cura al que vuestro abuelo hizo ahorcar porque sacrificaba niños en el altar para que ciertas mujeres obtuviesen lo que deseaban...? —Felipe asintió—. Pues es lo mismo que hace el Archiduque con sus compinches.

El Monarca miraba asustado a su alrededor, como si temiese ver surgir al demonio de detrás de alguna cortina. Sus ojos se habían abierto tanto que ahora parecían los de una lechuza. Estaba a punto de romperse en sollozos:

—¡He estado con Satanás...!

Mariana le tocó suavemente la mano. No quería asustarle en exceso:

—No, Majestad, no... No habéis estado con él. Tan sólo se os ha aparecido en sueños, y no es lo mismo. Sin embargo, si Vuestra Majestad lo desea, le pediré a vuestro Confesor que rocíe la habitación con agua bendita y rece algunas oraciones para alejar del todo al Maligno.

—Sí, sí, que venga ya, vete a llamarle...

—Inmediatamente, señor. Esta misma mañana lo hará, sin falta, no os preocupéis. No quedará ni rastro de esa serpiente. Pero, mientras el Padre Robinet se ocupa de todo, deberíais aparecer ante la corte y anunciar lo que vais a hacer. Todos están esperándoos.

—¿Y qué voy a hacer...?

—¿No le parece a Vuestra Majestad que lo mejor sería que fueseis al frente de vuestras tropas a Barcelona y tratarais de reconquistar la ciudad...?

Felipe se puso en pie. La mención de la guerra le había animado. De pronto, ardía en deseos de volver a enarbolar la espada, y dormir en la tienda, y emborracharse con sus Generales. Ansiaba febrilmente recuperar Barcelona y echar al Archiduque para siempre de sus reinos. Tenía que hacerlo. El trono era suyo, España entera le pertenecía, todos sus súbditos le debían pleitesía a él, su señor, designado por el Todopoderoso para representarle en aquellos inmensos pedazos de la tierra a uno y otro lado del océano. ¡Nadie iba a echarle de su propia casa! Lucharía y vencería. Y ahora que sabía que todo aquello era asunto del Demonio, por Dios que iba a hacerlo. Sin temblar ni un minuto. Sí, expulsaría a aquellas hordas satánicas de sus estados y la bendición divina recaería sobre él. Tenía que anunciarlo ya, de inmediato, y salir lo antes posible hacia Barcelona:

—Di que vengan a vestirme... ¡Rápido!

Dichosa como una joven enamorada que acabase de seducir a su amado, Mariana hizo la reverencia y se dispuso a salir del cuarto. Pero Felipe volvió a llamarla:

—¡No! ¡Espera...! Que me lleven a la habitación de la Reina. Que me vistan allí. No quiero estar aquí hasta que el Padre Robinet lo santifique todo bien...

Mariana se preguntó si no habría exagerado un poco con lo de la visita del Demonio. Pero no podía permitir que el Rey se quedase quieto mientras el Archiduque siguiera avanzando por las tierras de España y ganando gentes para su causa. Luis le había dejado bien claro antes de partir de Versalles que, por mucho que fuera una mujer, la guerra también era cosa suya. Estaba decidida a no defraudarlo. Y, sobre todo, estaba decidida a demostrar al mundo que no era una de esas damiselas amedrentadas que, ante la simple idea de los muertos y los heridos y el sufrimiento de las viudas y los huérfanos y las madres privadas de sus hijos, claman al Cielo por la paz. No iba a vestirse de guerrero, como siglos atrás Juana de Arco, pero dirigiría la guerra desde lejos. Mataría a través de las armas de los hombres del Rey. Estaba dispuesta a cargar sobre sus espaldas con esas muertes, si era preciso. Pero nadie volvería a echarla del Alcázar. Pensaba morirse allí, entre aquellas paredes tristes aunque resplandecientes de poder, y la llorarían desconsoladamente, y su recuerdo sería respetado y venerado como el de una Reina. Por los siglos de los siglos.

CAPÍTULO VII

La mujer era hermosísima. Estaba allí, a pocos pasos de él, a la orilla del río, desnuda, y sólo podía verle la espalda. Pero seguro que era hermosísima. Desde luego, tenía un culo extraordinario, el mejor culo que él había visto en su vida, muy grande y muy blanco, y cubierto de ricos hoyuelos. Mateíllo la observó con avidez. Qué ganas de tocar aquellas nalgas, de apretarlas muy fuerte con las manos, y de frotar su sexo contra ellas. ¡Qué delicia! Su sexo, sí. El miembro magnífico que aún seguía teniendo, completo y bien hermoso. Menos mal que había huido aquella mañana de las manos asesinas del Padre Cantor. De no haberlo hecho, a estas alturas tendría un trapillo colgando entre las piernas, una cosa fea y reseca, y no habría disfrutado de aquel espléndido trozo de su carne que le había dado tanto placer. En realidad, el único placer auténtico, junto con ciertas borracheras, que había conocido en su vida. Le había servido innumerables veces para el goce a solas, pero también lo había disfrutado con muchas mujeres, y hasta con unos cuantos hombres, en las noches de helada en los campamentos, cuando al apretarse unos contra otros para aliviar un poco el frío surgía inevitablemente el deseo.

Como ahora: allí estaba, su miembro creciendo y endureciéndose frente a la belleza de la mujer desnuda. Tenía que llegar hasta ella. Trató de incorporarse, pero el dolor en el costado volvió a ser insoportable. Había conseguido aplacarlo un poco echándose sobre la herida y apretándose contra el suelo. Si se apretaba mucho, el dolor iba disolviéndose en ondas dentro de su cuerpo, y al final se desvanecía. Pero no podía ponerse en pie. De nuevo miró a la mujer. Estaba volviéndose lentamente, como si quisiera que él viese su cuerpo entero. ¡Dios mío, qué cuerpo! Los pechos enormes, y las redondas caderas envolviendo la tripa blanda, en la que sería tan dulce descansar la cabeza... El sol se iba ocultando más allá del río, y los rayos atravesaban las nubes y formaban un nimbo rosáceo y dorado, justo detrás de ella, como el que había en los cuadros de santos del monasterio cuando él cantaba allí. De tan hermosa como era, con aquella aureola rodeándola, parecía un ángel. Seguro que era un ángel. Si el Cielo estaba lleno de mujeres así, valía la pena morirse cuando llegase la hora.

Mateíllo decidió que debía acercarse a ella como fuese. Ya que no podía ponerse en pie, iría arrastrándose. Empezó a reptar por el suelo, apoyándose en el brazo izquierdo, dejando a su paso un reguero caliente de sangre que se volvía negruzca y sucia al mezclarse con el polvo. Pero sólo consiguió recorrer un par de metros. Enseguida tuvo que detenerse y volver a apretarse contra la tierra, exhausto, intentando que el dolor desapareciese otra vez. Le pareció que estaba ardiendo por dentro, aunque al mismo tiempo tenía mucho frío y los dientes le castañeteaban. Necesitaba beber para apaciguar el fuego, chupar aquellos pechos y extraer todo lo que hubiese dentro de ella, el placer y la calma, la vida misma. La miró de nuevo. Le estaba sonriendo, gorda, suave, con los brazos entreabiertos, ofreciéndose toda entera a su sexo intacto. Fue lo último que vio antes de llegar al Cielo, quién sabe si lleno para él de mujeres como aquélla.

A la misma hora del 18 de junio de 1706 en que Mateíllo subía al Paraíso de los ángeles carnales, otros muchos miles de soldados morían defendiendo el derecho de Sus Majestades Felipe V de España y Luis XIV de Francia a vender negros en África y a fabricarse tronos cada vez más grandes. Los campos de batalla de Flandes, de Italia y de Castilla se iban cubriendo de cadáveres de hombres que pronto serían puro polvo. Polvo humano que nutriría la tierra que alimentaría la hierba que alimentaría a las vacas que alimentarían a otros hombres. Morían como habían vivido, pobres, ignorantes, abandonados, sin saber buena parte de ellos cuál era la razón —aparte de la miseria— que los había llevado hasta aquella soledad infinita del último minuto. Otros muchos se sentían estúpidamente atónitos al comprobar que el arma con la que habían creído poseer el poder y la inmortalidad les había traicionado, y jadeaban indignados contra aquel destino que no les había conservado la vida a cambio de matar a tanta gente, preguntándose cómo podían ser ellos las víctimas, ellos, que siempre habían soñado con ser los verdugos. Morían en medio de los campos bien labrados, al pie de las murallas de las ciudades o bajo los roquedales en los que habían intentado en vano esconderse y, mientras la tierra fuese tierra, permanecerían allí, unidos a los millones de cadáveres que habían muerto antes que ellos o morirían después haciendo la guerra, como hormigas obedientes e inútiles que fueran lentamente destruyendo el mundo.

En aquel mismo instante, mientras tantos hombres agonizaban para salvar su trono, la Reina de España se subía junto a su Camarera Mayor a la carroza que las esperaba en el primer patio del Alcázar. Ya sentadas, las dos observaron a los lacayos colocando como podían, sobre los asientos y en el propio suelo del coche, cinco grandes cajas de plata labrada. Antes de dar la orden de partir, Mariana comprobó que las cinco llaves que llevaba colgando de una cadena al cuello abrían perfectamente las cajas. Aunque no les había quitado el ojo de encima desde horas atrás, cuando las azafatas habían metido en ellas las joyas de la Reina y las suyas propias, aún quería estar bien segura de que nadie las había cambiado. ¿Quién podía fiarse de lo que ocurriera en momentos como aquéllos...? Pero sí, todo estaba bien, ya era hora de irse.

La carroza real arrancó. El cochero fustigó sus ocho magníficos caballos blancos, que iniciaron el viaje con el paso majestuoso que correspondía a la propia majestad de sus ocupantes. Los miembros de la Guardia Vieja que debían protegerlas azuzaron a su vez sus monturas, luciendo un aspecto brillante y gallardo, aunque en realidad todos estuvieran pensando con mal humor en aquel éxodo repentino que los alejaba no se sabía durante cuánto tiempo de sus queridas, sus tabernas y sus casas de juego favoritas. Los coches del séquito fueron poniéndose también en marcha, entre golpes de látigos y gritos de arre. Lentamente, igual que si acudieran a un auto de fe en la Plaza Mayor o iniciasen una procesión, los carruajes iban ocupando su lugar en la larga fila, siguiendo el orden estricto de la etiqueta. Pero aún no habían llegado al final de la plaza de Palacio, cuando se oyeron voces y uno de los guardias avisó de que era preciso detenerse: el Patriarca de las Indias y el Capellán Mayor estaban discutiendo por el rango que debían ocupar en el séquito.

La Princesa de los Ursinos abrió la portezuela y asomó la cabeza. Los prelados se habían bajado de sus coches y se gritaban el uno al otro en mitad de la plaza, como pescaderos que aireasen el bacalao recién llegado de la costa. A su alrededor, sus gentes parecían dispuestas a pegarse. El Patriarca aseguraba que era él quien tenía la preferencia y debía situarse inmediatamente detrás de la Reina, puesto que se trataba de un traslado a otra ciudad. El Capellán sostenía en cambio que el segundo puesto le correspondía a él, ya que era la corte en pleno la que se desplazaba y, para colmo, obligada por las circunstancias. Y en los asuntos de la Iglesia que concernían a la corte mandaba él y nadie más que él. El Patriarca recordó entonces que él era, además de Patriarca de las Indias —en las que nunca había estado ni pretendía estar—, Limosnero Mayor de Su Majestad y Arzobispo de Trebisonda —de cuya ubicación concreta lo ignoraba todo—, y que la dignidad del Capellán no le llegaba ni a la suela de los zapatos. Ante semejante insulto, algunos de los hombres del bando capellanil echaron mano a las espadas. Los patriarcales reprodujeron el mismo movimiento. Fue entonces cuando Mariana envió a toda prisa al guardia con la orden de que ambos se fueran turnando por jornadas a lo largo del viaje. De momento, tendría la preeminencia el Patriarca, aunque tan sólo por su edad. Hubo bufidos, alguna voz de protesta y miradas de odio hacia la carroza real. Pero la Camarera Mayor había vuelto a cerrar la portezuela haciéndose invisible.

Unos minutos después, cuando todo estuvo al fin en orden, el coche de la Reina volvió a emprender la marcha. O, por mejor decirlo, la huida: la corte huía, en efecto, ante la inminencia de la llegada a la capital de las tropas aliadas, que estaban ya a pocas millas de distancia. El Rey se había ido aquella misma mañana al frente, y el resto había tenido que esperar hasta la caída del sol para evitar que la ciudad entera se abalanzase sobre las carrozas. Aun así, a medida que el enorme séquito iba atravesando con vanas ansias de disimulo las calles de Madrid, las gentes se quedaban espantadas. Detrás del coche de María Luisa y la Princesa, entre golpes de látigo e imprecaciones a los caballos y las mulas, viajaban varias docenas de carrozas repletas de dueñas y azafatas, gentileshombres y mayordomos, meninos y enanos y locos, secretarios y capellanes, y luego todavía una fila incontable de carros cargados de equipajes y cuadros y tapices y tallas delicadísimas, sobre los que se amontonaban como podían criados, lacayos, escuderos, cocineros y lavanderas. Doscientos guardias reales rodeaban el grupo, con sus colores brillantes y sus lanzas y sus caballos bien enjaezados, como si aquello fuera una romería piadosa y no una fuga para salvaguardar todos los restos posibles del viejo dominio.

Sí, la corte abandonaba Madrid, con sus Ministros y sus espadas y sus curas, y corría a refugiarse en el norte, en la leal ciudad de Burgos. Y a medida que los veían pasar, las gentes se arrimaban contra las paredes y se ponían a gritar, o lloraban y rezaban, muertos de miedo al darse cuenta de que se quedaban solos frente a los aliados, sin Rey ni Reina ni Duques ni Obispos ni Generales, sin protección ni defensa que los librara de todo lo que los austríacos y sus amigos quisieran hacer con ellos. Algunos incluso echaron a correr detrás de las carrozas y los carros, ansiando irse ellos también de la ciudad, seguir el rumbo de los poderosos, pero los cocheros les lanzaban los látigos a las espaldas y los guardias les pasaban por encima con los caballos, alejando así a aquella chusma de las gentes importantes.

Entretanto, en la segunda carroza, Carlos de Borja Centellas y Ponce de León, Patriarca de las Indias, Limosnero Mayor de Su Majestad Felipe V y Arzobispo de Trebisonda, feliz de ocupar la cabeza del cortejo tras la Reina, iba repartiendo bendiciones que nadie recibía. Más atrás, bien cobijados en sus bonitos carruajes llenos de blasones, había viejos Duques que sollozaban como tiernas criaturas al pensar en los tesoros que se habían visto obligados a dejar en sus palacios, y damas aterradas que habían comenzado a rezar el rosario en el patio mismo del Alcázar y no pararían hasta llegar a Burgos, diecinueve días después, llenando el aire de Castilla de avemarías y misterios. Y en el coche donde se habían amontonado las sabandijas favoritas de palacio, la loca de Zaragoza, María Ramos, declamaba a voz en cuello las *Metamorfosis.* No hubo manera de hacerla callar hasta que, dos horas más tarde, al enano Luisillo se le ocurrió quitarse el tahalí a la francesa del que colgaba su espada diminuta y atárselo alrededor de la boca, a modo de mordaza. María Ramos trató brevemente de protestar, pero al ver que no conseguía pronunciar ni una palabra, decidió dormirse y olvidarse para siempre de los versos de Ovidio.

Al fin cruzaron la cerca —cuyas puertas se cerraron tras el séquito, aislándolo del tumulto— y salieron a campo abierto. Se había hecho de noche, y los criados encendían hachones para iluminar el camino. Los caballos y las mulas iban al paso, y los coches se sacudían como si fueran de juguete al atravesar los grandes baches y cruzar los arroyos, crecidos al final de aquella primavera lluviosa. Dentro de la carroza de la Reina la oscuridad era total. Encerradas en sus preciosas cajas, las perlas y las esmeraldas y los diamantes y los oros habían replegado sus esplendores, esperando el momento propicio para volver a brillar. Desde que habían salido del Alcázar, ni María Luisa ni Mariana habían abierto la boca. Se habían limitado a dejarse llevar, tratando de acomodar lo mejor posible los cuerpos al traqueteo, con las cortinillas bien echadas para no ser vistas y fingiendo que no se estaban enterando del drama que vivían los madrileños abandonados a su suerte.

La Camarera Mayor no conseguía distinguir la cara de la Reina, sentada frente a ella, pero estaba segura de que hacía enormes esfuerzos para no romper a llorar. Realmente, era una muchacha firme como el tronco de un haya. Ella, en cambio, necesitaba ponerse a hablar de cualquier cosa para tratar de alejar la negritud de los pensamientos que le estaban creciendo dentro de la cabeza como hongos malignos. Así que, aprovechando la sacudida de un enorme bache, se lanzó a protestar:

—¡En este reino los caminos son realmente terribles! Nunca he comprendido por qué razón tienen que ser tan malos... Su Majestad deberá ocuparse de eso cuando hayamos hecho la paz. Habrá que traer ingenieros de Francia. No sé cómo lo consiguen, pero allí parece que se viaja sobre terciopelo...

La Reina carraspeó antes de responder:

—Sí, sí, tienes razón, *zia.* Hay que decirle a Felipe que traiga ingenieros. Y jardineros. Deberíamos rehacer los jardines del Alcázar, ¿no te parece...? Esos jardines que tenemos parecen más un huerto de campesinos que otra cosa. Necesitamos flores. Quiero que haya muchas flores, y árboles recortados como los que tiene el abuelo, esos que te gustan tanto. Y fuentes con dioses, como las del grabado de Versalles que me mandaste desde allí.

—¡Qué gran idea, señora! Jardines como los de Su Majestad Luis... ¿Y no creéis que deberíamos también reformar el palacio? Todas esas habitaciones oscuras, los pasillos apestosos, las escaleras que no van a ninguna parte... Tendríamos que hacer unos buenos aposentos para Vuestra Majestad y para el Rey, y un salón de baile bien decorado. Hay que tirar muchos tabiques, y abrir ventanas. Y pintar los techos, claro. No soporto esos techos tan lúgubres. ¿No os parece...?

—Sí. Le pediremos al abuelo que nos mande arquitectos y pintores. Cuando volvamos, haremos un Alcázar nuevo. Y quitaremos todos esos cuadros de santos y de Cristos... Dios me perdone, pero es que me ponen triste...

—Claro que sí, señora. Cuando volvamos...

De pronto, aquellas palabras parecieron un hachazo. ¿Volverían...? María Luisa se dio cuenta de que estaba agotada. No quería seguir pensando, sólo deseaba dormir. Quizá así desaparecería aquel latido que estaba empezando a notar en los bultos de su cuello, como si fueran a reventar de un momento a otro. Apoyó un almohadón contra la pared del coche y reposó la cabeza. Fue entonces cuando a Mariana no le quedó más remedio que enfrentarse en silencio a sus pensamientos negros. En las últimas semanas, todo se les había puesto en contra. En Flandes, el Archiduque Carlos había sido proclamado Rey. Los ejércitos franceses habían tenido que abandonar Italia y retirarse al otro lado de los Alpes. Las tropas de Felipe se habían visto obligadas a levantar el sitio de Barcelona, y una tras otra, las ciudades de Aragón y de Castilla iban cayendo en manos de los aliados. Ya habían tomado Salamanca y Zaragoza, pero también Toledo y Alcalá, a un paso de Madrid. El Archiduque entraría enseguida en la capital, y quizá ya nunca la recuperarían. Desde luego, no sin la ayuda de Luis. Y Luis estaba empezando a cansarse de aquella guerra que le costaba demasiado dinero y demasiados soldados. Y que, además, estaba poniendo en entredicho a los ojos de toda Europa su fama de hombre infalible: tenía ya sesenta y ocho años, y no estaba dispuesto a morirse con la mancha imperdonable de una gigantesca derrota sobre sus hombros, de la que sus enemigos se reirían cuando llegase al Cielo, amargándole la eternidad.

No, no iba a ser fácil volver: desde Versalles, los amigos le escribían que cada vez había más personas que deseaban la paz a cualquier precio. El propio hermano mayor de Felipe —el piadoso Duque de Borgoña— ya se atrevía incluso a afirmar a quien estuviera dispuesto a oírle que el Rey debía abdicar, pues estaba claro que Dios no quería que aquel trono fuese suyo. Pero lo que más le preocupaba a Mariana eran ciertas noticias, aún confusas, sobre la posibilidad de que Luis estuviera pensando en dividir los reinos de España entre diversos soberanos, regalando a los aliados las tierras de Flandes y de Italia y dejándole a su nieto tan sólo las coronas de Castilla y Aragón junto con las Indias. Un acuerdo así le cubriría las espaldas ante los vivos y ante los muertos: los Borbones seguirían ocupando el trono de Madrid —aunque hubiera que serrarlo un poco por los lados—, y los aliados se calmarían y firmarían la paz antes de haberle derrotado definitivamente. Y, de paso, su gran pedazo del Paraíso se vería acunado por susurros de admiración y sonidos de majestuosas trompetas, y no por las carcajadas de los adversarios.

De todas formas, a la Camarera Mayor le parecía que ese pacto no sería sencillo de conseguir: el Archiduque no iba a renunciar fácilmente a la Península y conformarse con Italia o Flandes. Y los ingleses y los holandeses no se detendrían hasta que tuvieran el control de la venta de esclavos. Estaba segura de que la guerra seguiría, y, al menos de momento, lo haría a favor de los aliados. Sobre las nieblas del Olimpo, el dios Ares parecía haber elegido ya a sus favoritos. De hecho, dentro de tan sólo unas horas, el austríaco estaría durmiendo en la mismísima cama de Felipe, en su propio palacio, y no iba a haber quién lo sacase de ahí. Harían falta muchos soldados, y muchos mosquetes y muchas balas de cañón para alejarlo del trono. Se iba a pegar a él como una planta trepadora que se enroscase con sus zarcillos en torno a un árbol lustroso. Sus raíces se sujetarían fuertemente a las tumbas de sus antepasados en la cripta de El Escorial, y las gentes acudirían a protegerse bajo su sombra, incluso aquellos que aun ese mismo día habían hecho la reverencia ante Felipe y acompañaban ahora a su mujer en la huida. Sí, el águila bicéfala de los Austrias levantaría de nuevo sus cabezas y devoraría la flor de lis de los Borbones. A la Princesa hasta le pareció oír los gañidos del ave enorme allá arriba, sobrevolando las carrozas, dispuesta a arrojarse sobre ellas y emprenderla a picotazos contra los franceses.

Y entonces, si perdían y eran expulsados definitivamente de España, ¿qué iba a ser de ella? Tendría que irse a Versalles y acabar sus días como dama de honor de una Reina destronada, con la cabeza agachada y las arcas tan ligeras que bastaría un pequeño codazo para hacerlas caer por la ventana y deshacerse en trozos a los pies del palacio. Humillada y pobre. Mariana sintió un profundo escalofrío, y un dolor intenso en el pecho que durante un instante la dejó sin respiración. ¡Dios mío! ¿Era eso lo que la esperaba después de tanto esfuerzo...? ¿El exilio, y sostener la cola de María Luisa en las ceremonias mientras mendigaba con la otra mano entre los cortesanos...?

Claro que las cosas podían ser aún peores. María Luisa podía morir pronto. A la Camarera Mayor le preocupaba mucho el estado de salud de la Reina, a la que veía ir poco a poco sumiéndose en aquella enfermedad desconocida que parecía estar devorándola, los bultos en el cuello, las noches de fiebre, el malestar, la delgadez... Ella trataba de disimularlo. Se cubría siempre el cuello, y jamás se quejaba. Realmente, se podía afirmar que por su sangre circulaba un sentido del deber heroico, y que en todas las ocasiones se comportaba de manera ejemplar. Siempre se mostraba valiente, siempre dispuesta a asumir la regencia cuando el Rey se iba a la guerra y a gobernar —bajo su estrecha tutela, por supuesto— con el mismo rigor con el que lo habría hecho un hombre. Pero igual que sabía ser el mejor Monarca cuando era preciso, también lograba comportarse como la más delicada de las damas. Bordaba y tejía durante largas horas, se ocupaba con devoción de sus obligaciones piadosas, se vestía y se peinaba con suma elegancia y, en alguna de las raras ocasiones en que se había celebrado un baile, había demostrado una gracia majestuosa para la danza.

Raras ocasiones... Sí, aquélla era —¿o había sido?— una corte mustia y aburridísima, pero la Reina ni siquiera protestaba por eso, por las dueñas vestidas de negro y siempre quejumbrosas, con sus repugnantes reliquias de santos colgadas del cuello, dedos momificados, huesos pálidos o dientes amarillentos, horribles restos de cadáveres que ellas exhibían como joyas. No se quejaba de la compañía de los locos y los bufones, que hablaban interminablemente o gritaban o lloraban o se reían a carcajadas en cualquier momento sin que nadie tuviera autoridad para hacerles callar. De las largas tardes de silencio en la antesala de su cuarto, rodeada de damas que ni hablaban ni jugaban a las cartas. De las eternas ceremonias en la basílica de Atocha y los interminables oficios de Semana Santa. De la escasez de fiestas y banquetes y funciones de teatro, a medias prohibidas porque los catolicísimos Grandes reprobaban en público cualquier demostración dc alegría o de placer, aunque en privado muchos de ellos se permitieran vicios innombrables. O de la extrema rigidez de la etiqueta empeñada en fingir que todos los participantes en la vida de la corte eran esculturas de iglesia, tallas de retablo carentes de movimiento y de sensaciones, salvo la de la santidad.

Sí, María Luisa era una gran Reina. Pero su salud no estaba a la altura. Ni siquiera había tenido hijos, a pesar de que en sus cinco años de matrimonio las coyundas habían sido incesantes. Había algo malo dentro del cuerpo de aquella mujer, algo que los médicos, por supuesto, no sabían encontrar ni mucho menos curar, y que tal vez la mataría pronto. ¿Y entonces...? ¡Oh, Dios mío, Dios mío! ¡Entonces sí que su futuro sería negro! Si a Felipe, en uno de sus súbitos cambios de humor, le daba por prescindir de ella y largarla sin más contemplaciones, se convertiría en una perra vieja y sarnosa, a la que nadie querría cerca. Apenas tenía recursos para sobrevivir. La pequeña herencia de su primer marido se había agotado mucho tiempo atrás, y la del segundo, con todos sus apellidos papales a cuestas, no había sido más que un enredado cúmulo de deudas que la habían obligado a malvender tierras, palacios y obras de arte. El dinero que Luis le había prometido pagarle cada año a cambio de sus servicios no llegaba nunca, y lo más probable era que jamás viese una sola de aquellas monedas: los Reyes solían despistarse cuando tenían que remunerar a sus servidores. En cuanto a las ganancias que obtenía susurrando de vez en cuando algún nombre para ciertos cargos al oído del soberano, no daban para mucho, y se veía obligada a gastárselas en la ropa, las joyas y demás atributos necesarios para mantener la dignidad exigida a su puesto.

Se había organizado muy mal. Su única ambición

había sido la del poder, y había dejado de lado la necesidad de hacerse con una buena fortuna para garantizarse su propio sustento. Tarde o temprano, era posible que Felipe diese por terminada su presencia en Madrid, y ella necesitaría entonces un buen palacio en el que reposar sus viejos huesos y una sepultura digna de su vida, bien tallada en el mejor mármol, y junto a la cual sus deudos pudiesen fingir con decencia que la lloraban. Una sepultura inmortal. Mariana se conmovió al imaginarse a sí misma anciana, sentada junto a una chimenea ardiente con un perro mimoso entre los brazos, y luego muerta y enterrada bajo una tumba que dejara prueba incólume de su grandeza. En aquellos momentos de terrible desazón por el futuro, estuvo incluso a punto de romperse en sollozos ante la pena que le producía su propia despedida del mundo, pero enseguida decidió que lo mejor era recoger todos esos sentimientos, hacerlos desaparecer de su vista, guardarlos bajo el traje apolillado de su primera boda, y construirse con decisión su propio futuro, alzando con sus manos el edificio de abundancia que habría de cobijar sus últimos días en esta tierra. Sí, cuando volviesen a Madrid, se dedicaría a ello con su tenacidad habitual. Si es que volvían...

Pero volvieron. Cuatro meses más tarde, el 27 de octubre de 1706, después de que el Archiduque y sus tropas se hubieran visto obligados a abandonar la capital por la presión de los borbónicos. El dios Ares había cambiado súbitamente de opinión —como suelen hacer los dioses tan a menudo— y había decidido apoyar por un tiempo la causa francesa. Carlos III volvía a ser soberano sólo en los reinos de Aragón y en Flandes, y Felipe V regresaba a su casa aureolado de victoria.

Claro que la casa estaba un poco marchita, herida por las consecuencias de la guerra, pero ni los Reyes, ni su Camarera Mayor, ni lo más granado de su corte se dieron cuenta al hacer su entrada triunfal entre aclamaciones, llantos, petardos, rezos, pétalos de flores e insoportables sonidos de pitos y tamboriles que los más alborozados no pararon de tocar desde que el cortejo atravesó la puerta de la cerca hasta llegar al Alcázar. Asombrosamente, a los madrileños aún les quedaba entusiasmo y ganas de juerga. Porque los últimos meses habían sido muy duros. Primero habían sufrido el saqueo de finales de junio, cuando las tropas inglesas penetraron en la ciudad precediendo al Archiduque. Los soldados tenían el habitual permiso de su general para redondear sus salarios entrando en las casas de los colaboradores más cercanos del usurpador francés y llevándose el dinero que encontrasen. Algunos respetaron esos límites, no tanto por sentido del honor como por miedo a las represalias de sus oficiales. Pero un buen montón de tipos especialmente arrojados robaron más de la cuenta, violaron a todas las mujeres que pudieron y apuñalaron a quien trató de resistírseles, dejando a su paso un reguero nauseabundo de sangre y semen.

Lo peor fue, sin embargo, que muchos vecinos aprovecharon aquellas dos jornadas sin más ley que la del pillaje para hacer lo que les dio la gana. Y, extrañamente, lo que les dio la gana no fue ayudar a los saqueados o cuidar de los heridos —lo cual hubiera supuesto un notable ejemplo de humanidad—, sino más bien lo contrario: hubo madrileños que se dedicaron a denunciar ante los vencedores a todos aquellos a los que por una u otra razón tenían tirria. Algunos acusaron de borbónicos a los viejos camaradas de juegos infantiles a quienes las cosas les habían ido bien, o a las familias de las muchachas que se habían negado a casarse con ellos, o a los parientes lejanos y ricos a los que debían dinero. Los señalaban con el dedo ante los soldados, calumniándolos, acompañaban a los ingleses a sus casas, y luego, llenos de satisfacción, los observaban salir apaleados y repentinamente empobrecidos. Muchos aprovecharon las puertas abiertas a patadas para entrar en las viviendas ajenas cuando los saqueadores autorizados ya se habían ido —con los bolsillos bien repletos de riquezas— y robar todo lo que aún se podía robar, desde tapices magníficos hasta miserables cacharros de peltre. Y ciertos vengadores improvisados sacaron partido de la situación para meterle impunemente unas cuantas cuchilladas a alguien a quien le tenían muchas ganas.

Entretanto, en el Salón de los Espejos del Alcázar, el Archiduque —que ya había recuperado el habitual color cerúleo de su piel, más sonrosada en la larga nariz— se hacía proclamar también en Madrid como Carlos III de España. Acababa de asistir a un larguísimo *Te Deum* oficiado por el Cardenal Portocarrero, que el día anterior se había caído de bruces en la causa austríaca, y ahora desfilaban ante él los Grandes, todos aquellos que le apoyaban desde siempre, pero también los que se habían quedado en la capital a la espera de los acontecimientos y de pronto estaban convencidos de sentir una fidelidad sin límites hacia el nuevo Inmortal y un desprecio igualmente sin límites hacia el antiguo. Su Majestad sacudía satisfecho la cabeza cada vez que un súbdito se postraba ante él, y luego se dedicaba a observar con orgullo los retratos colgados en las paredes de sus magníficos antepasados, los sucesivos Carlos y Felipes de Austria que habían dominado tierras y mares y enviado tantas almas cristianizadas al Cielo, consiguiendo de paso este Imperio en el que nunca se ponía el sol y que ahora era al fin suyo, y solamente suyo.

La mala suerte quiso que justo el cuadro que estaba frente a él, a la altura de sus ojos, fuera el del desdichado Carlos II, aquella maldición de Dios que más parecía una musaraña que un hombre y a la que no quería ni mirar. Así que el nuevo Rey no hacía más que volverse a un lado y a otro, en busca del consuelo que le ofrecían las firmes barbillas de sus mejores antecesores. Se retorció tanto y tan a menudo que el Marqués de Soto, que todavía no estaba del todo seguro de ante cuál de los dos Monarcas debería hacer la reverencia definitiva, se atrevió a susurrar aquella noche al oído de su hijo mayor que Su Majestad Don Carlos III parecía una culebra.

Mientras arriba le homenajeaban, en la plaza de Palacio, bajo sus mismísimos y regios pies, los soldados súbitamente enriquecidos por el pillaje se pavoneaban del brazo de las prostitutas que se les iban acercando como avispas, felicitándose los unos a los otros por sus nobles hazañas y haciendo sonar las monedas frescas en sus faltriqueras. Un buen puñado de mendigos exhibía sus muñones y sus pústulas y trataban de conseguir algún céntimo arrimándose a los ingleses, que los apartaban a empujones. Enseguida eran sustituidos por algunos curas que musitaban rezos y movían las manos en el aire bendiciendo a los saqueadores y a las putas, y luego demandaban unas monedas para el aceite de la lámpara del Espíritu Santo, que había querido que su fiel y catolicísimo hijo Don Carlos III pudiera al fin sentarse en su silla regia. Y entre todo aquel mercadeo, unos cuantos perros sucios, cubiertos de pulgas, agitaban los rabos, satisfechos del botín de desperdicios tirados por todas partes en medio de la confusión de los pillajes y preguntándose qué demonios les estaba sucediendo a los humanos, que gritaban y corrían y arrojaban objetos por las ventanas y prendían fuego a las casas y hasta se mataban los unos a los otros.

Pero si alguien tuvo la candidez de pensar que los malos momentos se habían terminado ahí, se equivocó: tan sólo un mes y medio más tarde, habían vuelto a ocurrir las mismas cosas, pero ahora al revés. Cuando los aliados tuvieron que abandonar Madrid y el Archiduque se volvió a Barcelona con el rabo regio entre las piernas, las tropas de Felipe habían entrado y saqueado de nuevo, robando en esta ocasión a quienes se habían mostrado partidarios del austríaco —y a algunos más—, y seguidos por una turba de vecinos que se vengaban de quienes previamente les habían saqueado a ellos, y de algunos más. El odio y la venganza, y el miedo y la rabia, y el dolor y la sumisión crepitaban como un gigantesco incendio sobre la ciudad. Y los perros seguían meneando los rabos y volvían a preguntarse qué tendrían los humanos dentro de las cabezas para tratarse así los unos a los otros.

Ahora todo eso parecía haber llegado a su fin. Volvía Su Catolicísima Majestad Don Felipe V, y los dioses le soplaban encima sus alientos bienhechores. No sólo recuperaba su capital. Además, desde Nueva España, un heroico galeón cargado de escudos de oro conseguía llegar hasta el puerto de Brest, sorteando piratas, corsarios y flotas aliadas, y permitiendo comprar armas y municiones y pagar soldadas. Y en la Península, muchas de las ciudades que meses atrás habían caído en manos de los enemigos eran tomadas de nuevo por las tropas borbónicas. Las nubes de venganza y de miedo daban vueltas enloquecidas por los cielos de España, dirigiéndose a toda velocidad de un rincón a otro. En cuanto a los perros, gozaron aquella temporada de verdaderos festines en muchos lugares, aunque no dejaron de interrogarse sobre la condición humana.

Hasta en el Alcázar, mientras los Reyes celebraban un día y otro su reencuentro tras los meses de separación con largas horas de cama, la mismísima diosa Hera decidió hacerles una visita y contribuir a la regia felicidad conyugal permitiendo que María Luisa se quedase embarazada. ¡Al fin! Hacía casi medio siglo, desde que Mariana de Austria y Felipe IV habían engendrado torpemente al futuro Carlos II, que no se anunciaba en Madrid el embarazo de una Reina, salvo las falsas preñeces de Mariana de Neoburgo. El alborozo fue general: en tan sólo una semana, se dijeron miles de misas en todas las iglesias y conventos de la ciudad, dando gracias a Dios por la buena nueva y rogando para que todo llegase a buen término y, especialmente, para que el Señor le concediera un heredero varón —y sano— a su piadosísimo Monarca.

La propia María Luisa, a pesar de que desde las primeras sospechas vivía tan enclaustrada y quieta como una monja penitente, se vio obligada a acudir a la tradicional procesión que hacían las Reinas embarazadas a la Virgen de Atocha. Aquello sí que fue una auténtica penitencia: la instalaron en una silla de manos para que sus súbditos pudiesen verla bien, y clamar y alzar los brazos al Cielo ante semejante maravilla. Pero nada más empezar a bambolearse por las calles embarradas, la Reina comenzó a sentir náuseas. Ni siquiera tenía el apoyo de su Camarera Mayor, que iba en otra silla parecida a la suya aunque con menos dorados, pero se portó como la mujer valiente que era, y aguantó el malestar saludando todo el tiempo con la mano y sonriendo con la leve sonrisa —agradecida pero distante— propia de una soberana. Lo aguantó durante la hora del trayecto que duró la ida, las tres horas de misa y *Te Deum*, y la nueva hora de vuelta. Pero después de tanto traqueteo, y trompetas, y aclamaciones, y nubes de incienso y plegarias, y bostas de caballo y tambores resonando a su paso, la pobre embarazada tuvo que guardar cama dos días para recuperarse del esfuerzo y del dolor de cabeza.

Mariana la cuidó durante todo su embarazo como a una niña pequeña. Estaba profundamente emocionada ante la inmediata existencia de aquella garantía para el futuro que iba a suponer el Infante, y además le preocupaba que la salud de la Reina se agravase, de manera que vigiló sus comidas y sus horas de descanso, mantuvo a los médicos lo más alejados posible de ella para evitar que se dedicasen a hacerle tropelías, e incluso consiguió en cierta medida controlar mediante amenazas de aborto el ardor del Rey, a quien el cuerpo cada vez más redondeado de su mujer parecía excitar aún más que de costumbre.

Por lo demás, se ocupó con sumo cuidado de los preparativos para el parto y la crianza del recién nacido. Era importante traer de Francia todo lo necesario: como en tantas otras cosas, los españoles estaban muy anticuados al respecto, y sus hijos se morían mucho más fácilmente que los de los franceses. Tenían la costumbre de cubrir a los críos de la cabeza a los pies de horribles amuletos que debían espantar a los demonios, y además seguían empeñados en envolverlos nada más nacer en vendas apretadas que sólo se les cambiaban una vez cada dos semanas y dentro de las cuales las criaturas permanecían hasta cumplir casi el año, como pequeñas momias vivas. Los médicos de Madrid estaban convencidos de que aquel sistema impedía que cogieran enfermedades y que se les doblasen los huesos, pero Madame de Maintenon —que había sido la Gobernanta de siete de los hijos ilegítimos de su futuro marido, el Rey Luis— sostenía en cambio en sus cartas desde Versalles que las vendas los debilitaban y les impedían crecer de manera adecuada. Era imprescindible por lo tanto que el médico que atendiese el parto fuera francés, igual que el aya que debía ocuparse de los cuidados del Príncipe.

También debían ser franceses los muebles de la habitación donde la Reina iba a dar a luz. El aposento para los partos de las Reinas en el Alcázar era especialmente tétrico: un cuarto interior, sin ventanas, oscuro como una cueva, y lleno de cuadros de Vírgenes Dolorosas y tallas de santas sanguinolentas que tenían la misión de ayudar a la parturienta. Si el alumbramiento se presentaba especialmente difícil, solían trasladar hasta allí las reliquias de Santa María de la Cabeza. Cuando María Luisa se enteró de aquella costumbre, rompió a llorar, y le hizo jurar a Mariana que jamás permitiría que aquel puñado de huesos, presididos por la horrible calavera enfundada en una cofia de seda y oro, fuera depositado junto a su cama mientras ella daba a luz. La Princesa juró, y se ocupó además de instalar una nueva habitación bien iluminada, con un exquisito mobiliario tallado por los mejores ebanistas de París, cuyos interiores albergarían la delicada colección de camisas, camisones, batas y chinelas que la Reina debía usar durante sus semanas de recuperación.

Así que, a lo largo de aquellos meses de espera, entre París y el Alcázar fluían incesantemente objetos y personas, arcas llenas de ropa, doctores con su instrumental impoluto, cunas recubiertas de bronces, ayas expertas que habían criado a duquesitos y condes diminutos, y matronas sabias entre cuyas manos habían venido al mundo sus futuros poseedores. Otra cosa era el asunto de las nodrizas que tendrían que amamantar al Príncipe. La Camarera Mayor estaba convencida de que la leche que habría de tomar el regio niño debía ser española. Sería un hermoso gesto que dejaría bien claro que los Borbones se consideraban ya naturales del país. Aquello agrandaría el amor de sus súbditos por el Rey, y asentaría en el corazón de los españoles a su heredero, criado a los pechos de una compatriota. Pero no era fácil encontrar nodrizas adecuadas en los territorios de la corona de Castilla. Mariana estaba convencida de que el excesivo sol que reinaba en buena parte del país viciaba la leche de las mujeres: aquellas campesinas renegridas y pequeñas que solía ver durante sus viajes, inclinándose al paso de su carroza, jamás serían capaces de alimentar en condiciones a un Infante de España. Tan sólo en las tierras del norte de la Península le parecía haber divisado mujeres altas y bien formadas, de piel clara y ojos brillantes, cuya leche podría ser buena y dulce y transmitir vigor y decencia. Dos comisiones de cirujanos y médicos salieron al fin en busca de las candidatas, recorriendo pueblos, aldeas y caseríos perdidos, sopesando tetas y anotando cuidadosamente la actitud de sus poseedoras, el estado de salud de sus hijos y hasta la limpieza de las casas en las que vivían.

A finales de mayo, catorce campesinas bien seleccionadas llegaron a Madrid, para que la Princesa eligiese entre ellas dos o tres nodrizas. Las reunieron a todas en Canillas, las sometieron a un lavado, las despiojaron, las peinaron con rizos y las embutieron en sobrios trajes de corte. Luego fueron instaladas en tres carrozas —a Lucrecia Díaz, que venía de Jaca y era muy gorda, tuvieron que empujarla entre dos lacayos para conseguir que se subiera al coche— y las condujeron triunfalmente al Alcázar. El rumor de su llegada ya había corrido por toda la ciudad, y, al verlas pasar, las mujeres las señalaban con el dedo y se reían y los hombres les hacían gestos obscenos sobre el tamaño de sus pechos. Ellas iban encantadas allá en lo alto, creyéndose repentinamente marquesas, como si sus mamas las hubieran alzado hasta las alturas siderales de los poderosos, y saludaban con la mano, felices y atónitas ante el espectáculo del gentío, las casas apretadas, los palacios, las enormes iglesias y el tráfico estrepitoso de carruajes y carros.

La Princesa las recibió con toda clase de atenciones. No es que sintiera ninguna simpatía especial por los campesinos, aquellos seres malolientes a los que solía vislumbrar, sin prestarles atención, desde su carroza, pero sí recordaba con mucho cariño a su propia nodriza, que había permanecido a su lado hasta que cumplió los siete años y fue llevada a un convento. Durante tres días las tuvo alojadas en el Alcázar, durmiendo en buenas camas, atendidas por criados uniformados, y alimentadas con platos cuya existencia no hubieran podido ni siquiera imaginar. De entre todas ellas eligió al fin a dos, las más sanas, más hermosas y mejor educadas. Y despidió a las otras, que se volvieron a sus casas con un buen puñado de monedas y una cruz de plata colgando orgullosa sobre los pechos nutricios, símbolo de ahí en adelante de su preeminencia sobre el resto de los vecinos de sus aldeas, a los que ellas —que habían estado en palacio, y habían visto al Rey y a la Reina, y habían comido faisán y sorbetes— mirarían desde entonces por encima del hombro, contagiadas de un ápice de la inmortalidad de los verdaderamente inmortales.

Todo el esfuerzo hecho por la Princesa, y los miles de misas y rezos, y la inmensa cantidad de escudos de oro gastados en los preparativos —con los que se hubiera podido alimentar a los habitantes de varias ciudades— dieron al fin resultado: cuando el 25 de agosto de 1707 la Reina se puso de parto, se instaló en su precioso aposento nuevo y se vio rodeada por los Grandes y sus esposas —que debían acudir al alumbramiento para dar fe de la verdad—, lo que nació fue un niño. Un Infante. Un Heredero. Sangre de la sangre del poder. Nació sano y llorón. Y nació justamente, milagrosamente, el día de San Luis, el día del santo de su mil veces ilustre bisabuelo, cuyo nombre por supuesto le fue adjudicado. Nadie dudó a la hora de interpretar la señal escondida en esa fecha: Dios había querido mandar un mensaje al enemigo para dejarle claro de qué parte estaba. El *Te Deum* celebrado por la venida al mundo del Príncipe de Asturias fue aún más solemne y sentido que de costumbre, y el propio Rey echó incluso un par de lágrimas a escondidas, profundamente emocionado por la obvia predilección que el Señor había demostrado hacia él.

Una semana después, cuando la noticia llegó a Barcelona, el mismísimo Archiduque no pudo evitar pensar al enterarse que Dios había señalado con su dedo a los Borbones, y luego sufrió un ataque de hígado. Durante tres días, desde su lecho del dolor, entre vómito y vómito, le recriminó muchas veces al Todopoderoso que le tratase así, a él, que tanto le veneraba. ¿Cómo era posible que quisiera arrebatarle de esa manera el poder obtenido con el sacrificio de tanta sangre vertida...? Por no hablar de sus horribles semanas de navegación... ¿Iba a dejarle ahora tirado como una basura, al margen del merecido trono de sus antepasados...? Al fin, cuando se despertó la cuarta mañana algo más tranquilo, sin aquellos espasmos terribles que había estado sufriendo y sin fiebre, vio de pronto la luz: el Señor no le había abandonado, sólo estaba probándole. De inmediato llamó a su Mayordomo Mayor, y en cuanto éste entró en su habitación, le espetó:

—¡Búscame una esposa! ¡Ya! ¡La que tenga las caderas más anchas!

El Mayordomo Mayor hizo su reverencia y se encaminó a toda prisa a su gabinete, dispuesto a estudiar a fondo la lista de novias reales —y católicas— en venta.

CAPÍTULO VIII

Aquella tarde de enero de 1709, Su Majestad Cristianísima Luis XIV de Francia tomaba una taza de reconfortante café en la habitación de su esposa secreta, Madame de Maintenon. El Rey observaba pensativo el paisaje desolado de Versalles. A pesar de la hora tardía, los prados aún no habían perdido la capa de escarcha de la noche anterior, encaramada a su vez sobre las de otras muchas noches. Los arbustos y los setos que sus jardineros podaban tan cuidadosamente bajo sus estrictas instrucciones se habían quemado en medio del frío insoportable de los amaneceres, y las hojas que siempre habían sido vigorosas eran ahora rastrojos marrones y retorcidos que cubrían los lastimeros esqueletos de las ramas. Los chorros de las fuentes se habían convertido en hielo, y sobre el Gran Canal congelado algunas damas atrevidas se paseaban en trineo recubiertas de pieles, como si estuvieran en San Petersburgo.

Luis suspiró, lleno de tristeza. Estaba siendo el invierno más duro que nadie recordase. El sol había dejado de existir. Desde hacía muchas semanas, el mundo era oscuridad, vientos, nieve, grandilocuentes heladas que estaban convirtiendo Francia entera en un erial. Todo se iba muriendo, los árboles y las huertas, los ganados, que aparecían congelados por las mañanas en los corrales, y hasta las gentes: desde muchos lugares, llegaban noticias de familias enteras encontradas muertas en sus casas, rígidas y frías como estatuas de hielo. En las ciudades, innombrables cadáveres de mendigos eran amontonados a diario en grandes carros para ser llevados a las fosas comunes. Y hasta se contaban historias que parecían ser ciertas de asilos y hospicios que habían echado a las gentes a la calle, pues no tenían nada que darles de comer. Sí, con el frío había llegado también el hambre, y luego quizá vendrían las epidemias, pestes y cóleras y disenterías, y media Francia se iría a la tumba.

Luis volvió a suspirar. Qué triste, qué triste. Todos esos súbditos suyos muertos. Y qué pena le daba ver sus jardines de Versalles en aquel estado, con el infinito cuidado que había puesto en ellos durante años, eligiendo cada especie, haciendo venir a menudo las semillas desde tierras lejanísimas, aclimatándolas en sus invernaderos, ordenando qué debía plantarse en cada rincón, podando día tras día sus ramas para que no se deformaran caprichosamente, al arbitrio de la naturaleza que él había conseguido dominar como nadie había logrado hasta entonces. Qué lástima el estado de su huerto de la Quintinie, en el que se estaban muriendo los perales y los manzanos y las moreras y los naranjos, y también sus cultivos de espárragos, lechugas y cardos de Italia, que debían ser recogidos en aquellas fechas pero que se habían helado mientras brotaban. Qué lástima, y qué caro le iba a costar reponer todo aquello. Menos mal que había mandado colocar estufas en sus establos y, al menos, sus costosos caballos no sucumbirían al frío.

Luis pensó con infinita tristeza en lo poco que podía la voluntad contra el destino: como a Dios le diese por enfadarse y fastidiar, no había nada que hacer para librarse de sus castigos. Pero ¿por qué se habría enfadado Dios con él en aquel preciso momento? No recordaba haber hecho nada malo últimamente. Hacía más de tres años, desde sus últimos encuentros apresurados y costosos con la Marquesa de Grandchêne, que ni siquiera cometía adulterio. Quizá el Todopoderoso le estaba castigando por las cosas del pasado, por lo mucho que había hecho sufrir a su pobre esposa difunta, María Teresa, con todas aquellas mujeres, la Duquesa de La Vallière, la Marquesa de Montespan, y la de Heudicourt, y la de Fontanges, y la Condesa de Soissons, y la Princesa de Soubise, y la de Mónaco, y tantas otras a las que recordaba fugazmente aunque con una extrema ternura, pues ellas habían sido una parte importante del resplandor que emanaba de él, y sus pieles, sus pechos, sus bocas y sus entrepiernas eran sabrosos pedazos de vida que llevaba siempre consigo, latiendo dentro de su corazón y en el bajo vientre. Además del frío y la muerte de sus súbditos y el estropicio de sus jardines, también era una pena que ese bajo vientre estuviese ahora tan mortecino, y no le permitiese seguir disfrutando de tantos momentos extraordinarios, robados al protocolo y a la piedad. Sí, definitivamente, aquél era el día de la pena...

Luis volvió a suspirar. Su esposa, que bordaba en silencio una casulla para el capellán de su colegio de jóvenes nobles empobrecidas, empezó a preocuparse por su estado de ánimo:

—¿Os ocurre algo, sire? ¿No os sentís bien...?

—No, estoy bien, estoy bien... Me preocupa lo de este dichoso tiempo... Como dure mucho más el frío, no sé qué vamos a comer...

Madame de Maintenon no supo si debía echarse a reír o enfadarse con su marido. Como de costumbre, optó por decirle con la mayor suavidad posible lo que pensaba:

—Bueno, no creo que aquí lleguemos a pasar hambre... Vuestra Majestad siempre podrá cazar unos ciervos...

—Sí, sí, algo habrá que hacer...

Luis pareció perderse en la contemplación de los jardines helados, y Madame de Maintenon volvió a su bordado y se mantuvo callada unos instantes. Luego, como si lo que iba a decir no tuviese ninguna importancia, habló sin levantar los ojos de la tela:

—Dicen que el Sena está helado hasta su desembocadura, y que incluso en el mar se ven trozos de hielo flotando. Si esto sigue así, en primavera el deshielo va a ser terrible.

—Sí, supongo que lo será...

—Habrá inundaciones. Y entre una cosa y otra, va a morir mucha gente.

El Rey la miró ahora, sorprendido de la perspicacia de su mujer:

—Eso mismo pensaba yo, Françoise. Y no creas que no me preocupa.

—Quizá podríamos hacer algo, ¿no creéis, sire?

—Algo, sí... ¿Qué se te ocurre?

Hacía mucho tiempo que a Madame de Maintenon ya se le había ocurrido, aunque lo disimuló:

—No sé... ¿Habéis pensado en mandar que bajen el precio del pan...?

—Sí, desde luego, ya lo había pensado. Voy a dar órdenes, sí. Escríbele una nota a mi secretario para que me lo recuerde.

—Supongo que también se os habrá ocurrido reunir dinero para los más necesitados... Seguro que vuestros cortesanos estarán dispuestos a hacer todo lo posible por esos desdichados. Luego podríais entregárselo a los párrocos para que ellos lo repartan...

—Sí, aún no lo he hecho, pero lo haré, claro... —El Rey se agitó en su sillón y pareció animarse—. Voy a organizar una rifa. Un bonito aderezo de brillantes para las damas y una espada con la empuñadura de oro para mis gentileshombres... Eso es... Y que todos den mucho dinero para los pobres. Yo mismo sacaré los números. Estos ratos en tu habitación siempre me ayudan a tener buenas ideas...

Madame de Maintenon le miró sonriente y dejó su bordado a un lado:

—Gracias, sire. Es hora de ir al oficio de la tarde. ¿Queréis acompañarme...? Vuestros súbditos están necesitando nuestras oraciones.

En ese momento, un gorrión superviviente y perdido cruzó de pronto la terraza y fue a estrellarse contra una de las ventanas del ala norte del palacio. Y en el mismo instante, ante aquella repentina visión de la muerte, el Rey tuvo una revelación. Durante unos minutos se quedó quieto, con la boca abierta, la mirada perdida en el cuerpecillo pardusco, inmóvil sobre las piedras heladas. Luego se puso en pie y, perdiendo las formas de la etiqueta, comenzó a gritar:

—¡Lo he visto! ¡Lo he visto, Françoise! ¡Dios me lo ha enseñado! ¡Ya sé lo que tenemos que hacer! ¡Una capilla! ¡Una capilla nueva! ¡La más rica! ¡La más bella! ¡Eso es lo que Él desea! ¡Así escuchará más atentamente nuestras oraciones! ¡Necesito los mejores mármoles! ¡Quiero las mejores estatuas! ¡Y que la bóveda esté toda pintada! ¡Y mucho oro! ¡Mucho oro! ¡La he visto, Françoise! ¡La capilla más lujosa del mundo! ¡El Todopoderoso se ocupará con mayor interés de mis súbditos! ¡Yo mismo dirigiré los trabajos! ¡Seré el arquitecto del Señor...!

Madame de Maintenon permaneció atónita, derrumbada en su sillón, preguntándose si su marido no estaría empezando a perder la cabeza, mientras él abandonaba la habitación y ponía en marcha el palacio entero para empezar a construir la suntuosísima capilla que habría de paliar el hambre de los pobres de Francia.

Quizá fuera verdad que a los ojos del Dios del Rey Luis las capillas de Versalles y del Alcázar no eran lo suficientemente majestuosas. Al menos, su representante en la tierra pareció indicarlo así cuando tomó la decisión de reconocer al Archiduque como Rey de las Españas: de pronto, el Papa Clemente XI, que hasta ese momento había navegado en medio del conflicto sin dar la razón a nadie —aunque estaba claro que sus simpatías estaban con los Borbones—, fue iluminado por el Espíritu Santo y desde su cátedra de San Pedro designó a Carlos III sucesor de la musaraña Carlos II. Claro que, en aquella ocasión, el Espíritu Santo se había presentado no como de costumbre bajo las maneras de una leve paloma, sino en forma de violentos soldados imperiales que habían conquistado Nápoles y el Milanesado y amenazaban las fronteras de sus terrenales y ricos Estados Pontificios. El Dedo de Dios le había hecho saber a Su Santidad que más valía acatar que convertirse en víctima, y Su Santidad se apresuró a poner en práctica los sabios consejos divinos, abandonando a su suerte a Felipe V y a Luis XIV. Que se las entendiesen ellos con sus católicos súbditos. A él, a fin de cuentas, le daba igual un monarca que otro mientras le obedeciesen, y, desde luego, no iba a poner en peligro sus propios reinos.

Aquella inesperada decisión provocó una nueva crisis en el Alcázar. Cuando llegó allí la noticia, Felipe pareció sumirse en el estupor. Esta vez, el ataque de parálisis no le llevó a meterse en la cama, sino que le condujo precisamente a la desdichada capilla, donde permaneció rezando de rodillas durante cinco horas, mientras el Capellán Mayor celebraba una tras otra hasta media docena de misas. Hacia las siete de la tarde de aquel día de febrero de 1709, cuando el cura ya se estaba quedando afónico y el Rey empezaba a tiritar de frío en su reclinatorio, María Luisa y la Princesa de los Ursinos entraron a buscarle.

La Reina se acercó silenciosa y resuelta a su marido, aunque en aquel lugar sagrado no se atrevió a tocarle. Se limitó a susurrarle al oído:

—¿Te encuentras bien...? Estoy muy preocupada por ti... Ya casi es la hora de ir a dormir, y te voy a echar de menos en la cama... —Ante esas palabras, el cuerpo de Felipe pareció removerse, pero no levantó la cara, que tenía escondida entre las manos, ni dijo nada. María Luisa tomó entonces una decisión radical y subió un poco la voz—: Sal, Felipe. Necesito hablar contigo. Tengo que contarte una cosa muy importante. Ahora mismo.

Al Rey le pareció que en aquellas frases se ocultaba un misterio que le concernía. Quería seguir rezando, pero también deseaba conocer el secreto de su esposa, y estirar un poco el cuerpo y comer algo. Podría volver a la capilla más tarde, o quizá mañana, después de despertarse en su buena cama y con el calorcillo tan delicioso de María Luisa a su lado. Musitó el final del *Veni, Creator Spiritus* que había empezado a repetir por enésima vez antes de ser interrumpido por su mujer, y se persignó. Al incorporarse, se dio cuenta de que después de tanto tiempo arrodillado no podía estirar bien las piernas. Pero ahora tenía prisa por llegar a su antecámara y sentarse y tomar un chocolate bien caliente, así que, sin darse más tiempo para recuperar la solemnidad habitual de sus pasos, bailoteó un par de veces en el aire perfumado con incienso de la capilla y salió cojeando y sujetándose en el brazo de María Luisa.

A la puerta le aguardaba preocupado su séquito en pleno, al que se había unido el de la Reina. Los ministros le esperaban para hablarle, y los demás para que les hablase. Llevaban horas allí, de pie, hambrientos y cansados, acechando una orden suya, un breve comentario, una palabra al menos o un gesto real que les indicase qué debían pensar y hacer. Nadie sabía qué hacer. Jamás se había dado antes, en toda la historia de los catolicísimos y heroicos reinos de España, una situación como aquélla. Los más devotos estaban sinceramente descompuestos. El Marqués del Faro —que había encabezado varias delegaciones diplomáticas ante Clemente XI, había recibido muchas veces su bendición y se sentía tan imbuido de la autoridad del Papa que le confundía con el propio Dios— no paraba de preguntarse si no debería partir hacia Barcelona esa misma noche, sin esperar al día siguiente. Su Santidad no podía cometer errores, pues el Señor en persona le hablaba al oído. Lo mejor era irse de inmediato, sin hacer ruido, correr ya a postrarse ante el auténtico Rey Católico y no perder ni un momento más de su vida junto al usurpador —al que había guardado fidelidad hasta ese mismo día—, por si acaso en la Eternidad no se lo perdonaban.

Al recién proclamado usurpador se le había puesto por cierto cara de tal. Llevaba el ceño fruncido, el cuerpo arrugado y cojeante, y había perdido el halo de esplendor e inmortalidad que le rodeaba, como si en las horas que habían transcurrido desde la llegada de la noticia hubiese caído sobre él la niebla de la insignificancia, dejándole maltrecho y vulgar. Aun así, el cortejo fingió más o menos organizarse a sus espaldas, y echó a caminar siguiendo sus pasos. Enseguida se formó una larga fila de ministros, mayordomos, camareros, caballerizos, gentileshombres de cámara y de boca, secretarios, meninos, damas, dueñas, truhanes y bufones —además de sus guardias y los de la Reina—, que subía y bajaba escaleras, cruzaba salones y atravesaba corredores. Pero estaba claro que algo extraño sucedía, porque en lugar de deslizarse rígidos y silenciosos como autómatas, todos aquellos cortesanos iban susurrando, parándose y acelerando luego el paso para recuperar su posición, volviendo las cabezas sobre el armazón disuasorio de las golillas para hablarse los unos a los otros. Poco a poco, el tono de voz iba subiendo, y a la altura de la Sala de los Consejos ya se oían ramalazos de conversaciones:

—...a confesar mañana a primera hora —decía una mujer.

—...que le han asustado —sostenía un hombre.

—¡Y nos vamos a Roma a bailar delante del Papa! —gritó de pronto la loca María Ramos.

El Mayordomo Mayor se vio obligado a ordenar silencio, y los guardias, asustados ante el asombroso guirigay tan impropio de palacio, empezaron a preguntarse si aquello no acabaría convirtiéndose en una insurrección contra el Rey y sujetaron firmemente sus picas. Al llegar a su antecámara, Felipe pidió que le llevasen chocolate, esperó a que pasaran María Luisa y la Princesa y cerró él mismo la puerta, dando un portazo en las narices a todos los que pretendían entrar. El golpe resonó en los salones del Alcázar como si hubiese caído una bomba, haciendo saltar por los aires innumerables lascas de honor castellano. Aunque humillados, los cortesanos se quedaron en el pasillo, de nuevo a la espera, sin darse cuenta de que el Marqués del Faro, disimulando, empezaba a deslizarse lentamente hacia la escalera ni de que, en cuanto pudo, echó a correr hacia su casa para organizar de inmediato su huida a Barcelona.

En la habitación real, Felipe entretanto se había desfondado en su sillón, como si tuviera cien años, y gemía igual que un perro apaleado. María Luisa se arrodilló ante él y trató de calmarle acariciándole las manos. De pronto, el Rey se acordó de que aún no le había revelado aquel secreto prometido en la capilla, algo que tal vez reconstruiría su vida desmoronada desde la mañana:

—¿Qué era lo que tenías que decirme?

María Luisa habló llena de orgullo, intentando que su sentimiento de deber cumplido penetrase en el cerebro de su marido y lo iluminara por unos momentos:

—Estoy embarazada. Ya llevo veintitrés días de retraso, y noto las mismas cosas que la... —se interrumpió, porque Felipe se había roto en sollozos.

—¡Otro heredero de nada...! ¿Para qué quiero yo ahora otro heredero...? ¡Menudo disgusto me das...!

A la Reina la ofendió aquella reacción, así que se incorporó rápidamente, enfadada con su marido, y miró a la Princesa pidiéndole ayuda antes de ir a sentarse lo más lejos posible de él. Entonces se le acercó la Camarera Mayor y le habló con mucha seriedad:

—Señor, tenemos que pensar bien en todo esto y tomar decisiones.

—¿Y qué es pensar bien...?

—Analizar lo que ha ocurrido y averiguar por qué ha ocurrido. Y luego hacer algo para cambiar las cosas. Así es como se comportan los Monarcas ante los problemas.

El Rey se sorbió los mocos:

—¿Y tú por qué crees que Su Santidad me ha repudiado?

—No os ha repudiado, señor. Ha proclamado Rey a vuestro adversario, pero no ha dicho ni una palabra respecto a Vuestra Majestad. No es lo mismo. Su Santidad confía plenamente en vos, y conoce bien vuestra devoción y vuestra sumisión hacia él, pero no le ha quedado otro remedio... El Archiduque amenazaba con conquistar sus Estados e imponerse por la fuerza. Y ya sabéis cómo es y las cosas que hace...

Mariana se llevó las manos a la cabeza, e hizo un rápido gesto con los dedos imitando los cuernos de Satanás, recordándole al Monarca el secreto que ambos compartían sobre sus misas negras. Felipe se persignó, pero volvió a insistir, no demasiado convencido de la verdad de aquellos razonamientos:

—¿Estás segura...?

Mariana utilizó el susurro para su confesión:

—He sabido que el Archiduque le ha escrito cartas al Papa diciéndole que, si no le obedecía, moriría de muerte natural en unas semanas... Y que entonces él entraría en sus territorios y lo saquearía todo sin contemplaciones. A Su Santidad no le ha quedado más remedio que plegarse ante esas amenazas, debemos comprenderlo. —Felipe no parecía creerse del todo sus afirmaciones, así que Mariana insistió—. Sabéis que aún conservo muy buenas relaciones en Roma, y hoy, junto con la dolorosa noticia para Vuestra Majestad, llegaron también cartas para mí...

—¿Y te dicen que el Santo Padre no me ha repudiado...?

—¡Claro que no lo ha hecho, Majestad! Yo le conozco muy bien. Fuimos buenos amigos. Venía mucho a mi casa, y cuando surgió el problema de la sucesión él se mostró partidario desde el principio de que los reinos de España fuesen para un miembro de vuestra familia. Estoy segura de su lealtad.

Mariana recordó inevitablemente a aquel joven Giovanni Albani —ahora Clemente XI— que adoraba todo lo francés y acudía a visitarla muy a menudo a su palacio Pasquino para hablar con ella en su lengua, escuchar las piezas de Lully que los músicos de su marido interpretaban hora tras hora, comer los platos que se comían en Versalles, oler los perfumes que le preparaban a la Princesa en París y rozar con los dedos las sedas de Lyon de sus vestidos. Cierto era que nunca había rozado nada más allá de las sedas —aunque ella lo había intentado—, tal vez porque de verdad era tan virtuoso como se decía o quizá, como siempre había sospechado, porque lo que a sus dedos les gustaba tocar eran pieles menos suaves.

Recordó también el muchísimo dinero que había tenido que gastar para que le eligiesen Papa en el cónclave a la muerte de Inocencio XII. El Rey Carlos II había ido a reunirse con el Santo Padre en el Cielo sólo un par de meses después, y Luis necesitaba una Roma francófila que le apoyase en el conflicto que estaba a punto de estallar por el trono de España. Así que Mariana se había pasado varias semanas intentando inspirar al Espíritu Santo, organizando fiestas y representaciones teatrales para los Cardenales y haciendo regalos muy caros, elegidos en función del gusto de sus destinatarios: cuadros de los maestros más en boga, viejas estatuas griegas, joyas deslumbrantes, piezas exquisitas de orfebrería antigua, caballos de inmaculada pureza y hasta un cachorro de tigre para el jardín de animales exóticos que el Cardenal Bardi poseía en sus propiedades de Busseto. Al final, y como premio a sus esfuerzos y sus gastos, el Espíritu habló en francés.

Clemente XI le debía mucho, desde luego. A ella y a Francia. Pero la Princesa recordó igualmente su carácter apocado y débil. Era un hombre que se dejaba convencer fácilmente a poco que se le levantase la voz. Él mismo conocía tan bien su propia falta de autoridad que durante el cónclave había intentado por tres veces renunciar a la elección, y sólo había acabado aceptando porque le habían forzado. Así era también como el Archiduque había conseguido su respaldo, atemorizándole como a un ratoncillo de cocina. Ahora les tocaba a ellos jugar fuerte. Mariana estaba convencida de que un buen susto pondría al Santo

Padre en su sitio. Lo difícil era persuadir a Felipe de que debían responderle con contundencia:

—Estoy totalmente segura de su lealtad, sí. Lo que ocurre es que el Papa también es hombre. Es el vicario de Cristo en la tierra, y como tal nunca se equivoca, pero no olvidéis que su tiara significa que es Papa, Obispo de Roma, y Rey. Y en su condición de rey puede cometer errores. Eso es lo que ha ocurrido en esta ocasión, señor. Podemos decir que el Rey de los Estados Pontificios Clemente XI se ha equivocado.

Felipe se escandalizó:

—¡Princesa...! ¿Eso no será herejía...?

—No, no, señor, claro que no... Podéis consultar a vuestro Confesor, pero él os dirá que ya los teólogos de Su Majestad vuestro abuelo dilucidaron esa cuestión hace tiempo, cuando él le discutió al papado su derecho a nombrar Obispos en Francia... Los sabios de la Sorbona dijeron entonces que Su Majestad se enfrentaba a otro soberano, no al representante de Dios...

El Rey reflexionó durante unos momentos. Miró a su esposa, que escuchaba desde la otra esquina de la cámara la conversación y parecía haberse olvidado ya de su enfado. Ella le hizo un gesto afirmativo con la cabeza. Felipe se decidió:

—Hablaré con el Padre Robinet... Si me confirma lo que me estás diciendo, ¿qué haremos entonces...?

Mariana había tenido mucho tiempo para pensar desde por la mañana, y su estrategia estaba totalmente organizada:

—Habría que expulsar al Nuncio.

—¡Expulsar al Nuncio...! ¡No puedo hacer eso...!

—Majestad, es la única manera de que el Santo Padre comprenda vuestro enfado y cambie de parecer. Si no hacéis algún gesto llamativo, él y toda la cristiandad entenderán que habéis acatado su decisión. Y entonces tendremos que marcharnos...

Felipe miró a su alrededor. Vio ante sí el gran espacio de su antecámara, tan diferente de su pequeña habitación en un rincón del piso bajo de Versalles. Vio sus tizianos y sus rafaeles colgados en sus paredes, su magnífico reloj con el dios Ares combatiente, sus candelabros de oro, sus muebles perfectos, pensados, tallados y tapizados para su uso exclusivo. A través de la ventana, vio también sus jardines, que llegaban hasta el río, y en la orilla de enfrente sus grandes bosques para la caza. Todo aquello era suyo, y mucho más, sus tierras se extendían mucho más allá del horizonte, y también al otro lado de tres mares, a lo largo de medio planeta que Dios —por mucho que dijese el Santo Padre— había querido que fuese suyo. ¡Suyo, y no del austríaco! Una oleada de feliz sentimiento de propietario se adueñó de él y enardecido, orgulloso, se puso en pie, henchido de ardor guerrero:

—¡Ah! ¡No! ¡No voy a irme como una rata! ¡No pienso abandonar mi trono! ¡Antes morir que abdicar! —Satisfecho de sí mismo y de su feliz expresión, volvió a sentarse—. Expulsaremos al Nuncio. Tienes razón. Le doy diez días para que se vaya. Y que le escolten hasta la frontera. ¡Organízalo todo!

Diez días después, en efecto, Monseñor Antonio Felice Zondadari salía de Madrid en medio de un penoso silencio al que no estaba acostumbrado. Nadie se arrodillaba al paso de su carroza, nadie le aclamaba ni agitaba las manos ni solicitaba su bendición. Y no sólo porque, como representante del Papa, se había convertido en una persona poco querida, sino sobre todo porque la mayoría del pueblo madrileño, a esa misma hora, estaba rezando en todas las iglesias y plazas de la ciudad. Mariana había logrado convencer al Cardenal Portocarrero para que movilizase a sus curas y llamase a la oración a sus fieles. El Primado, que ya no sabía a quién debía obedecer, trató de resistirse. Pero a ella le bastó con mencionar el vergonzante *Te Deum* que había oficiado en honor de Carlos III cuando sus tropas invadieron la ciudad, y recordarle cómo a pesar de eso el verdadero Rey no le había privado de los muchos privilegios que le había ido concediendo desde su llegada a España. Le explicó que el Monarca era generoso, y que tenía a bien recordar que Su Eminencia había luchado mucho a favor de su coronación. Por ese motivo no había querido castigarle después de aquella traición. Pero si ahora no estaba dispuesto a mantenerse firme al lado de Felipe V, el cobro de ciertos impuestos, el disfrute de ciertos palacios, la pública sumisión que el Rey solía demostrarle en las ceremonias podrían esfumarse en el aire.

Portocarrero, confuso, viejo y asustado, se plegó, y ahora él mismo oficiaba la ceremonia que se celebraba en la Plaza Mayor. Como si asistiesen a una corrida o a un auto de fe, los Reyes y su corte se habían instalado en la Casa de la Panadería y en todos los balcones del recinto, bien abrigados y con las rodillas cómodamente descansadas sobre cojines mullidos. A sus pies se apiñaba el pueblo devoto, postrado sobre el suelo, alrededor del alto estrado desde el cual el Cardenal dirigía la oración colectiva al Espíritu Santo para que volviese a iluminar al Papa, pero ahora correctamente: *Veni, Sancte Spiritus, Consolator optime, Dulcis hospes animae, Dulce refrigerium. Sine tuo numine Nihil est in homine, Nihil est innoxium. Lava quod est sordidum, Riga quod est aridum, Sana quod est saucium.*

El Cardenal ponía todo su fervor en la súplica, confiando en que el Espíritu Santo iluminase en efecto de una vez por todas al Santo Padre, y al Rey Auténtico y al Rey Usurpador —aunque ya no sabía cuál era cuál— y a Su Majestad Cristianísima Luis XIV, y al Emperador de Alemania, y al Rey de Saboya, y al de Portugal, y a la Reina de Inglaterra y al Estatúder de las Provincias Unidas de Holanda —a pesar de que estos dos eran protestantes—, y también a los negreros, a los fabricantes de armas, a los mercaderes de cualquier tipo y, en general, a todos los que tenían algún interés en seguir manteniendo aquella guerra en medio de cuyos bandazos él ya se sentía perdido y agobiado. De hecho, cuando los asistentes a la oración pública se emocionaron al verle caer de rodillas ante el altar improvisado y permanecer allí rezando en silencio durante largos minutos, lo que en verdad Portocarrero le estaba pidiendo al Espíritu Santo era que, pasase lo que pasase, a él le permitiera retirarse tranquilamente a su cigarral de Toledo, y que le dejaran todos en paz.

Puede que el tiempo nublado de aquel día sobre Madrid no permitiese que las oraciones llegaran completas al Cielo. Lo cierto es que la guerra continuó, con sus muertos olvidados y sus mujeres violadas, con sus Generales henchidos de honores y sus saqueos, con sus pueblos quemados y sus cosechas arrasadas, y el miedo y el dolor aleteando como cuervos negrísimos sobre Europa, mientras el trono de España se bamboleaba entre los dos hombres que ansiaban poseerlo y, con licencia o sin ella, miles de africanos seguían siendo llevados cada año a trabajar como bestias de carga las tierras de América.

Pero, al mismo tiempo, los aliados y el Rey de Francia iniciaron en La Haya unas conversaciones que debían conducir a la paz. Los aliados creían tenerlo ya todo ganado para la causa del Archiduque. El viejo Luis parecía definitivamente derrotado: no sólo en las batallas, también en lo referente al apoyo de su corte y de sus súbditos para seguir adelante. Después del frío horrible del invierno y de las espantosas inundaciones de la primavera, el país —tal y como él mismo había imaginado— se hundía en el hambre y las enfermedades. Los aliados decidieron apretarle las tuercas: era hora de verle postrado, pisoteado, sometido al poder de los ejércitos enemigos, precisamente a él, ante quien Europa entera había tenido que plegarse. Pronto se supo que cuando comunicó a su Consejo que autorizaba el inicio de las conversaciones, lo hizo con los ojos llenos de lágrimas. Aquella noticia circuló por todas partes, y provocó muchas risillas y exclamaciones de alegría: el viejo Sol llegaba a su ocaso.

Entre reuniones y banquetes, tardes de buen vino y excelsas noches en brazos de las cortesanas más expertas, las condiciones para la firma de la paz fueron puestas sobre la mesa. Francia tendría que ceder el monopolio de la trata de negros, junto con una parte importante de su territorio. Las tropas francesas abandonarían la Península. Y Felipe entregaría a Carlos III el trono, el gigantesco trono de los reinos de España. Dos meses. En cuanto empezase el armisticio, dispondría tan sólo de dos meses para abandonar Madrid. Y, si no lo hacía, el propio Luis debería echarle por la fuerza: sí, los aliados, encaramados a la cumbre de su Olimpo de vencedores, exigían que el abuelo expulsase al nieto por las armas si era preciso.

Cuando la noticia llegó a Versalles, el palacio al completo se revolvió, sacudido por la humillación. Un estremecimiento de espanto recorrió uno a uno los salones, sobrevoló los jardines, y sacó de la cama a quienes aún permanecían en ella a aquellas horas tardías de la mañana. Apenas estuvo seguro de que todos lo sabían, Luis dio un largo, lento, solemne paseo por su magnífica residencia. Las damas le miraban con los ojos llenos de lágrimas, suplicándole que no se rindiera, y los caballeros gritaban que estaban dispuestos a morir por su honor. Conmovido como un padre que recibe en el momento del supremo sufrimiento el amor sin tacha de sus hijos, el Rey inclinaba gentilmente la cabeza a un lado y a otro y de vez en cuando abría generosamente el brazo izquierdo, acogiéndolos a todos contra su cuerpo, mientras el derecho permanecía sujeto al retumbante bastón.

Después de esa reconfortante escena, se reunió durante largas horas con sus consejeros. Al terminar el encuentro, se dirigió sin hablar con nadie a la habitación de su esposa. Madame de Maintenon le esperaba como siempre bordando junto a la ventana. Cuando le vio llegar, se levantó a servirle el café y volvió a su sitio. Luis estaba serio y parecía nervioso. A ella le latía fuertemente el corazón, aunque aguardó en silencio sus palabras. No habló hasta después de haber bebido varios sorbos. Entonces se volvió hacia su mujer y dijo, triunfal:

—Mi truco funcionó...

Madame de Maintenon dejó caer su aguja:

—¿Funcionó...?

—Todos me apoyan. Mis agentes han hecho un gran trabajo convenciendo a los plenipotenciarios aliados de que sus condiciones debían ser enormes... Ahora toda Francia querrá volver a la guerra. ¡Nadie va a aceptar la humillación! He hecho un llamamiento a mis súbditos que será leído en todas las iglesias del país. ¡Se alistarán en masa! ¡Tendremos el mayor ejército que hayamos logrado reunir nunca! He dado órdenes de fundir todas las vajillas de plata. ¡Tendremos hombres y dinero! ¡No van a echarnos de España, Françoise!

Ella sonrió satisfecha y modesta:

—Sois el mejor soberano, Luis. —Bajó la mirada hacia su bordado y volvió a alzarla de nuevo, rejuvenecida, mimosa—. Y el más guapo...

CAPÍTULO IX

A la Muerte, hija de la Noche, los pintores la representan como un esqueleto armado de una guadaña, la Gran Segadora imbatible que va llevándose cabezas por delante sin contemplaciones, casi siempre en contra de la propia voluntad de esas cabezas. Mariana lo sabía bien. Cada vez que se desplazaba de sus habitaciones a las de la Reina, tenía que pasar por delante de aquel horroroso cuadro colgado justo en el único recodo del corredor iluminado por una ventana. Inevitablemente, sus ojos se detenían en el ejército espantoso de esqueletos que arrancaban árboles, quemaban ciudades, hundían barcos, y arrastraban a las multitudes hacia un inmenso sarcófago, jóvenes y viejos, ricos y pobres, píos y pecadores, buenos y malos, todos revueltos, mezclados en su terrible camino fuera de la vida, y en primer plano un Rey, un Monarca agonizando con su hermosa armadura y su cetro y su corona y su manto de armiño, todo inútil ya, pronto convertido en polvo, en nada. La Princesa se estremecía viendo ese tumulto de moribundos, y no podía evitar pensar que el día en que a la Muerte le diera por entrar en un palacio, tendría tantas magníficas cabezas que segar que no volvería a salir nunca más.

Y, en efecto, quizá cansado de andar durante tantos años por los campos de batalla de Europa, vivaqueando con los soldados, pasando frío y cogiendo mojaduras, el Esqueleto Segador llegó el 14 de abril de 1711 al palacio de Meudon y, por lo que se ve, aquello de las residencias reales, con sus buenas chimeneas, sus colchones de plumas y sus cómodos sillones, debió de gustarle. Ese día le quitó la vida al Delfín Luis, que se fue al Cielo cubierto de costras de viruela de arriba abajo. En la tierra dejó sus costosas colecciones de porcelanas y gemas, varias residencias magníficas y una viuda morganática, Marie-Émilie de Joly de Choin, de la que se decía que era la mujer más fea de la corte de Versalles pero la que tenía los pechos más grandes, unos enormes senos con los que a su marido le gustaba jugar en público como si fuesen unos timbales. Ella, que había soñado con gobernar secretamente Francia cuando él llegase a ser Rey, le lloró desconsolada, incapaz de resignarse a la idea de que la decencia exigía que se retirase a un convento, donde sólo podría gobernar a un puñado de novicias y de criadas.

Menos le lloró en cambio su familia, aunque todos se esforzaron en disimular lo mejor posible la pequeñez de su dolor. Luis lamentó la muerte de su hijo, por supuesto, pero se conformó a ella pensando que, en realidad, era un alivio: siempre le había parecido que el Delfín era tonto. Ahora que se veía él mismo cerca ya del final de su vida, no paraba de preguntarse qué haría aquel inútil con su reino. Incluso había noches en que le veía en sueños, regordete y lechoso, junto al Gran Canal de Versalles, exhibiendo completamente desnudo un pene diminuto y escupiéndoles a sus queridas carpas, que morían en el acto como si acabara de envenenarlas. Aquella pesadilla le había despertado varias veces, y le ponía tan nervioso que luego no había manera de que se volviese a dormir. Ese hijo suyo iba a acabar con todo lo que él había construido, estaba seguro. Su fallecimiento le libró por lo tanto de aquella preocupación: ahora, su corona sería para su nieto mayor, el Duque de Borgoña, que era mucho más inteligente y estaba mucho mejor preparado para ejercer el poder.

De hecho, el nuevo Delfín amaba el poder con auténtico entusiasmo. Siempre estaba pegado a su abuelo, respirando su autoridad, intentando contagiarse de su grandeza. Durante años, había envidiado el destino de su hermano menor, Felipe, que había llegado a poseer un trono mucho antes que él, aunque no fuese el adorado, suntuoso y bendito trono de Francia. Pero ahora, al morir el idiota de su padre —hacia el que sentía un profundo desprecio—, pronto sería su turno. En cuanto Dios llamase también a su lado al abuelo, al que esperaba, sin embargo, que el mismo Dios guardase muchos años. Con esas ideas en su cabeza, el Delfín Luis no consiguió lamentar ni un minuto la muerte de su antecesor, y aunque en los funerales y las misas por el difunto se le vio siempre con la cara piadosamente hundida entre las manos, como si para él el mundo se hubiera vuelto oscuridad, todos sabían que lo hacía para disimular la alegría que le asomaba sin que pudiese evitarlo a los ojos.

Quizá el que más pena sintió por aquella muerte fuese Felipe. De pronto, él, que apenas había recordado a su padre en años, empezó a revivir viejas escenas de la infancia, ramalazos de breves momentos a su lado, el primer día que le subieron a un caballo enano y el Delfín agitó ligeramente su brazo mirándole desde una ventana, el primer día que le entregaron una pequeña espada y le enseñaron a manejarla y el Delfín se interesó luego por su aprendizaje, o el primer día que le explicaron cómo debía inclinarse ante el Rey su abuelo y el Delfín le dio una colleja en la nuca por no haberlo hecho bien. Se dio cuenta de que en realidad lo que echaba de menos era lo que no había tenido, y de que nunca había pasado demasiado tiempo en su compañía y apenas había aprendido nada de él. Eso le entristeció tanto que tomó la decisión de ser mejor padre para sus hijos, e incluso se fue corriendo a la habitación del Príncipe de Asturias —que ya había cumplido los cinco años y parecía tan sano como una buena manzana fresca—, y estuvo un rato viéndole jugar. Luego le llevó con él a la capilla y rezaron juntos por el alma del difunto, para quien encargó un funeral solemne y quinientas misas.

Tanto en Versalles como en Madrid, el luto por el Delfín Luis fue en verdad magnífico, pero duró apenas tres días. Porque exactamente setenta horas después de su fallecimiento, el 17 de abril de 1711, la

Muerte se coló en el Hofburg vienés y segó la cabeza del mismísimo Emperador José I, llena también de viruelas. Aquello desbarató todo, e hizo que Europa entera se estremeciera, llena de dudas. A medida que los mensajeros procedentes de Viena llegaban de día en día a nuevas ciudades, llevando consigo la noticia de la muerte del soberano, las gentes se agrupaban en las plazas y en las tabernas, o corrían presurosas a las casas de quienes estaban mejor informados. Todos lanzaban conjeturas, como piedras tiradas al aire que caían en cualquier sitio, al azar, sin que los hechos que habrían de ocurrir se viesen alterados lo más mínimo por sus deseos o sus temores. Las respuestas, entretanto, las verdaderas respuestas —aquellas que sólo poseían los poderosos—, desfilaban ordenadamente bajo tierra, preparándose para salir a la luz en el momento oportuno, semejantes a esas hormigas aladas que sólo aparecen cuando estalla la tormenta e invaden de pronto el patio donde los hombres afilan las guadañas, la blanca habitación de una parturienta, el hogar junto al que se calienta una anciana ciega. Llegan desde la oscuridad, indiferentes a la existencia humana, toman al asalto lo que necesitan y regresan luego a su escondite, a los palacios suntuosos del inframundo, provistas de todas las riquezas robadas durante su breve presencia en la luz.

Cuando casi tres semanas después la noticia llegó al Alcázar, Felipe acababa de sentarse a comer. El Capellán Mayor había bendecido la mesa y se había colocado detrás de él, cerca de la pared, para poder apoyarse un rato con disimulo mientras soportaba en pie el interminable almuerzo regio. El Aposentador de Palacio le había sostenido la silla rodilla en tierra. El Copero le había ofrecido el aguamanil para que se lavase las manos, y el Panetier le había dado la servilleta al Mayordomo de semana que se la había dado a su vez al Mayordomo Mayor que se la había ofrecido luego al Rey para que se secase.

Entretanto, desde las cocinas había llegado la larga procesión de los veinte gentileshombres de la Boca de Su Majestad llevando solemnemente los veinte platos que le habían preparado aquel día. Mientras el Trinchante los destapaba para que les echase un vistazo y eligiera, Felipe hizo con la mano un leve signo al Copero Mayor. El Copero se acercó al Sumiller de la Cava, que le entregó y descubrió la copa de Su Majestad, ya preparada. El Médico de semana acercó sus narices al vino y comprobó que no había ningún olor extraño. El Sumiller volvió a taparla y el Copero la acercó entonces con lentitud a la mesa, escoltado por dos maceros y un ujier de sala, e hincó la rodilla en tierra para ofrecerle el vino al Rey. Aliviado de que por fin el líquido hubiese llegado hasta él, Felipe bebió con gusto y se dejó luego limpiar la boca por el Panetier, mientras el Copero volvía a entregarle la copa al Sumiller, que volvía a ponerla a su vez en el aparador, a la espera de que el Rey la pidiese de nuevo para recomenzar la complicada ceremonia.

Entretanto, en la plaza de Palacio, casi un centenar de mendigos se iban juntando a esa hora, entre empujones, puñetazos y golpes de bastón, para recibir las sobras del pan de la mesa de Su Majestad, que el Mozo de Limosna les entregaría tras haberlas recibido del Limosnero Mayor, que a su vez las habría recibido del Trinchante: ningún caballero de palacio podía desde luego quejarse de no tener nada que hacer. Al menos durante algunos minutos al día, todos estaban trabajosamente enfrascados en tareas que justificaban la importancia de sus familias, de sus casas y de sus rentas, como desplegar servilletas o introducir llaves en cerraduras. De hecho, en ese mismo momento, en la Pieza Ochavada, los cortesanos permanecían en pie alrededor del Monarca, dispuestos a cumplir con su deber, es decir, contemplar absortos la comida de Felipe y lanzar exclamaciones de admiración cuando le viesen masticar con gusto algún plato nuevo. Graves y solemnes, los gentileshombres de servicio iban y venían ocupándose de todo, inmersos en la pesada lentitud de los sueños y acompañados por la trompetera pompa de los músicos que tocaban en la habitación de al lado.

El Rey señaló con el dedo —igualmente lento— el faisán con chocolate y clavo, que ya se había enfriado en su fuente. Y justo en el momento en que levantaba los cubiertos e iba a empezar a comer, apareció jadeante el Marqués del Soto para anunciarle la muerte del Emperador José. Felipe escuchó, clavó su tenedor y su cuchillo en la carne blanca, se metió un trozo en la boca y se atragantó. La muchedumbre nobiliaria contuvo la respiración. Cuando al fin Su Majestad logró recuperarse —antes de que la flemática copa de vino hubiera llegado hasta sus labios—, se dio cuenta de que de pronto se le había pasado el hambre. La dichosa noticia le había fastidiado la comida. En su cabeza zumbaban incesantemente las mismas palabras, como un moscardón testarudo, empeñado en seguir el ritmo de la música: ¿Y ahora qué...? ¿Y ahora qué...? ¿Y ahora qué...?

El Rey regresó inmediatamente a su gabinete, abandonando el almuerzo, y mandó llamar a Mariana. Ella apareció con una floreciente sonrisa en los labios y el aire del triunfo pegado a la piel.

—¿Ya sabes la noticia?

—Sí, Majestad.

—¿Qué va a pasar ahora...?

—Tendremos que esperar algunas semanas, pero creo que es fácil suponerlo. Su Majestad el Emperador sólo ha dejado dos hijas. Y las mujeres no pueden reinar ni en Austria, ni en Hungría, ni en Bohemia. Y mucho menos aspirar al trono del Imperio. Su único heredero varón es su hermano, el Archiduque Carlos. Así que tendrá que sucederle.

Felipe miró el globo del mundo que tenía sobre su mesa. Le pareció que Europa se convulsionaba, como si un inmenso dragón estuviera moviéndose por debajo del continente:

—¿Y entonces qué crees tú que van a decir los otros...? Llevan once años haciéndonos la guerra para que los Borbones no seamos tan poderosos. ¿Y él...? ¿Se lo van a permitir a él...? ¿Va a ser Rey de España y Emperador...?

Mariana pensó en el estupor que estaría recorriendo ahora todas las cortes, como un duende burlón que flotase sobre los tronos lanzando cantidades gigantescas de estupefacción a la cabeza de cada soberano. Era evidente que ninguno de los aliados iba a sentirse contento de aquella nueva circunstancia. Habían intrigado, saqueado y asesinado durante mucho tiempo, se habían gastado enormes fortunas en tratar de impedir que una sola dinastía uniera todas las tierras de España y de Francia. ¿Aceptarían ahora que los Habsburgo se sentasen sobre tantas naciones? Es más, ¿estarían dispuestos a admitir que uno solo de los Habsburgo tuviera una pierna puesta en Viena y otra en Madrid, con sus dedos repartidos entre decenas de reinos y millones de súbditos? No era nada probable.

De hecho, la Princesa sabía gracias a sus agentes que hacía ya algún tiempo que las cosas habían empezado a cambiar, al menos en lo referente a los ingleses. La Reina Ana Estuardo se había cansado ya de aquella guerra interminable y ruinosa, en la que no parecía que fuese a haber nunca un claro vencedor. Luis, que ansiaba igualmente firmar la paz, había aprovechado su hartura para tentarla con lo que ella más deseaba: el monopolio del comercio de esclavos en las Indias. Estaba dispuesto a renunciar a su porcentaje de beneficios sobre la venta de ganado humano a cambio de que los ingleses se retirasen, abandonaran al Archiduque y dejaran tranquilo el trono de Felipe. Mariana había sabido crearse una gran red de informantes entre las cortesanas más famosas de Europa, y sabía por algunas de ellas —buenas amigas de los diplomáticos— que Gran Bretaña y Francia estaban incluso celebrando unas conversaciones secretas, a espaldas del resto de los aliados. Pero ahora Saboya, Portugal y los Países Bajos correrían también a redactar tratados y a prometer siglos de amistad con tal de no tener que ver cómo al Archiduque le salían unas alas y echaba a volar sobre las tierras y los océanos del mundo.

La Camarera Mayor sonrió:

—Sospecho que no vamos a tardar mucho en firmar la paz.

—¡Vaya! ¿Eso crees...?

—Sí, señor, pero debemos tener paciencia. Me temo que las negociaciones puedan ser largas. Puesto que nadie ha sido derrotado, todo el mundo querrá sacar su propia tajada.

Felipe se reclinó en su sillón, tranquilo:

—Bien, esperaremos... —De pronto, un puchero le deformó la cara, y las lágrimas comenzaron a caer llenas de emoción de sus ojos—. ¿No te parece que... esto es una... señal de Dios...? Los designios divinos han que... han querido llevarse al Emperador José al Cielo para... para que yo pueda ser Rey de España... —Un fuerte sollozo le quebró ahora la garganta—. ¡El Señor ha respondido a mis oraciones!

Mariana sintió un relámpago de pavor sacudiéndola: ¿y si al Archiduque le daba por pensar lo mismo, pero al revés...? Las gentes tan piadosas eran finalmente un peligro: se aferraban a la voluntad de Dios en cada acontecimiento de sus vidas, y luego no había manera de hacerlas razonar. Antes de responderle, decidió que a la semana siguiente se trasladarían al palacio del Buen Retiro, a ver si con el sol, las partidas de *mail* y las fiestas que pensaba organizar —dijeran lo que dijesen los Grandes—, el Rey se olvidaba un poco de los mensajes celestiales.

La Princesa de los Ursinos no se equivocaba: dos días antes, en su palacio de Barcelona, al llegarle la noticia del fallecimiento de su hermano, Carlos III de España se había agarrado también a los designios divinos como si se abrazara a un magnífico cuerpo de mujer. Y allí estaba, abrazado y feliz. Porque lo que a él le decían los designios es que era el nuevo dueño de Europa. A decir verdad, ya se lo habían dado a entender meses atrás, el día en que acudió a visitar la tumba de su antepasado Carlos V en El Escorial, durante el tiempo que vivió en Madrid. Estaba allí, arrodillado frente a su sepulcro, rezando humildemente ante los restos del césar grandioso, cuando lo oyó. Lo oyó con claridad, igual que acababa de oír al mensajero llegado de Viena: «Tú serás yo.» Y ahora las palabras que el espíritu de Carlos V le había susurrado desde los Cielos se cumplían. Ahora sus títulos serían tan interminables como los de su predecesor, y ni siquiera cabrían en su propia tumba cuando tuviesen que hacérsela. Rey de Hungría, de Bohemia, de Castilla, de León, de Navarra, de Aragón, de Granada, de Toledo, de Valencia, de Murcia, de Galicia, de Sevilla, de Jaén, de los Algarves, de Algeciras, de Gibraltar, de las islas Canarias, de Mallorca, de Menorca, de Nápoles, de Sicilia, de Cerdeña, de Jerusalén, de las Indias

Orientales y Occidentales y de las islas de Tierra Firme del mar Océano; Duque de Borgoña, de Brabante, de Luxemburgo, de Güeldres y de Milán; Conde de Habsburgo, de Flandes, del Tirol y de Barcelona; Señor de Vizcaya y de Molina; Señor de Frisia, de Salina, de Utrecht, de Malinas, de Overiffel y de Groninga; Gran Señor del Asia y de África; Archiduque de Austria, Rey de Romanos y Emperador del Sacro Imperio Romano Germánico. ¡Sí, Emperador del Sacro Imperio! El Amo del Universo, porque Dios así lo había querido. El mismísimo Dios, que se había llevado a su hermano a la Gloria para ascenderle a él a las alturas de la tierra.

Sería todo eso, vaya si lo sería. Tendría el trono más elevado de Europa. Porque, desde luego, aunque fuesen a coronarle en Viena, no estaba dispuesto a renunciar a los reinos de España. Cierto que las cosas se estaban poniendo feas últimamente: los ejércitos ingleses iban menguando de día en día, dejándoles a sus soldados el peso de las batallas, como si ya no les interesase aquella guerra. Era probable que ahora lo abandonasen del todo, a poco que Luis cediera en sus pretensiones. Y tal vez el resto de los aliados los seguirían y le dejarían solo. Pero aún seguía teniendo Barcelona, y la fidelidad de muchos catalanes. Y, sobre todo, ahora sabía a ciencia cierta que el Señor le había dado esas tierras para que él las guiase por el verdadero camino del catolicismo —que era el suyo y no el de los franceses—, y no estaba dispuesto a olvidarse de ellas. Con amigos o sin ellos, él seguiría peleando con todas sus fuerzas, obligaría a todos sus hombres a morir si era preciso, pero no pensaba largarse así como así de su ciudad. Tendría que irse temporalmente a Alemania, por supuesto, pero dejaría allí a su esposa, Isabel de Brunswick, la de las anchas caderas. Y luego volvería a combatir por el trono de las Españas aún con más vigor, con su espada más refulgente que nunca, los cañones de sus ejércitos mejor engrasados y todo el ardor guerrero de su antepasado Carlos V corriéndole ostentosamente por las venas. El mundo le vería convertirse en un nuevo césar, y caería pasmado a sus pies, reverenciándole. Y, después de reflexionar intensamente sobre todo eso, fue cuando el Archiduque, igual que Felipe algunos meses antes, pronunció desde lo más hondo de su pecho la frase que recogerían las crónicas: «Antes morir que abdicar.» Y se sintió un héroe.

Durante toda la tarde, Carlos III de España —y pronto VI de Alemania— rezó piadosamente en su capilla. Se suponía que oraba por el alma de su hermano, pero en realidad estaba dándole gracias al Señor, que tanto le amaba. Y al mismo tiempo, entre *paternoster* y *paternoster*, pensaba en cosas diversas: en recuperar la vieja tradición de hacerse coronar Emperador por el Papa, en la ropa que se pondría ese día —llevando un símbolo de cada uno de sus reinos más importantes— y en el viaje que enseguida tendría que emprender para acudir a su elección por los Príncipes alemanes, viaje que, desde luego, haría por tierra y no por mar, aunque fuese más largo. Por nada del mundo estaba dispuesto a volver a pasarse un montón de días en un barco, vomitando hasta el alma. Ni siquiera por el Imperio.

Mientras cada uno de los soberanos de Europa seguía a lo suyo, mirando el ombligo de su propio trono y tratando de decidir qué debían hacer en aquella situación inesperada, la guerra continuó, con su asoladora tormenta de dolor y miserias. Ninguno de ellos estaba dispuesto a retirarse del todo de los campos de batalla, tratando de conseguir los máximos beneficios para el momento en que no quedase otro remedio que darla por terminada. Pero ahora empezaba a ser claramente una guerra disminuida, con pocos soldados y escasa brillantez. De hecho, el Rey Luis y la Reina Ana se apresuraron a firmar por su cuenta un preacuerdo de paz, sin avisar a nadie. De esta manera, lograron enfadar a todo el mundo: a los Estatúder de la República de las Provincias Unidas de Holanda, a Víctor Amadeo de Saboya y a Juan V de Portugal, porque Gran Bretaña no contó con ellos. A Felipe de España, porque su abuelo no le avisó de las negociaciones. Y, sobre todo, al nuevo Emperador Carlos VI, que, como bien había previsto, se quedó solo en los campos de batalla frente a los franceses y los españoles de Felipe. Solo pero muy fiero, obligando a sus soldados a seguir disparando cañones y mosquetes bajo el eterno grito de matar o morir.

Sí, la Muerte siguió pegándose un buen banquete de cabezas segadas durante aquellos meses gracias a la guerra. Pero, de pronto, decidió que echaba de menos el lujo de los palacios reales. Así que, el 12 de febrero de 1712, entró en Marly y se llevó con ella a

María Adelaida de Saboya, esposa del nuevo Delfín y hermana de la Reina de España. Aunque su hambre principesca debía de ser enorme, porque sólo seis días después se coló en el lecho del propio Delfín y también lo decapitó, sin ningún respeto por sus ganas de llegar a ser Rey de Francia. Luego se quedó allí sentada, tranquila, observando con placer el trabajo minucioso de los jardineros podando los árboles. Y un mes más tarde, cuando se cansó de tanta inactividad, se puso de nuevo en marcha y fue a caer sobre el hijo mayor del matrimonio fallecido, el recién proclamado Delfín Luis, que aún no había cumplido los seis años. Rápidamente, los tres fueron a reunirse con la multitud de muertos anónimos que llamaban a las puertas del Cielo.

Esta vez, Luis el Grande, el viejo Sol, sí que se quedó realmente desolado. En menos de un año se le habían muerto tres herederos —además de la niña de sus ojos, María Adelaida—, y si la desaparición de su hijo había sido un alivio, la de su nieto y su bisnieto eran en cambio un disgusto y un rompedero de cabeza. Según el orden natural de las cosas, el nuevo Delfín debía ser el hijo pequeño de los difuntos Luis y María Adelaida, pero este último Luis —aquel nombre empezaba a parecer maldito— era un niño de dos años, tan debilucho y enfermizo que nadie creía que fuese a llegar a los tres. También estaba su nieto menor, el Duque de Berry, pero todos sabían que él era un botarate y su esposa una auténtica cabeza hueca, que había estado a punto de huir con su amante a Holanda nada más contraer matrimonio. Esos dos se descartaban por sí solos.

Únicamente quedaba Felipe. Pero esa opción era muy peligrosa: sus enemigos nunca aceptarían la unión de las coronas de Francia y España, y la guerra volvería a recrudecerse. El viejo Rey no paraba de preguntarse por qué razón su descendencia legítima era tan poco deseable para heredarle. O tan mortal. Le parecía que tenía delante una montaña enorme y, por primera vez en su vida, pensaba que nunca conseguiría escalarla. Estaba demasiado cansado, y también un poco triste de tanto luto, y por más que meditaba, por más que rezaba y pasaba noches en vela y acudía a la habitación de su esposa en busca de un poco de calma, no acababa de encontrar la respuesta adecuada a todo aquel embrollo.

Hasta que una mañana de mayo, Luis de Francia entró en el gabinete de Madame de Maintenon a una hora desacostumbrada, blandiendo en la mano una carta. Con un gesto, mandó salir a todo el mundo y luego se sentó, torpe y dolorido, en su sillón:

—Mira lo que me ha escrito Ana Estuardo.

—¿Qué os ha escrito, sire?

—Me propone un trueque. Se le ha ocurrido que Saboya se vaya de Rey a Madrid, y que Felipe se traslade a Turín a hacer de Duque.

Madame de Maintenon pareció sorprendida:

—¿Su Majestad el Rey de España debería rebajarse a ser Duque de Saboya...?

—No, no... Es sólo algo provisional. Cuando yo... —a Luis le daba mucha grima hablar de su propia muerte—, bueno, ya sabes, cuando yo ya no esté, Felipe me sucederá. ¿Qué te parece...?

La esposa morganática sabía por su correspondencia con la Princesa de los Ursinos que Felipe se sentía elegido por Dios para gobernar los reinos de España, y no estaba nada segura de que quisiera abandonarlos. Debía avisar a su marido al respecto:

—Es una magnífica solución, por supuesto. Sería una gran tranquilidad para Vuestra Majestad, y yo me alegraría muchísimo de ello. Pero no sé si el Rey Don Felipe estará dispuesto a renunciar a ese trono por el que tanto ha peleado...

La ira se inflamó dentro de Luis, como un árbol gigantesco sobre el que hubiera caído un rayo. Sus voces se oyeron claramente en todas las salas cercanas:

—¿Cómo se te ocurre algo semejante...? ¿Quién va a preferir las coronas de España a la de Francia...? ¿Tú te crees que somos menos que ellos...? ¿Piensas que a mi nieto le gusta más vivir en el Alcázar que en Versalles...? ¡Menuda estupidez! ¡Y además, Felipe se irá a Turín porque yo lo deseo! ¡No hay nada más que hablar!

Se levantó con un gran esfuerzo, la cara enrojecida de furor, una vena de la frente resaltando azul bajo el maquillaje, y se dirigió a la puerta sin despedirse. Pero, en el último momento, volvió a girarse hacia Madame de Maintenon, que estaba hundida en una reverencia amedrentada:

—Y cuando se crucen los dos cortejos en algún lugar de Castilla, ¿tú te imaginas la fiesta que podemos organizar...? Una de esas que dan la vuelta al mundo en versos y en cantos de ciegos... ¡Algo realmente majestuoso, que deje boquiabiertos a nuestros súbditos! Dirás que no es una buena idea...

Pese a los gritos de Luis, Madame de Maintenon no se equivocaba: cuando llegó al Alcázar el mensajero de Versalles con la propuesta de la Reina Ana, Felipe se enfadó seriamente. Estaba empezando a sentirse harto de que su abuelo quisiera organizarle siempre la vida, y le parecía que esta vez se había pasado de la raya. Ya tenía treinta años, y había demostrado de sobra que sabía reinar y batallar por sus territorios. Había construido su poder sobre las tumbas de muchos hombres. Había soportado infinitas horas de sufrimiento, de miedo y de tedio. Había reconquistado España palmo a palmo, y en cuanto sus ejércitos tomaran Barcelona pensaba ensombrecer con su autoridad la vida de todos los que en Cataluña se habían rebelado contra él, enseñándoles de una vez por todas que debían plegarse a sus decisiones. Ahora llevaba el poder pegado a él como su propia sombra. Formaba parte de su cuerpo, igual que un corazón refulgente y copioso. Y ese poder merecía ser respetado. Por muy Sol que fuese, su abuelo no podía seguir dándole órdenes de aquella manera. Los tiempos de la obediencia se habían terminado. De ahora en adelante, cada uno debía jugar su propio juego. Y además, además, la voluntad divina había dejado bien claro que lo quería en Madrid, y no en Versalles.

Con la carta en la mano, rabioso como un animal acorralado, se fue corriendo al cuarto de María Luisa. La Reina estaba a punto de dar a luz y guardaba cama desde hacía meses. Los médicos habían considerado que el disgusto por la muerte de su hermana, su cuñado y su sobrino podía provocarle un aborto, así que la habían recluido en su habitación. Enferma y triste, no había vuelto a salir de allí salvo para ir a misa. La Camarera Mayor pasaba mucho tiempo con ella, tratando de animarla un poco con la información de los asuntos de gobierno y los últimos cotilleos de la corte. Claro que también se había hecho fuerte en el aposento para impedir que el Rey se acercase cada dos por tres a reclamarle sexo sin el menor respeto por su estado. Aunque a veces no podía impedirlo: Felipe la echaba sin contemplaciones, y se veía obligada a dejar a la pobre soberana macilenta en los brazos ardorosos e infatigables de su marido.

En esta ocasión, sin embargo, cuando lo vio llegar todo alborotado y agitando en el aire la carta de su abuelo, la Princesa supo que su estado de nerviosismo no se debía al deseo, sino a la indignación. De hecho, apenas podía hablar cuando se dirigió a ella:

—Mi... mira lo que... lo que me man... me manda Su Majestad.

Mariana leyó en voz alta, para que la Reina pudiese oír las órdenes de Luis. Por un momento, se permitió el capricho de pensar que no era una mala idea. Sí, no estaría nada mal abandonar aquella ciudad tan sucia, con sus calles polvorientas llenas de excrementos, con su sol torturador y sus feas casas, alejarse del Alcázar triste y aburrido y perder de vista a todos aquellos Grandes severos como frailes dominicos y a sus damas antipáticas y virtuosas, que parecían doncellas guardando recatadamente su virginidad.

También ella estaba triste, igual que el palacio. Jean d'Aubigny se había ido a Versalles. Para siempre. El tiempo del amor se había acabado. Era lo razonable. Ya había cumplido los setenta años, y el ardor se había vuelto raro. Y además, Jean necesitaba establecerse para cuando ella ya no estuviera. Así que le había animado a marcharse. De hecho, había conseguido que Luis le nombrara Gran Maestro de Aguas y Bosques de su parque, y le había buscado una buena esposa, una joven burguesa, de familia comerciante, que aportaba al matrimonio una dote magnífica y una casa lujosa en el barrio del Marais. Hacía años que había ido planificando todo aquello, pero ahora que había sucedido le había entrado nostalgia. Nostalgia de Jean, por supuesto, de su compañía y sus consejos, pero sobre todo nostalgia de sí misma, de aquella mujer de pronto lejana para quien el encuentro con un hombre deseado había sido durante tantos años algo sagrado, como una lluvia bendita que cayera del cielo para hacerla sentirse fuerte y afortunada y llena de vida. Qué lástima que el tiempo pasara por encima de los seres aplastándolos y les arrebatara tantas cosas hermosas. Siempre añoraría aquello, el deseo, la seducción, y la ternura, la violencia y el ansia de los encuentros amorosos, el despertar feliz sintiendo un aliento cálido en la nuca, el brazo descansando pesadamente sobre sus pechos, el calor prometedor del sexo del hombre cerca de su propio sexo.

Sabía que debía resignarse a la pérdida de esa parte esplendorosa de sí misma. Y estaba dispuesta a hacerlo. Su razón iluminaba lúcidamente ese camino de renuncia y de penosa dignidad que debía seguir una mujer ya casi anciana. Pero no podía evitar que la tristeza se le hubiera pegado a la piel, como una sucia capa de barro de la que no lograba desprenderse. Y aquel maldito Alcázar, con su maldito tedio y su negrura, no era precisamente el mejor lugar del mundo para sacudirse el fango. Sería bueno dejar de languidecer junto a los fúnebres españoles, irse a Versalles, caminar en medio de espejos contra los que chocaría la luz multiplicándose, sentirse obligada a arreglarse cada día para ser la vieja más distinguida de los salones, entre gente hermosa y dispuesta a celebrar la vida. Ya no tendría amor, pero al menos quería músicas y risas y fiestas y teatros, y no más rosarios, ni reliquias, ni ropas negras.

Pero volver a Versalles era una insensatez. Una idea apetecible, pero disparatada. Habían luchado mucho por España como para abandonarlo todo ahora. Y además, estaba lo del Duque de Orleans. En cuanto Felipe llegase a Francia, quedaría bajo su dominio absoluto. Y Orleans era Lucifer en persona. Entre los innumerables hombres y mujeres ambiciosos que Mariana había conocido a lo largo de su vida —empezando por ella misma—, ninguno le llegaba a la altura de los talones a aquel peligrosísimo sobrino del Rey. No sólo deseaba cosas, poder, riquezas, fama inmortal. Además, lo deseaba en cantidades tan enormes que sus anhelos estaban muy por encima de su verdadero lugar en el mundo. Porque, a pesar de ser infinitamente más inteligente y cultivado que los descendientes directos de Luis, en la línea de sucesión a la corona estaba situado muy lejos de ella. Al menos cuando todos estaban aún vivos. Y él jamás se había resignado a ese destino mediocre. Su camino hacia el poder era desaforado y sangriento, como el de un jinete del Apocalipsis. De hecho, Mariana estaba convencida de que había envenenado a los Delfines y a su hijo, moviendo a su antojo el brazo armado de la Muerte.

Tiempo atrás, también había intentado arrebatarle sus reinos a Felipe. Ella misma había descubierto la intriga y había hecho detener a varios agentes que llevaban cartas y mensajes muy comprometedores para él. Luis, sin embargo, había decidido pasar el asunto por alto, tratando de evitar un escándalo que implicaba a su propia familia. Ahora, cuando Felipe ocupase el trono de Francia, el Duque se convertiría en la arpía situada sobre el respaldo. Y ella sería la siguiente en su lista de cadáveres. Salvo que se retirase antes. Pero no estaba dispuesta a huir dejándole libre el camino. Así que tendría que matarla para alejarla de Felipe. Y lo haría, vaya si lo haría. De hecho, debía de estar deseándolo. La envenenaría como a una rata apestosa. Y aunque no le daba miedo morirse, no deseaba en absoluto que fuese de esa manera tan humillante, haciendo de ella una víctima, ella, que tanto había luchado contra la debilidad y tanto se había esforzado en que nadie nunca la compadeciese. Quería ser un cadáver digno y respetable, y no un pobre cuerpo hinchado, muerto antes de tiempo, que hiciera nacer en las gentes la piedad.

Jamás iba a permitir que las garras de Orleans la

destrozaran. No, no podían renunciar a Madrid. Lo que tenían que hacer era firmar la paz enseguida y luego quedarse allí, disfrutando del fruto que tantas batallas y tanta resistencia les habían regalado.

El Monarca clamó:

—¡Ahora quieren que me vaya...! ¡Después de todo lo que hemos pasado...! ¡No pienso abandonar mi trono!

María Luisa preguntó con la voz débil:

—¿No te gusta la idea de reinar en Francia...? Estamos unos años en Turín, y luego nos vamos a Versalles. No suena mal...

Felipe la miró con sorpresa:

—¿De veras? ¿Te apetece que nos olvidemos de todo esto...? —E hizo un amplio gesto con la mano que incluía la habitación, pero también medio mundo.

—Vaya, no sé qué decirte... Tu abuelo te dejaría una gran corona. Y todos te apoyarían. Aquí ya sabes lo que ocurre. La guerra, y lo de los Grandes... Cada vez hay más nobles que se pasan al enemigo... ¿Hubieras pensado alguna vez que ibas a verte obligado a encarcelar al Duque de Medinaceli por traicionarte...? Aunque firmemos la paz y el Archiduque se quede en Viena, me temo que nunca estarán del todo de tu parte. Este trono va a tener siempre un terremoto debajo sacudiéndolo...

El Rey recordó por un momento a aquel Grande de España en el que tanto había confiado y que le había devuelto su amistad revelando a los ingleses valiosísimos secretos para congraciarse con el usurpador. Pero tanto él como otros que habían intentado seguir su senda y pasarse al enemigo habían sido duramente castigados. No, lo que María Luisa decía no era verdad: su trono era cada vez más firme, y sería sólido como una piedra en cuanto reconquistase Cataluña. Miró a Mariana, que se había mantenido en silencio todo ese tiempo:

—¿A ti qué te parece?

—Yo creo que tenéis razón, señor. Habéis luchado mucho por poseer los reinos de España. Os los merecéis. No sería digno de vos abandonar después de arriesgar tantas veces vuestra vida y la de vuestros súbditos, y de vencer en tantas batallas. Los cronistas dirían que no supisteis culminar vuestros actos. Y creo además, si me permitís que os lo diga, que Dios quiere que estos territorios sean para Vuestra Majestad.

—¡Eso vengo yo diciendo desde que murió el Emperador José! —Felipe le sonrió a su esposa, satisfecho—. ¿Ves...? Tengo razón. Voy a escribirle al abuelo que no deseo la corona de Francia. Renunciaré a esos derechos para mí y para mis sucesores. ¡Y no me importa nada que se enfade! Estoy harto de que me trate como a una marioneta. ¡Aquí mando yo, María Luisa! ¡Y yo soy España!

Se acercó a ella para despedirse y la besó, manoseándole un poco de paso los pechos hinchados. «Volveré esta noche», le susurró al oído. La Reina pensó que no le importaba que volviera. Ni siquiera le importaba si se iban o no a Versalles. Lo único que quería, no, lo único que necesitaba era parir aquella criatura que llevaba dentro y encontrarse mejor. Que desapareciesen el malestar, el cansancio y las noches en vela. Tenía veinticuatro años, y deseaba volver a ser una mujer sana, y disfrutar de las cosas buenas, comer, bailar, montar a caballo, jugar con sus hijos, acostarse con su marido... Deseos comunes y vida, un montón de vida latiendo dentro de su cuerpo. Eso era lo único que quería. Le daba igual ser Reina de España o de Francia. Incluso le daba igual ser Reina de cualquier sitio o criada. En aquel momento, hubiera cambiado con gusto todas sus riquezas, sus vestidos y sus joyas por la salud de una campesina pobre. Sólo ansiaba vivir.

Cinco meses después, en noviembre de 1712, a última hora de la tarde, Henry Saint-John, Conde de Bolingbroke, se recomponía del frío de Utrecht junto a la chimenea de la famosa Simone de Verviers. La ciudad se había ido disolviendo desde hacía días bajo una neblina blancuzca que atravesaba las ropas y las pieles, metiéndose dentro de los huesos, ateridos. El Ministro de Asuntos Exteriores de Su Majestad la Reina Ana de Gran Bretaña, enviado especial a las conversaciones de paz, todavía temblaba mientras se arrimaba al fuego y bebía una copa de vino especiado bien caliente. Había ido a pie desde su palacio, y ahora se sentía como un carámbano de hielo. No es que nadie fuera a asustarse de ver a un hombre como él entrando en la casa de una cortesana. De hecho, la ciudad se había llenado de hermosas mujeres de placer procedentes de toda Europa, y raro era el delegado o secretario que no terminaba las largas jornadas de discusiones y regateos refugiándose en alguna de aquellas residencias, coquetas y alegres como tocadores de damas parisinas. Eran tantos sus esfuerzos, su denodada aplicación para lograr un tratado de paz que enriqueciese al soberano al que representaban —y de paso también a ellos mismos—, que bien se merecían aquellas horas de descanso y relajo a cargo del erario público. Nadie se hubiera escandalizado por ver entrar a Bolingbroke en casa de Simone, adonde solía acudir dos o tres veces a la semana, pero él, que era un hombre discreto, prefería no llamar demasiado la atención y solía acercarse caminando solo, en lugar de hacerse acompañar por su carroza y su séquito.

La prostituta lucía con orgullo —y sin frío— sus grandes senos bien escotados, y ella misma le servía al Ministro todo lo que deseaba, para no tener que llamar a sus criados y romper así la intimidad que se había creado entre ellos en aquellos meses. Ahora volvió a llenar su copa de vino humeante y le sonrió con sus magníficos dientes bien blancos:

—¿Un día duro, Excelencia...?

—¡No os lo podéis ni imaginar! Negociar con Francia es tan difícil como hacerlo con esos mahometanos que llegan del desierto con sus alfombras...

—¿Habéis cerrado ya lo del monopolio de los esclavos?

—Oh, sí, eso se da por seguro. Tendremos que compartirlo con Su Majestad Felipe de España, pero lo vamos a tener durante treinta años. Será un gran negocio, desde luego. ¡Que se preparen los africanos, porque nuestros negreros no van a dejar ni uno allí!

El Conde de Bolingbroke soltó una carcajada de animal en celo y estiró las piernas. Simone se acercó a él y comenzó a descalzarle:

—Y lo de los territorios, ¿va todo a vuestra conveniencia?

—Sí, sí, desde luego... Nos quedaremos con Gibraltar y con Menorca, y también con varias regiones del norte de las Indias que van a entregarnos los franceses. A Saboya le darán Sicilia. —Ya descalzo, Bolingbroke se puso en pie, mientras la cortesana comenzaba a abrirle las calzas—. Y las Provincias Unidas tendrán la barrera defensiva del sur. Así que todos contentos.

Simone tironeaba de lazos y soltaba cintas:

—¿Y el Emperador...? ¿Qué va a ganar el Emperador...?

—¡Oh, lo olvidaba, claro! El Emperador no podrá quejarse. Le toca un buen trozo de los reinos de España. Todo lo de Italia, el Milanesado, Nápoles y Cerdeña. Y también los Países Bajos.

La prostituta detuvo su faena:

—¡Los Países Bajos! ¡Vaya! Yo nací ahí... ¿Entonces ya no seré súbdita del Rey de España, sino de Su Majestad Carlos VI...?

El Ministro cogió la mano de Simone y la colocó sobre su pene:

—Así es. Veo que además de hermosa sois muy lista. ¿Os importa quién sea vuestro soberano, querida...?

La mujer miró por un instante la bolsa de preciosas monedas que descansaba sobre la mesa. Pensó en aquella enorme cantidad de dinero que estaba ganando gracias a las conversaciones de paz, acostándose con los plenipotenciarios e informando a la Princesa de los Ursinos de lo que ellos le contaban. Oro y más oro. Todo eso valdría lo mismo en Alemania que en Italia o en París o en Sevilla. El dinero no tenía tierra ni rey. En un arranque de alegría, frotó sus pechos contra el miembro ligeramente erecto del Conde y sonrió:

—Oh, no, Excelencia, claro que no...

Y, acercándose a su sexo, abrió lo más que pudo la boca para tragarse todas las monedas que cupiesen en ella.

CAPÍTULO X

La leche de mujer era más dulce que la de burra. Eso le pareció al menos a María Luisa cuando empezó a mamar de una de las nodrizas de sus hijos. Le daba un poco de vergüenza estar colgada de unos pechos, igual que un recién nacido, pero quería confiar en que ésa fuera la solución a su enfermedad. Ninguno de los remedios que le habían dado hasta entonces había servido para nada. Ni la leche de burra, que le había provocado problemas intestinales. Ni la quina de las Indias, que la hacía vomitar. Ni el opio traído de Asia, que la dormía y le producía raros sueños, en los que se veía a sí misma volando sobre un río que nunca terminaba. Ni siquiera aquella cosa horrible de la paloma. Algunos meses atrás, cuando empezó a padecer dolores de cabeza, los médicos se empeñaron en que su dolencia era cerebral, y que debían por lo tanto revitalizarle las meninges, que se le habían debilitado. Le raparon el pelo y sacrificaron una paloma sobre su cabeza, para que su sangre caliente la curase.

Pero nada funcionaba. Los ganglios invadían ya todo su cuello, y se reventaban en pústulas. La fiebre seguía subiéndole todos los días, dejándola agotada. Y a menudo le parecía que su cabeza estaba a punto de estallar. Desde el último parto, cinco meses atrás, ya no era capaz de disimular su malestar. Llevaba años luchando contra el cansancio y la debilidad, fingiendo que no ocurría nada y cumpliendo con sus obligaciones como si estuviera sana y animada. Pero ahora ya no podía más. Había dejado de asistir a las ceremonias y a los oficios, y la mayor parte de los días se quedaba en su habitación, sin fuerzas ni siquiera para recibir a sus damas. Se sentía como un pajarillo perdido en medio de la ventisca. Fea y triste y muy enferma.

María Luisa dejó de mamar y miró un momento a su Camarera Mayor, que la animó a seguir. Mariana estaba angustiada. Era evidente que la Reina se iba consumiendo de día en día, y estaba segura de que le quedaba poco tiempo de vida. Podía ver a la Muerte revoloteando implacable en su mirada, asolando su cara, cada día más transparente, devorándole por dentro aquel cuerpo que era ya poco más que un esqueleto quebradizo. La Princesa sufría por ella, por supuesto. Le apenaba que una mujer tan joven y tan valiente tuviera que irse del mundo dejando tres hijos pequeños —el segundo de los nacidos había muerto a las pocas horas— y sin disfrutar del tiempo de la paz, que sin duda estaba a punto de llegar después de aquella larga guerra.

Pero, a decir verdad, la mayor parte de su angustia tenía que ver consigo misma. ¿Qué iba a ser de ella cuando la Reina faltase? Oficialmente, estaba a su servicio, y no al del Rey. Y sabía que, en cuanto María

Luisa cerrase los ojos, apenas la colocasen aún caliente en su féretro en el Salón Grande, de las sombras empezarían a surgir serpientes que tratarían de emponzoñar a Felipe contra ella y dragones que le lanzarían su aliento de fuego para aniquilarla. Todos querrían apartarla de su lado, hacerla desaparecer y lograr el favor del Rey, sustituyéndola junto a él. Gobernar, enriquecerse, obtener más cuarteles de nobleza, mandar a los hijos a ser Virreyes en las Indias para almacenar oro y piedras preciosas, hacerse un palacio inmenso y una sepultura suntuosa a fin de que los tiempos futuros no olvidasen el nombre inmortal... Sí, todos abrirían los brazos para agarrar el mayor trozo posible de poder, y de paso la alejarían a ella a manotazos.

Y lo malo no era que lo lograsen: hacía tiempo que sospechaba que su presencia en la corte de Madrid podría terminar al mismo tiempo que la frágil vida de María Luisa. Lo echaría de menos, claro, añoraría todo aquel ajetreo y la luminosa toma de decisiones, pero mientras su cabeza funcionase bien encontraría otras actividades de las que disfrutar. No, no era eso. Lo malo era que todavía no se había preparado un buen porvenir. Felipe le había prometido un principado importante, un territorio del que ella sería soberana, que le generase buenas rentas y mucho respeto, y Luis había mostrado su conformidad: «Nos hemos querido concederle un estado soberano que la haga independiente y la distinga de todos nuestros demás súbditos», había escrito el viejo Sol. Él mismo había incluido el asunto entre los temas de las conversaciones de paz. Pero no había manera de que los delegados en Utrecht se pusiesen de acuerdo sobre la ubicación del señorío, en medio de los cambalaches que se llevaban allí a cabo. Cada vez que alguien proponía un nombre, otro reclamaba su propiedad: Limbourg pertenecía a los holandeses, Chiny al elector de Baviera, Dixmude al Emperador... Y nadie quería soltar un trozo de sus tierras para beneficiar a esa mujer tan antipática para todos.

Mariana acarició la mano helada de la Reina, que seguía mamando con ansia, como si aquella leche contuviese toda la vida que aún debía quedarle por vivir. Pero la Gran Segadora se había colocado ya al acecho, y se mantenía agitando las alas en el aire, igual que un murciélago, junto a la ventana de la cámara de María Luisa. Ni los rezos de sus súbditos en todas las iglesias de Madrid, ni las súplicas del Rey, que no paraba de pedirle que no se muriese, ni siquiera la siniestra momia de San Isidro, aquel horrible desecho que fue colocado junto a su cama, rodeado de velones, lograron salvarla. Tres días después del intento de curarla como si fuese una recién nacida, el 14 de febrero de 1714, la Muerte procedió a la extinción definitiva de Su Majestad Doña María Luisa de España, que se iba de este mundo a los veintiséis años, dejando tras de sí un recuerdo dulce y honroso.

Indiferente a la ausencia de la Reina, aquella primavera fue cálida en Madrid. Magnífica. Parecía que el mundo quisiera regalar a los humanos un montón de cosas hermosas. Los árboles brotaban llenos de esplendor, los pájaros se arrullaban por todas partes y hasta en mitad de las calles polvorientas nacían flores inesperadas, como si alguien las hubiera sembrado para que todos los amantes caminasen sobre ellas, leves y llenos de eternidad.

Quizá fuera precisamente por eso, porque el universo entero parecía en esos días un lecho delicioso en el que juntarse con otro cuerpo, por lo que el Rey Felipe, al llegar el mes de mayo, estaba especialmente melancólico y se sentía muy solo. Al principio, nada más morirse María Luisa, no pensaba en eso. En realidad, no pensaba en nada. Estaba tirado en medio del estupor, como un hombre que se hubiera quedado inesperadamente sin conocimiento. No pensaba en nada porque no comprendía nada. Nunca se había imaginado que su esposa pudiera desaparecer de su lado. Es cierto que a menudo la veía enferma y débil, pero jamás le había dado importancia a aquellos males. Creía que eran cosas propias de mujeres, cosas de los embarazos, de la irritabilidad del útero, de la intrínseca debilidad femenina. Pero ¿morirse...? ¿Morirse la Reina de España, su esposa...? Para él, desde luego, eso no formaba parte de los sucesos previsibles de la vida.

Ahora que ya habían pasado cuatro meses, lo entendía por fin: María Luisa no volvería nunca más y él estaba solo, a pesar de la multitud de gentes que le acompañaban cada momento del día. A ratos, en medio de sus gentileshombres, sus lacayos, guardias o bufones, se le iba la cabeza y creía verla entrando en su despacho, sonriéndole desde detrás de un árbol o retozando en la cama. Ofreciéndose a él para que la tomara. Aunque, a decir verdad, no podía afirmar a ciencia cierta que fuese exactamente María Luisa. Se estaba olvidando de cómo era, y a veces se pasaba mucho tiempo contemplando alguno de sus retratos, por recordarla, pero no conseguía tener la sensación de que aquellos trazos reprodujeran a una persona que había sido real, que respiraba y hablaba sensatamente y todas las noches se estremecía de placer bajo él. La Reina se disolvía entre nieblas, como si siempre hubiera sido un fantasma. Parecía más exacto decir que aquella figura a la que veía de vez en cuando, animándole al amor, era simplemente una mujer. Una esposa.

Sí, eso era lo que necesitaba. Una esposa. Un cuerpo con el que pasar las noches. Hacía ya demasiado tiempo que no mordía unos pechos dulces, ni clavaba su estoque en el centro del universo. Y lo ansiaba con desesperación. Hubiera podido buscarse una amante, como hacían casi todos los hombres. Incluso varias diferentes. O elegir a alguna prostituta de postín y visitarla de vez en cuando. Pero las viejas palabras de su preceptor Fénelon seguían resonando en su cabeza, y las visiones del Infierno no dejaban de aparecérsele en las noches de terror, en medio de la negrura y de la frialdad de su cama vacía. Había especialmente un demonio, uno en particular, con todo el cuerpo cubierto de escamas y unos hermosos pechos de mujer rosados, que no le dejaba en paz. No le había quedado más remedio que volver a sus desahogos solitarios.

Su Confesor le había dado permiso: era una buena solución temporal para evitar caer en el pecado, aunque lo mejor sería que se buscase una nueva esposa lo antes posible.

Ése era el único asunto en el que no estaba de acuerdo con la Princesa de los Ursinos: ella consideraba que debía esperar el año de luto para empezar a pensar en una novia. Por lo demás, Felipe daba gracias a Dios por seguir teniendo a la antigua Camarera Mayor de María Luisa a su lado. Gracias a ella, aquellos meses habían sido un poco menos duros. Esa mujer extraordinaria se ocupaba de todo. Después de la muerte de la Reina, ella misma le había sugerido que la nombrase Gobernanta de los Infantes para poder seguir estando cerca de él. Le había alejado del Alcázar lleno de recuerdos, llevándole durante unas semanas al palacio requisado del Duque de Medinaceli. Le había entretenido con partidas de caza y juegos. Y había conseguido levantar un muro de protección a su alrededor, logrando que sólo se acercasen a él los más íntimos y manteniéndole inaccesible para todos aquellos que ansiaban molestarle con estúpidos asuntos de gobierno.

Con su inteligencia y su buen hacer de siempre, ella se había ocupado de tomar todas las decisiones importantes, discutir con los Ministros, recibir a los Embajadores y dar las órdenes necesarias para que el buen funcionamiento de sus reinos no se viese alterado por su dolor. Era increíble la cantidad de asuntos que había abordado en los últimos tiempos: había logrado que Luis enviase tropas para luchar contra los catalanes, que seguían oponiéndose a su autoridad pese a que hacía ya meses que el Archiduque se había ido definitivamente a Viena, obligado por sus antiguos aliados. Estaba modernizando la anticuada maquinaria de la administración de sus reinos, librándose de los nobles y los hidalgos españoles, incultos y vagos, y eligiendo para todos los puestos de importancia a hombres franceses bien formados. Y había iniciado un enfrentamiento con la Iglesia —violento pero necesario— tratando de que Roma aceptase la autoridad del Monarca sobre la administración eclesiástica.

Sí, la Princesa de los Ursinos era un auténtico hombre de mérito bajo la delicada forma de una inocua mujer. Dios había querido dotarla de todas las virtudes propias de un varón, de inteligencia, y rectitud y determinación, aunque conservara la dulzura de una dama. Y también había querido ponerla cerca de él. Tenía que admitir que, sin ella, su reinado sería mucho más difícil. Pero no podía llevársela a la cama. No era su esposa. Y él, además de una consejera, precisaba una esposa que diera satisfacción a sus necesidades carnales. Necesitaba que estuviera de su parte en ese asunto. Y necesitaba que fuera ya. Era fundamental para su salvación casarse pronto, antes de que su ansia estallase dentro de él y le hiciera cometer un pecado mortal.

El atardecer iba cayendo dorado y rosa sobre Madrid, y los criados empezaban a encender las velas. Pronto llegaría la noche y tendría que irse otra vez a la cama solo, y no habría risas ni juegos ni besos ni mordiscos, y el placer sería breve y triste, un estallido solitario que luego le dejaría desconsolado. Tenía que arreglar aquello de inmediato. Hasta los gorriones revoloteaban en parejas —podía verlo a través de la ventana—, y él no estaba dispuesto a esperar ni un día más. Hizo llamar a Mariana, que llegó rápidamente. Aún estaba entregada a su preciosa reverencia cuando el Rey ya le estaba hablando:

—He decidido que el Padre Robinet tiene razón: voy a casarme.

El anuncio no la pilló de sorpresa. Hacía semanas que sabía que había perdido aquella batalla. Había tratado por todos los medios de que el Monarca retrasase esa decisión, intentando ganar tiempo mientras se solucionaba el asunto de su principado, pero ya se había dado cuenta de que no era posible. De hecho, había decidido que lo que tenía que hacer era buscarle una nueva esposa sumisa y agradable, que la respetara y prestara tanta atención a sus consejos como había hecho María Luisa. Una Reina complaciente que, además, estuviera en deuda con ella por haberla elegido. Había preparado una cuidadosa lista de todas las Princesas católicas disponibles, y, a decir verdad, ya había hecho su propia elección. Ahora se trataba de conducir al Rey suavemente hasta ella:

—Debo daros la razón, señor. Sabéis que durante un tiempo os aconsejé que guardaseis el año de luto por Su difunta Majestad, a quien Dios tenga en su Gloria, pero me he dado cuenta de que os sentís triste y necesitáis una esposa. Y estoy segura de que todos vuestros súbditos se alegrarán de saber que tienen una nueva Reina.

A Felipe le conmovió el apoyo de la Princesa. Tenía que aprovechar el momento: había que darse mucha prisa.

—Sí, sí... Y quiero hacerlo todo lo antes posible. ¿Has pensado en alguna candidata?

—No he pensado en ninguna en concreto, pero puedo deciros de memoria quiénes son las Princesas que están libres ahora mismo.

El Rey se frotó las manos, lleno de entusiasmo:

—Dime, dime... Pero tengo una condición: que sea guapa. No deseo un adefesio en mi cama...

—Lo comprendo, Majestad. En ese caso, supongo que la Infanta Doña Francisca de Portugal no os conviene. Tiene sólo quince años, pero dicen que es tan fea y de piel tan oscura como su padre...

—Ésa no... Sigue.

—Hay una Archiduquesa disponible. María Josefa. Pero es la hermana de vuestro mayor enemigo, el Emperador...

Felipe meditó:

—¿Es bonita...?

—Parece que no es desagradable, señor. Aún tiene catorce años, pero aseguran que su cuerpo está muy bien formado.

—Podría ser una buena boda... El Emperador se vería obligado a firmar la paz...

—Si me permitís que os lo diga, Majestad, firmaréis la paz en los campos de batalla y encenderéis la guerra en la corte.

—¿Tú crees...?

—¿No teméis que los Grandes que apoyan a los

Habsburgo formen una facción a su alrededor...? Os harían la vida muy difícil.

El Rey volvió a meditar:

—Tienes razón. Nada de Archiduquesas. Otra.

—Vuestra prima bastarda Mariana de Borbón.

Felipe hizo un gesto despectivo:

—Bastardas no. Ni aunque desciendan de mi abuelo.

—Está también María Casimira, la nieta de Su difunta Majestad Jan Sobieski de Polonia.

—¿Sobieski...? Pero ¿ésa es de verdad una familia real...?

—Creo que no, señor. Y además, la viuda del Rey era una aventurera sin ninguna decencia. Puedo asegurároslo. La conocí bien en Roma.

Felipe parecía decepcionado:

—¡Vaya...! ¿No queda ninguna más?

Mariana tomó aire y pronunció el nombre de su elegida con tanta suavidad que logró embellecerla desde el primer instante a los ojos del Rey:

—Bueno, no sé si... Hay otra, Majestad. Su Alteza Serenísima Isabel de Farnesio.

—¿Y ésta qué tiene de malo?

—Creo que nada, señor. El ducado de Parma se mantuvo fiel a Vuestra Majestad durante la guerra. Y el actual Duque detesta al Emperador y hace todo lo posible por perjudicarlo.

—Ya, pero ¿y ella...?

—Tengo informes muy satisfactorios sobre Su Alteza. Tiene veintidós años y ha recibido una buena educación. Es muy piadosa. Su familia ha sido siempre muy prolífica, y su salud es excelente: nunca ha estado enferma, salvo una viruela que la atacó de pequeña y a la que logró sobrevivir gracias a su fortaleza. Es alegre, tiene buen carácter, baila muy bien y, por lo visto, posee una dentadura magnífica.

Felipe parecía interesado:

—¿Y es guapa?

—¡Oh, sí, Majestad! ¡Muy guapa! Tiene una figura espléndida, un precioso cabello rubio y una cara muy bonita... Creo que... sí, tengo una miniatura suya que me regaló el Padre Alberoni, que la aprecia mucho. ¿Queréis verla...? Puedo ir a buscarla.

—Vete, vete... ¡Date prisa!

Mariana salió en busca del retrato de la linda Isabel de Farnesio. Linda, dulce y apocada. Una muchacha que se pasaba los días bordando y rezando, y obedeciendo sumisa a sus padres. Era una suerte tener cerca a Giulio Alberoni, que la había ayudado a hacer la elección. El cura había llegado varios años atrás a la corte, cuando era secretario del Duque de Vendôme. Pero tras la repentina muerte del Mariscal —que un día se había atiborrado de langostinos hasta reventar—, se había quedado en Madrid, como Consejero del Rey. O, más bien, de la Princesa. A ella se le había vuelto imprescindible la presencia de aquel hombre tan ingenioso como astuto, capaz de organizar las mejores cenas y de servirle de mensajero, informador y compañero de reflexiones. Y era él quien había pensado en la joven Farnesio. Era cierto que no pertenecía a ninguna de las familias reales más ilustres de Europa —y aquello tal vez enojara a Luis—, pero, por lo demás, parecía cumplir todos los requisitos deseables.

«Alteza...» Mariana iba recibiendo a lo largo del Alcázar las reverencias y los saludos de las gentes con las que se cruzaba. Desde que se sabía que tendría su propio principado, todos la trataban así. Era consciente, sin embargo, de que la inmensa mayoría de aquellos hombres y mujeres la odiaban y la envidiaban, y que hubieran matado por poseer su inteligencia y su talento, y ocupar además su lugar al lado del Rey. Pero esos sentimientos no lograban llegar hasta ella. Ni siquiera alcanzaban a su sombra. Estaba protegida de toda mezquindad por su propio orgullo. Tenía motivos de sobra: si miraba hacia atrás y contemplaba su paso por la vida, se daba cuenta de que había sido radiante. Más que eso, auténticamente cegador. Que una mujer sola hubiera alcanzado las cimas de la existencia en las que ella estaba ahora tranquilamente situada, oteando el mundo a sus pies sin ningún temor, era algo más que extraordinario. Y la única duda que aún albergaba momentos antes, la de su relación con la nueva esposa del Rey, acababa de ser solventada: Felipe se casaría con Isabel de Farnesio, y la nueva Reina la adoraría por haberla conducido al trono de España y se le sometería como una perra que recibe con mansedumbre las caricias y los palos de su ama.

Sí, los tiempos recordarían su nombre y admirarían sus méritos. Estaba segura de ello. Todo lo que le quedaba por vivir eran honores y gloria, y ella los recibiría con la satisfacción de quien puede afirmar que ha recorrido su camino lenta pero firmemente, y que ese camino la ha llevado a un paraíso terrenal cuajado de justos dones colgando de los árboles, como preciosos frutos de Dios sólo para ella. «Buenas tardes, Alteza...» Mariana inclinó ligeramente la cabeza y estalló en una carcajada silenciosa. ¿Alteza...? No, era mucho más que eso. Nadie la llamaría nunca Majestad, por supuesto, pero todos sabían que ella era la verdadera Reina de España.

Su Majestad Doña Isabel —casada con Felipe por poderes el 15 de septiembre de 1714— tardó tanto en llegar de Turín a Madrid como una princesa que viajase desde Oriente, cruzando desiertos y montañas altas hasta el cielo. Nada más contraer matrimonio, la princesita sumisa demostró ser tan caprichosa como firme. Y un tanto miedosa, a decir verdad. Ya en Génova, se negó rotundamente a embarcarse en el barco que la esperaba para navegar como estaba previsto hasta Alicante: le daba miedo el mar. Exigió hacer el trayecto por tierra, pero no en carroza: también le daban miedo las carrozas, que siempre corrían el peligro de caerse por algún precipicio. Ella sólo estaba dispuesta a viajar en litera, despacito, sin riesgos, cómodamente tumbada.

El viaje se alargaba y cambiaba de rumbo. El largo cortejo de su Casa —sus damas, sus médicos, sus capellanes, sus criadas, sus ujieres, sus bufones, sus músicos y sus guardias—, que ya se había trasladado a esperarla a Alicante, tuvo que ponerse de nuevo en marcha y dirigirse a Pamplona. Entretanto, la Reina se entretuvo diez días en Génova, porque le encantaron las fiestas y celebraciones que habían organizado en su honor y no acababa de encontrar el momento de acomodarse en su litera y lanzarse al rigor de los caminos.

Cuando las noticias del retraso llegaron al Alcázar, el Rey se encerró la tarde entera en su habitación, muy disgustado, y no hubo manera de que le abriera la puerta ni siquiera a la Princesa de los Ursinos. Ya había contado los días que le faltaban para tener a su mujer en la cama, y ahora se veía obligado a seguir esperando un montón de semanas con todo aquel ardor dentro de él. Tendría que rezar aún más intensamente para que Dios le librase del pecado, pero, a decir verdad, ya estaba cansado de rezar por esa causa. Ay, el tiempo transcurría demasiado despacio cuando se deseaba algo tanto.

Mariana, entretanto, se sentía realmente atónita: la nueva Reina sólo hubiera podido aspirar a un matrimonio mediocre de no haber intervenido ella en su destino. ¿Cómo era posible que no corriera a toda prisa a sentarse en el magnífico trono de España? Decididamente, aunque ya hubiera cumplido los setenta y dos años y hubiera vivido tanto, siempre habría cosas de los seres humanos que la sorprenderían.

Esa misma noche, en una de sus encantadoras cenas mano a mano, Mariana le expresó su preocupación al Padre Alberoni:

—¿No nos habremos equivocado...? Empiezo a sospechar que Su Majestad no comprende muy bien lo afortunada que ha sido. Tendría que estar ya aquí, atendiendo las necesidades del Rey, y ahí la tenéis, bailando en Génova...

Alberoni tragó el pedazo de pularda rellena de chocolate que tenía en la boca, y agitó una mano en el aire, metiendo de paso los bordes de la manga de su sotana en el plato y expandiendo a su alrededor, como una mujerzuela, el perfume de pachuli en el que se había bañado:

—¡Oh, *carissima*, no digáis eso...! Si la conocierais, ni se os ocurriría pensarlo. La Reina es tan bondadosa que lo único que pretende es agradar a todo el mundo, os lo puedo asegurar. Habría venido volando a los brazos de su esposo, pero se siente obligada a recibir todos los honores que se empeñan en ofrecerle. Nunca se atrevería a abandonar a toda prisa una ciudad y dejar a las gentes plantadas con sus recepciones y sus fiestas... ¡Es tan encantadora!

—Espero que tengáis razón, Padre...

—Estad tranquila, Alteza. Ya lo comprobaréis. De todas formas, si me dais vuestro permiso, iré yo mismo a recibirla a Pamplona. Así tendré tiempo para hablar con ella y explicarle las cosas. Os aseguro que, cuando llegue al Alcázar, sabrá muy bien lo que tiene que hacer...

Y Mariana se quedó tranquila. Se dedicó a preparar los aposentos de Isabel, haciéndolo traer todo de París. Entre mármoles, bronces, chimeneas, alfombras, oros, porcelanas, sedas, cuadros y deliciosos muebles —todo lo cual costó una auténtica fortuna—, le quedaron sin duda unas habitaciones suntuosas, verdaderamente dignas de una Reina, aunque muchos musitaron en voz baja que las suyas eran aún más opulentas. Pero pronto llegaron desde el otro lado de los Pirineos noticias preocupantes: el viaje volvía a retrasarse. Su Majestad se había detenido ahora una quincena entera en Pau, donde la había visitado su tía Mariana de Neoburgo, la viuda de Carlos II. Las dos mujeres parecían entenderse muy bien, y apenas se trataban con nadie fuera de su círculo más cercano. Para colmo, el Cardenal Francesco Del Giudice había corrido enseguida a reunirse con ellas, y los tres pasaban muchas horas juntos, conversando en privado, aislados de todo el mundo.

Al recibir la noticia, a la Princesa se le cortó la respiración. ¡Aquello era una auténtica osadía! Tanto Mariana de Neoburgo como el Cardenal eran enemigos acérrimos de Felipe, y ambos habían sido desterrados de sus reinos. La viuda, por apoyar públicamente al Archiduque Carlos. Su Eminencia, por oponerse a que el Rey tuviera autoridad sobre la Iglesia. No era admisible que Isabel recibiera con tantas muestras de afecto a dos personas expulsadas de España. Y, además, ella sabía muy bien lo mucho que la odiaban por su intervención en sus respectivas caídas en desgracia. Estaba segura de que estarían vertiendo toda clase de venenos contra ella en los oídos de la Reina, como termitas devorando las patas de su sillón. Tendría que actuar rápida y astutamente para contrarrestar esas influencias si no quería acabar cayéndose al suelo y ser pisoteada igual que una molesta cucaracha.

La mejor estrategia era sin duda ponerla en su sitio desde el principio. Aquella muchacha pueblerina tenía que enterarse de una vez por todas de cuál era su papel a partir de ese momento, y darse cuenta de que, si quería ganarse el afecto y la confianza de su marido, ella era la pieza imprescindible para lograrlo. Por mucho que dijese Alberoni, estaba claro que se le habían subido los humos. Y era fundamental bajárselos lo antes posible.

Así que Mariana le escribió una larga carta en la que, entre frases ampulosas y fórmulas de cortesía, le dejaba claras las cosas de una vez para siempre: Su Majestad Don Felipe consideraba que su comportamiento al recibir a sus enemigos no había sido adecuado. Tampoco eran de su agrado los sucesivos retrasos de su viaje. Debía comprender que su principal obligación era obedecer en todo los deseos de su real esposo. Y su real esposo exigía que se pusiera en camino lo antes posible y sin más dilaciones hacia Castilla. La boda se celebraría el día 24 de diciembre en Guadalajara, antes de que Sus Majestades realizasen juntos su solemne entrada en Madrid, y el Rey no admitía ningún cambio al respecto. Aunque la nieve atascase los caminos, aunque un vendaval derribase los árboles e impidiera el paso de su cortejo, la Reina de España debía estar ese día ante el altar.

Por lo demás, su nueva Camarera Mayor —Felipe había tenido a bien confiar otra vez en ella para que cuidase de su segunda esposa— le enviaba su maternal afecto y se declaraba humildemente dispuesta a enseñarle todo lo que fuera preciso para que llegase a ocupar en el corazón del Rey y de sus súbditos el mismo lugar imborrable que había ocupado Su difunta Majestad Doña María Luisa, a quien Dios tuviese en su Gloria.

El día 19 de diciembre de 1714, Mariana salió desde el Alcázar hacia la villa de Jadraque, donde debía esperar a la Reina para conducirla a Guadalajara. Nevaba sobre Madrid, y a las diez de la mañana en el palacio ya estaban encendidas las velas. A la Princesa no le importó, sin embargo, ni la oscuridad, ni el frío, ni las posibles dificultades con las que tal vez se tropezase en el camino: se había levantado de muy buen humor, y sentía dentro de sí misma el viejo placer del dominio, que parecía hacerla flotar por encima de las contrariedades, como un gran pájaro que permaneciese aleteando entre los vientos más frenéticos. Una nueva época estaba a punto de empezar, y se sentía totalmente segura de su esplendor. Alberoni —quien, según le contaban, pasaba mucho tiempo a solas con la Reina— había hecho bien su trabajo. Y también, por supuesto, la carta que ella le había enviado había logrado el efecto esperado. Isabel escribía ahora con mansedumbre y humildad, y les había pedido perdón a ella y al Rey por las molestias que su ignorancia de la etiqueta y de los sucesos de la corte hubiera podido causar. La primera parte del trabajo, la más difícil, estaba hecha.

En tres días —cuatro a lo sumo, según informaban los mensajeros que iban y venían entre el cortejo de la novia y Madrid—, se encontraría por fin con Isabel. Y entonces la nueva soberana caería en sus brazos, entregándose a su sabiduría igual que una novicia deposita la certidumbre de su futuro en las manos de su superiora. Ella sería su maestra, y la guiaría firmemente hacia el agradecimiento y la sumisión que les debía al Rey y a ella misma, y también hacia la fastuosa dignidad que debía mostrar como soberana. Sí, estaba segura de que la tarea que le quedaba por desempeñar sería tan descansada como un paseo en silla de manos por alguna de las deliciosas veredas sombreadas de los jardines del Rey Luis en una cálida tarde de verano.

Mariana acudió a despedirse de Felipe antes de iniciar el viaje. Estaba nervioso y contento, igual que un caballo al que hubieran soltado en un cercado junto a una yegua en celo. Cuando vio entrar a Mariana, dio varios saltitos en su dirección y la hizo levantarse a mitad de su reverencia:

—¿Crees que debo vestirme de oro y azul para recibirla?

—Desde luego que sí, señor. Su Majestad agradecerá que llevéis los colores del blasón de los Farnesio. Es un gesto muy galante.

Felipe comenzó a morderse la uña del dedo pulgar de su mano derecha y masculló:

—¿De verdad será guapa...? ¿A ti te han dicho algo que yo no sepa?

—¡Claro que no! Todas las noticias son muy favorables, os lo aseguro.

—¿Tú crees que... que sabrá algo de...? —Incapaz de terminar su frase, el Rey señaló su entrepierna.

—No os preocupéis, Majestad. Hablaré con ella. Si aún no está preparada, lo estará para la noche de bodas, os doy mi palabra.

El Monarca se emocionó y cogió las manos de la Camarera Mayor:

—¡Mi querida Princesa...! No sé qué habría sido de mí sin ti... Por cierto, antes de que te vayas, tengo una gran noticia: ahora que hemos reconquistado Cataluña, voy a darte dos señoríos. Les he quitado a los Duques de Cardona el suyo por apoyar al usurpador. Será para ti. Y te crearé otro en Rosas. Cuando volvamos de la boda, lo arreglaré todo. ¿Estás contenta?

Mariana pensó que no. No estaba contenta en absoluto. Ella deseaba ser soberana de un principado grande y destacado en el norte, cerca de París, que generase buenas rentas y fuese respetado. ¡Soberana, como se le había prometido! No dueña de un puñado de fincas, y para colmo en Cataluña, donde estaría rodeada de enemigos y de saboteadores. Tendría que volver a hablar nuevamente con el Rey del asunto. ¡Qué fastidio! Estaba harta de reclamar una y otra vez aquello que se le debía. Pero éste no era el momento adecuado para iniciar de nuevo la conversación. Después de la boda, cuando Felipe estuviera tranquilo y satisfecho, volvería a explicárselo todo por enésima vez. Así que disimuló su disgusto, sacó a relucir su mejor sonrisa y agradeció gentilmente la oferta:

—Gracias, Majestad. Sois muy generoso. Hablaremos de todo a la vuelta. Ahora debo irme. Nos veremos dentro de cinco días en Guadalajara.

—¡Llévamela! ¡Llévamela bien!

—No os preocupéis de nada, señor. Allí estaremos las dos, dichosas de encontrarnos ante Vuestra Majestad.

Mariana hizo de nuevo su magnífica reverencia y Felipe volvió a morderse las uñas mientras contemplaba el retrato de su nueva esposa colgado frente a su mesa y pensaba en la rotunda solemnidad de sus senos, contra los cuales la novia sostenía una blanca flor de pureza, que él estaba dispuesto a comerse a mordiscos.

El día 23, hacia el mediodía, un mensajero se presentó en la casa de postas de Jadraque para avisar a la Camarera Mayor de que Su Majestad la Reina no llegaría hasta última hora de la tarde. Los caminos estaban cubiertos de nieve y el cortejo sólo podía circular muy lentamente. Había que prever que tuviesen que pasar la noche allí y salir hacia Guadalajara al día siguiente.

La Princesa se había pasado la mañana supervisando la posada, comprobando que todos los muebles que habían llegado desde Madrid para darle un cierto aire principesco a aquel lugar penoso estuvieran colocados en su sitio, confirmando la blandura de los colchones de la cama de Isabel y el buen planchado de sus sábanas. La habitación donde los viajeros solían comer había sido transformada en saloncito. Mariana ordenó colocar dos sillones junto a la chimenea, uno a cada lado. Allí tendría lugar su primera conversación con la Reina. Antes de subir a su cuarto a descansar un poco, contempló durante unos instantes el escenario y se sintió satisfecha: todo estaba en orden, impecable, el sillón de Isabel un poco más alto que el suyo, pero los dos a la misma distancia del fuego y, frente a ellas, el retrato de Felipe. Sí, era un buen lugar para empezar a conocerse, dos mujeres cara a cara, compartiendo los momentos iniciales de lo que habría de ser su largo reinado conjunto, y ella dejando bien evidente desde el principio su autoridad, a la que Isabel tendría que someterse.

Luego comenzó a arreglarse. Había elegido un vestido magnífico, recién traído de París —terciopelo carmesí y bordados en oro—, y su mejor aderezo de diamantes y esmeraldas. Después de la muerte de los Delfines, Madame de Maintenon había logrado que triunfase en Versalles su aspecto sobrio, como de viuda piadosa y elegante. También ella se había plegado a esa modestia después de la desaparición de María Luisa, y llevaba varios meses vistiéndose con telas poco llamativas y cubriéndose el escote. Pero aquél era un día especial: tenía que impresionar a la Reina, y la riqueza de su traje y de sus joyas sería la primera prueba ante ella de su poder.

Las horas pasaban despacio. Cerca ya de la medianoche, aparecieron algunos guardias que se habían adelantado al cortejo para anunciar la llegada inmediata de Su Majestad. Mariana, que había estado dormitando en su sillón junto al fuego, se espabiló rápidamente y se puso en pie. Se atusó el precioso vestido, se pasó las manos por el cabello para comprobar que sus rizos seguían en su lugar, enderezó su carísimo collar y dejó que le colocaran encima de los hombros su impresionante capa azul forrada de piel blanca. Esplendorosa, recta y firme como una bella columna, caminó después hasta la puerta de la posada, seguida por su séquito.

Nevaba. Bajo la luz de los hachones encendidos para recibir a la Reina, los copos refulgían como pequeños brillantes y caían al suelo dejando en el aire una estela translúcida. Todo estaba en silencio. Hermoso silencio, pensó la Princesa. Dentro de su cuerpo, podía oír los latidos de su corazón, firmes, invencibles. No sentía miedo. Ni frío. Sólo la solidez, la bendita solidez de su alma que la había conducido hasta allí. Y el poder corriendo por sus venas como sangre repleta de vida.

Ya llegaban. Se oían relinchos de caballos, voces de hombres. Enseguida, la carroza real, cubierta de nieve, se detuvo ante la entrada. Mariana permaneció quieta en el umbral. Los miembros de su séquito se miraron: la etiqueta ordenaba que la Camarera Mayor se acercase a esperar a Su Majestad junto a la portezuela. Aquel desplante era sin duda una manera de demostrarle a la Reina su autoridad.

Isabel de Farnesio se bajó del coche y caminó hacia la puerta, alta, rotunda, quizá malhumorada. Sólo entonces la Princesa se hundió en una de sus reverencias ejemplares. La soberana la levantó y fingió abrazarla, sin llegar a rozar su cuerpo. No sonrió. No saludó. No miró a nadie. Se dirigió altanera a Mariana, con su fea voz de pajarraco, y le exigió —claramente le exigió— que se reuniera con ella a solas. Entraron juntas en el saloncito y, sin dudarlo, la Reina se sentó en el sillón más alto. La Princesa esperó en vano su indicación para ocupar el otro asiento. Pero ella se había puesto a contemplar el fuego, tiesa e indiferente.

Alguien cerró la puerta. Al otro lado, en el vestíbulo, se oían las voces apagadas de los miembros del séquito real, que iban entrando poco a poco. Allí dentro, junto a la chimenea, parecía que no ocurría nada, como si una cúpula de vidrio hubiese aislado a las dos mujeres de la realidad y permaneciesen allí solas, únicas, dos seres al margen del mundo, a punto de devorarse el uno al otro por el dominio absoluto de un espacio que ninguno quería compartir. En pie, irritada, Mariana contempló a la Reina. Alberoni le había mentido. No era guapa. Se le notaban las marcas de la viruela, afeándole la piel. Tenía los labios finos y apretados, como si amenazasen con estallar repentinamente en cólera. Y estaba gorda. A Felipe no le gustaban las mujeres gordas. Gorda, fea y descortés, eso es lo que era. Y, para colmo, mal vestida, muy mal vestida. Su gusto era sin duda alguna pésimo.

Al cabo de un rato, cuando tuvo claro que no la iba a invitar a sentarse, hizo una breve reverencia:

—Sed bienvenida, Majestad.

Isabel de Farnesio siguió mirando las llamas:

—Gracias.

—¿Habéis tenido un buen viaje?

—No. Ha sido terrible.

—Mañana debemos salir hacia Guadalajara muy temprano. Por suerte, es una jornada corta. —La Reina guardó silencio—. La ceremonia será a las cinco. Hasta entonces no veréis a Su Majestad Don Felipe.

Isabel se volvió ahora hacia ella:

—¿Eso dice la etiqueta? ¿No conoceré a mi marido hasta que estemos ante el altar?

—Así es, señora. Pero podéis estar tranquila. Su Majestad os espera con ansia. —La Reina volvió a mirar el fuego y no dijo nada. Mariana empezaba a sentirse seriamente enfadada—. Todo está preparado. Os he hecho traer un precioso vestido de París. Estaréis muy hermosa, aunque quizá haya que hacerle algún arreglo de última hora.

Isabel se volvió de nuevo:

—¿Quieres decir que estoy gorda?

—¡Por Dios, no era ésa mi intención, Majestad! Pero tal vez las medidas que me dieron no eran exactas.

La Reina sonrió durante un breve segundo y, por primera vez, miró a su Camarera a los ojos:

—Tengo mi propio vestido de novia. No necesito el tuyo.

Mariana sintió la furia estallándole dentro de la cabeza. Apretó disimuladamente los puños, rebuscó con paciencia en el espacio donde anidaba su cortesía y, calmadamente, trató de hacerle ver a aquella provinciana malcriada que su criterio no tenía ningún valor:

—Perdonad que me atreva a insistir, señora, pero creo que deberíais poneros el que yo os he encargado. Me temo que las modas de Turín y de Madrid no sean las mismas. Y puedo aseguraros además que conozco bien los gustos de Su Majestad Don Felipe.

—Sí. Ya me han dicho que presumes de conocer muy bien a mi marido.

La pelea de gallos había empezado. Mariana estiró el cuello, dispuesta a lanzar el picotazo más fuerte:

—Así es. Hace muchos años que estoy a su lado. Creo humildemente que podría decirse que todo lo que vais a poseer lo logramos juntos Su Majestad Don Felipe, Su difunta Majestad Doña María Luisa, a quien Dios tenga en su Gloria, y yo.

—Ya veo... También me han contado lo mucho que presumes de que aquí gobiernas tú.

Quizá por primera vez en su vida, Mariana temió haberse quedado sin respuesta. Le costó un gran esfuerzo encontrar las palabras adecuadas. Era el momento de dejarle las cosas claras. Ahora o nunca:

—Señora, empezáis una nueva vida para la que tal vez aún no estéis preparada. Los reinos de España son un millón de veces más grandes que el ducado de Parma, un millón de veces más relumbrantes. Difícilmente hubierais podido soñar, dado vuestro linaje, con este trono. Ahora necesitáis aprender el lugar que ocupa cada uno en vuestra existencia. Y, antes que nada, el vuestro propio. Su Majestad Don Felipe confía plenamente en mí para todo. Y si deseáis ganaros su cariño, deberíais seguir su ejemplo. Sólo conseguiréis que él os ame si vos aprendéis a amarme a mí, a quien, por cierto, debéis vuestro nuevo y relevante lugar en el mundo. Tengo a bien recordároslo, y creo que sería mejor que no lo olvidaseis.

Algo oscuro, terrible, como un relámpago devastador, cruzó el rostro de la Reina. Se puso en pie:

—Tal vez tú no deberías olvidar una cosa mucho

más importante: a partir de ahora, la Reina soy yo. Y sólo yo.

Isabel de Farnesio se dirigió deprisa a la puerta y la abrió atropelladamente. Su grito se oyó en toda la casa:

—¡Quitadme de aquí a esta loca!

Las gentes del séquito la miraron boquiabiertas, paralizadas por el asombro. Nadie se movía. De pronto, desde la penumbra al pie de las escaleras, avanzó hacia la luz la figura untuosa y perfumada del Padre Alberoni. Los caballeros y las damas fueron abriéndole paso, mientras él, sonriente, caminaba en medio del silencio, entraba en el saloncito, llegaba hasta la Princesa —que permanecía en pie junto al fuego, rígida como un trozo de piedra—, la cogía por un brazo y la empujaba violentamente hasta situarla ante el Capitán de la Guardia, entregándosela. Pero el oficial fue incapaz de hacer ni el más mínimo gesto. Entonces se oyó decir a la Reina:

—¡Traedme recado de escribir!

Alguien partió en busca de papel, pluma y tintero. Isabel de Farnesio se acercó a la mesa y escribió durante unos momentos. Luego, sin decir nada, le entregó el papel al Padre Alberoni. El cura soltó al fin el brazo de Mariana y se acercó a un candelabro. Su voz resonó triunfante:

—Su Majestad ordena que la Princesa de los Ursinos sea detenida y conducida de inmediato a la frontera. ¡Ahora mismo! —Sonriente, con el rostro enrojecido de placer, se acercó al oficial de la Guardia, que permanecía estupefacto ante Mariana, sin atreverse a tocarla, y exhibió el escrito ante sus narices—. Encerradla en una habitación hasta que todo esté preparado. Sola.

Dos horas después, a las tres de la madrugada del día 24 de diciembre de 1714, Mariana de la Trémoille, Condesa viuda de Chalais, Princesa viuda de los Ursinos, era subida a un coche en compañía de una criada, llevando por único equipaje su magnífico traje de terciopelo carmesí y su riquísimo aderezo. Y un corazón que ahora latía tenue y apagado. No había nada más. Ni dolor ni ira. Quedaba su cuerpo, sí, pero el espíritu de la Princesa se había disuelto, como un puñado de nieve que hubiese dejado un insignificante charco en el suelo. Dos guardias de corps viajaban con ella en la carroza, vigilando cada uno de sus movimientos. Cincuenta más la rodeaban, con la orden expresa de cabalgar lo más rápidamente posible hasta Irún, sin más paradas que las imprescindibles.

En ese mismo momento, Su Majestad la Reina Católica de España Doña Isabel de Farnesio roncaba gloriosamente en su cama, soñando que estrangulaba entre sus brazos rollizos a un hombrecillo insignificante. En la habitación de al lado, el Padre Giulio Alberoni rezaba infatigable, agarrado a su crucifijo de oro como si fuera el tronco salvador de un náufrago, dando las gracias por las bondades divinas que lo habían llevado casi, casi, a las cumbres del poder, y rogando para que lo aupasen un poco más, hasta las mismísimas alturas de donde nadie pudiera expulsarlo jamás, salvo para ascender a los Cielos.

Al amanecer, detrás del coche rodeado de soldados, se pudo ver claramente sobre la blancura de la nieve el rastro mugriento de la vanidad, que abandonaba a toda prisa el lugar de la desgracia y corría veloz hacia la casa de postas de Jadraque, en busca de la Gloria inmortal.

EPÍLOGO

El 13 de enero de 1715, después de un penoso y apresurado viaje de veinte días, la Princesa de los Ursinos cruzó la frontera que separa España de Francia y llegó a San Juan de Luz. La nieve, el viento y el frío habían sido tan intensos durante aquella cabalgata feroz que a uno de los cocheros hubo que amputarle un brazo porque la mano se le había congelado. Aun así, nadie vio nunca llorar a Mariana. Tampoco la oyeron quejarse. Ni siquiera, en los ocho años que aún le quedaban por vivir, se permitió jamás criticar en voz alta a Isabel de Farnesio o a Felipe V.

Y eso que se lo merecían. Al menos el Rey: aquel hombre que un par de días antes no sabía vivir sin su adorada Camarera Mayor la abandonó por completo a su suerte en cuanto su nueva esposa se metió en su cama y le permitió volver a clavar su estoque y ascender cada día varias veces al paraíso en buena compañía. La nueva Reina se hizo por supuesto con el poder. Y, junto a ella, el Padre Alberoni, que enseguida recibió el empujón necesario —quién sabe si de Dios o del Diablo— y llegó a las más altas cimas tan ansiadas, convirtiéndose en Cardenal Alberoni, además de Grande de España y Primer Ministro de facto de Su Majestad Don Felipe.

Entretanto, a finales de enero, Mariana recibió el permiso para trasladarse a Versalles, seguida de cerca por varios amigos que habían sido expulsados de Madrid detrás de ella, entre otros el Ministro Jean Orry, que había trabajado mucho por la reforma de la administración española, y el Confesor Real, Padre Robinet, que también había trabajado mucho para que la conciencia de Felipe estuviese de acuerdo con las ideas de la Princesa.

Luis XIV y Madame de Maintenon la acogieron con afecto. Pero no se sintieron capaces de hacer gran cosa por ella: el Rey de España les había hecho saber que consideraría cualquier honor a la Camarera desterrada como una ofensa a su esposa, y que se dedicaría a entorpecer las conversaciones de paz de Utrecht, que aún se estaban celebrando. Así pues, se le concedió una pensión y se le hizo entender que era mejor que se fuera a vivir a otro país. Quizá la debilidad de ánimo que por una vez mostró Luis tuviera que ver con el hecho de que se estuviera muriendo: el Esqueleto Segador le cortó en efecto la cabeza el 1 de septiembre de 1715, cuando estaba a punto de cumplir los setenta y siete años.

La noticia le llegó a Mariana en Aviñón, donde esperaba el permiso del Papa para regresar a Roma y convertirse de nuevo, como viuda del Príncipe Orsini, en primera dama de la ciudad: ya que al fin no había logrado su propio principado, intentaría disfrutar de los privilegios heredados de su marido. Pero aunque Clemente XI le debía en buena medida a ella el papado, no estaba dispuesto a perdonarle fácilmente que en 1709 hubiera convencido a Felipe para expulsar de Madrid al Nuncio. Se supone que el Santo Padre no era un hombre de mucha autoridad. Sin embargo, debía de ser bastante rencoroso: primero la obligó a aguardar la autorización del Rey de España para que pudiese instalarse en Roma, pues no quería herir a su Católica Majestad. Después la «invitó» a abandonar Aviñón, que era posesión suya a pesar de estar en territorio de Francia. Más tarde regaló sus privilegios como viuda Orsini al Duque de Gravina. Y, por último, la hizo esperar casi cinco años en Génova hasta que por fin, en 1720, pudo regresar a Roma, con todas las bendiciones papales y reales debidas, e instalarse en su nuevo y moderno palacio de Adda. Allí la atrapó la Muerte el 5 de diciembre de 1722, a los ochenta años, tras haber sufrido tan sólo una breve enfermedad de cuatro días.

Claro que Mariana de la Trémoille no se aburrió ni un momento durante aquel tiempo: dotada de una magnífica salud —sólo padecía algunos problemas de visión—, de un buen ánimo envidiable y de un talento para la política y la vida social a prueba de toda clase de golpes, pronto reunió en sus residencias de Génova y luego de Roma a las gentes más importantes de ambas ciudades. Rodeada siempre de diplomáticos, gobernantes y dignatarios de la Iglesia, se mantuvo informada de todos los sucesos europeos, aunque ya no fuera una de sus protagonistas. Y, sobre todo, vivió con estupor —y acaso cierta impotencia— lo que estaba sucediendo en España: enfermos de megalomanía, Isabel de Farnesio y Giulio Alberoni convencieron al Rey de que tenía que rechazar los tratados de paz de Utrecht y Rastatt e iniciar la reconquista de sus territorios italianos perdidos. Apenas terminada la Guerra de Sucesión, un nuevo conflicto bélico estallaba en Europa en 1717, cuando los ejércitos españoles invadieron la Cerdeña austríaca y luego la Sicilia de los Saboya. En 1719, Alberoni incluso envió una flota a conquistar Gran Bretaña, aunque una vez más, como en los tiempos de la Armada Invencible, los elementos hicieron de las suyas y una tormenta desbarató el absurdo proyecto.

Ni el Cardenal, ni Isabel de Farnesio ni Felipe V se habían dado cuenta antes de aquel patético arrebato de ardor bélico de que la situación internacional no era la misma que algunos años atrás. Francia ya no estaba gobernada por el abuelo Luis. El nuevo Rey, Luis XV —aquel pequeño Delfín de dos años al que nadie creía capaz de sobrevivir y que alcanzaría sin embargo los sesenta y cuatro—, era aún un niño, y el poder lo ostentaba el Regente, el ambicioso Duque de Orleans, que no estaba dispuesto a permitir la expansión de los reinos de Felipe. Esta vez, Francia se alió en una Cuádruple Alianza con sus antiguos enemigos, Gran Bretaña, Holanda y el Imperio, y todos juntos lograron derrotar a España.

Durante sus últimos tiempos en Roma, la Princesa de los Ursinos coincidió con su gran enemigo, Giulio Alberoni, que había caído rodando, y bastante magullado, por la pendiente del poder. Tras la derrota a manos de la Cuádruple Alianza, el Cardenal había sido expulsado de España el 4 de diciembre de 1719. Con tan pocos miramientos como los que había utilizado él para expulsar a Mariana tan sólo cinco años antes. Y con peor fortuna: durante su viaje estuvo a punto de ser asesinado —quizá por orden de la propia Isabel de Farnesio— y por algún tiempo tuvo que vivir como un proscrito, pues el mismísimo Papa se había empeñado en encarcelarle. Por cierto, Clemente XI, por muy Papa que fuera, entremedias también se murió. Concretamente, el 19 de marzo de 1721.

Después de tantos descalabros y tantas muertes, quedaría muy bien cerrar esta historia diciendo aquello de *Sic transit gloria mundi*. Sí, así pasa la gloria del mundo. Qué frase tan consoladora. Pero, a decir verdad, me temo que eso sólo ocurre a veces.

Impreso en
Rotativas de Estella, S. L.
Villatuerta (Navarra)